Paul Heyse
Weihnachtsgeschichten

Paul Heyse
Weihnachtsgeschichten

1.Aufl.
Taschenbuch – Literatur - Klassiker
Herausgeber Frank Weber, Marburg
Bibliografische Information der Deutschen Nationalbibliothek:
Die Deutsche Nationalbibliothek verzeichnet diese Publikation in der Deutschen
Nationalbibliografie; detaillierte bibliografische Daten sind im Internet abrufbar über
http://dnb.dnb.de
© 2021 Paul Heyse
ISBN: 9783753441108
Herstellung und Verlag: BoD – Books on Demand, Norderstedt

Paul Heyse

Weihnachtsgeschichten

Eine Weihnachtsbescherung.

(1889)

Nu lassen Sie's aber gut sein, Herr Wachtmeister! 's ist ein staatiöses Bäumchen, 'ne Prinzeß könnte damit zufrieden sein. Wenn die Selige 'runtersehen könnte –

Glauben Sie nicht, daß sie's kann, *Webern*?

Natürlich kann sie's und wird sie's, und zumal am Heiligabend, Herr Wachtmeister. Erscheinen kann sie uns ja nicht, denn mit dem Spiritus, womit sie jetzt die Geister beschwören, ist's doch bloß Humburg, und was Christenmenschen sind, die glauben nicht dran. Denn warum? Erst am jüngsten Tage sollen wir wieder auferweckt werden und bis dahin unser Schläfchen machen, steht in der heiligen Schrift. Aber träumen thun sie doch wohl, die armen Seelen, na und Denen, die Gott lieben, giebt er's im Traum. Da wird er's der Rosel doch wohl auch geben, daß sie das Weihnachtsbäumchen sieht, das ihr lieber Mann ihr geputzt hat. So meine ich, Herr Wachtmeister. Aber nun trinken Sie Ihren Kaffee. Ich habe ihn freilich in die Röhre gestellt; aber der alte Ofen ist wie'n alter Mensch, dem geht das bischen Wärme bald aus, wenn nicht immer wieder nachgelegt wird, und draußen friert's Stein und Bein, und Sie haben noch einen weiten Weg, Herr *Hartlaub*.

Bloß noch das Pfefferkuchenherz, Weberken. Das gehört dazu, ohne das wär's nicht complet. So eins hab' ich ihr bei unserm ersten Weihnachten an den Baum gebunden, und denn alle die zehn Jahre, und 's wär' kein Heiligabend gewesen, ohne das Herz, und immer was Anders hab' ich ihr 'reingesteckt, 'mal einen silbernen Fingerhut, 'mal eine Broche, das letzte Mal die kleine Uhr, immer was Andres und Theureres, denn wir kamen ja so sachtchen in bessere Umstände; das Herz aber war immer aus demselben Laden, und die Mandeln und das Citronat saßen auf demselben Fleck. Heute hab' ich Nichts drangesteckt; der arme Narr könnte ja keinen Spaß mehr dran haben, der braucht keine Broche mehr und hört keine Uhr mehr schlagen in seiner Ewigkeit, und das Geld dafür soll lieber ein armer Mensch kriegen. Meinen Sie nicht, Webern?

Ja ja ja, Herr Wachtmeister. Wie Sie's machen, so ist's recht. Aber nun trinken Sie auch Ihren Kaffee. 's ist schon Sieben. Der Kirchhof wird sonst geschlossen.

O deßwegen, Frau Nachbarin – da eilt's nicht. Der Kirchhofsverwalter ist mein guter Freund, der hat manche Flasche Gilka von mir besehen. Wenn ich um Mitternacht anklingelte und sagte: Ich muß partu noch in dieser Nacht einen Blumentopf auf das Grab von meiner Rosel pflanzen, Herr Liborius! – er schnitte nicht 'mal ein Gesicht. Aber wenn Sie meinen, Webern – mir ist wirklich ein bischen flau zu Muthe, habe seit Zwölf keinen Bissen gegessen und nicht 'mal geraucht. Denn so 'nen Baum putzen, dazu muß ich meinen Kopf zusammennehmen und meine groben sieben Finger. Sonst war's der Rosel ihr Geschäft. Die konnte Alles. So Eine kommt nicht wieder. – –

Dieses Zwiegespräch wurde in einer geräumigen, aber niederen Dachkammer geführt, in welcher ein mannshoher schwarzer Kachelofen nur noch gerade so viel Wärme verbreitete, daß man den Hauch des eignen Mundes nicht sah, während die Eisblumen an den Scheiben des einzigen Fensters schon wieder die schönsten glitzernden Blätter entfalteten. Im Uebrigen sah es, so viel die kleine Lampe mit der grünlackirten Glocke erkennen ließ, recht wohnlich aus bei dem Wachtmeister Fritz Hartlaub, nicht sowohl durch sein Verdienst, als weil die gute dicke Frau, die breitspurig, die Hände gegen die Schenkel gestemmt, auf der wollenen Decke des Feldbettes saß, ihm sein bischen Mobiliar in sauberem Stande hielt und die Oeldruckbilder an den Wänden, welche den Kaiser, den Fürsten Bismarck, Moltke, Werder und einige andere große Generale darstellten, fleißig mit einem großen Schwamm bearbeitete. Die eine Wand war abgeschrägt, und in der tiefen Fensternische stand ein altes braunes Nähtischchen mit einem Arbeitskörbchen, daneben in einem blankgeputzten Messingrähmchen die Photographie einer vierschrötigen Frau im Hochzeitsstaat, ganze Figur, die Hände in weißen Handschuhen, das Gesicht mit derben, gutmüthigen Zügen ganz von vorn. Ein vertrocknetes Myrtenzweiglein war um das kleine Gestell gewunden, ein silberner Fingerhut stand aufrecht wie eine kleine Schildwache davor. Darüber aber, an der Nischenwand, hing ein Vogelbauer, in welchem ein Zeisig jetzt den Kopf unter den linken Flügel geduckt lautlos auf seiner Stange saß.

Der Inhaber dieses bescheidenen Quartiers stand in der Mitte des Gemachs vor einem viereckigen, mit einem verblichenen Teppich bedeckten Tische, auf welchem das mehrerwähnte Christbäumchen seine mit bunten Wachskerzchen besteckten, mit Ketten aus Goldpapier umzirkten, hie und da von einer vergoldeten Nuß durchfunkelten Zweige ausbreitete. Es reichte so dicht an die niedere Zimmerdecke, daß die oberste Spitze ihre grünen Nadeln umbiegen mußte. Sein Herr aber hätte sich nicht auf den Zehen emporrecken dürfen, ohne mit dem Scheitel den losen Kalk abzustoßen. Die stramme Gestalt steckte in einem sauber gebürsteten Waffenrock, auf dessen linker Brustseite neben etlichen Kriegsdenkmünzen das eiserne Kreuz befestigt war. Auf den breiten Schultern saß ein massiver militärisch frisierter Kopf, Schnurr- und Backenbart genau nach dem Vorbilde des alten Kaiser Wilhelm zugestutzt und schon sichtbar angegraut, während das braune Kopfhaar und die frische Gesichtsfarbe noch keine Spur frühzeitigen Alterns zeigte. Er hatte die starken blonden Augenbrauen dicht zusammengezogen, wie Jemand, der ein schweres Werk mit dem Aufgebot seiner ganzen Geisteskraft zu verrichten hat, obwohl es nur galt, unten am Stamm des Bäumchens ein handgroßes Pfefferkuchenherz mit einem Bindfaden zu befestigen. Seine großen Hände waren freilich um so unbehülflicher, da an der Linken die drei Mittelfinger fehlten. Ein breiter Streifen von schwarzem Leder verdeckte die Lücke, oder lenkte vielmehr den Blick sofort darauf hin. Im linken Mundwinkel hing dem eifrig Arbeitenden eine kurze Pfeife, die schon seit mehreren Stunden nicht in Brand gesetzt worden war. Denn, Webern, hatte er gesagt, während ich den Baum putze, darf sie nicht brennen. 's ist, wie wenn ich im Dienst hätte rauchen wollen. Alles mit Art.

Nun war der letzte Knoten geknüpft, der Künstler trat einen Schritt zurück und betrachtete mit schwermüthiger Zufriedenheit sein Werk.

Jetzt aber den Kaffee! sagte die Frau und stand auf. Da setz' ich Ihnen den Stuhl an die Kommode, und dann trinken Sie, und hernach, wenn Sie wiederkommen – Sie müssen wissen, ich bin heut Abend unten allein; mein Sohn, der Wilhelm, ist bei seiner Braut. Na, sie ist ja ein ordentliches Mädchen, was auch Gemüth und Manierlichkeit hat, und die Eltern haben sie eigens zu mir geschickt, ich sollt' doch auch den Heiligabend bei ihnen sein, sie hätten so schöne Karpfen und Mohnpielen. Aber die alte Webern ist auf keinem Ohr taub, trotz ihrer Sechzig, und daß so ein Ziegeleibesitzer nicht gerade unglücklich drüber ist, wenn die Mutter von seinem künftigen Schwiegersohn, dem Ingenieur, ihre Feste nicht mitfeiert und er sie vorstellen muß: Madame Weber, approbirte Hebeamme – nicht wahr, Herr Wachtmeister, um das zu merken braucht man kein Sonntagskind zu sein. Aber Sie essen ja nicht. Die Weihnachtsstolle habe ich selbst gebacken – sie ist so schön aufgegangen – kosten Sie bloß!

Frau Nachbarin, sagte der Mann, der vor der Kommodenecke saß und tiefsinnig mit dem Löffel in dem braunen Trank herumruderte – es ist mir nicht nach Stolle zu Muthe. Vorm Jahr um die Zeit – ich muß immer denken –

Vom Denken wird man nicht warm, Herr Wachtmeister, und Essen und Trinken hält Leib und Seele zusammen.

Wohl, wohl, Webern! Aber wissen Sie, wie ich am vorigen Heiligabend auch so hier saß – ich war erst vor vierzehn Tagen eingezogen, mein Kopf war noch nicht recht wieder beisammen – daß ich den Abschied hatte nehmen müssen nach dreißig Dienstjahren, das konnt' ich nicht hinunterwürgen – es war ja mit Ehren, weil der Tolpatsch, der Gefreite, wie er mir seinen neuen Revolver zeigen wollte, mir die drei Finger weggeknallt hatte, und Krüppel kann unser Kaiser nicht brauchen – aber dennoch, so vom königlich preußischen Wachtmeister zu 'nem simplen Kassenboten bei der Bank degradirt zu sein – 's giebt einem invaliden Soldaten 'nen Riß, Webern, und der war noch ganz frisch damals am ersten Heiligabend ohne die Rosel. Und sie war erst drei Monat unterm Rasen, und ich wußt' mir ohne sie so wenig zu helfen, wie'n Dreimonatskind ohne Muttern. Und da kamen Sie herauf, Weberken, und brachten mir das Packet, das Sie in ihrem Wäschspinde gefunden hatten, noch auf ihrem Krankenbett von ihr eingewickelt und zupitschiert, und mit ihrer festen Hand hatte sie die Adresse draufgeschrieben: »An meinen lieben Mann zu Weihnachten, wenn ich bis dahin nicht wieder auf sein sollte. Rosalie Hartlaub.« Wissen Sie noch, Webern?

Wie sollte ich nicht, Herr Wachtmeister! Aber Sie dürfen nicht zu viel dran denken, es regt Sie auf, und der Kaffee wird noch kälter.

Kalter Kaffee macht schön! sagte die Rosel, wenn ich ihr zuredete, wie Sie jetzt thun, sie aber hatte immer noch was Wichtigeres zu besorgen, als ihr eignes Frühstück oder Vesper. Na, geholfen hat's ihr blutswenig. Die Schönheit drückt sie nicht, sagte der Rittmeister, als sie eben in die Kaserne zu mir gezogen war, aber ein forsches Frauenzimmer scheint sie zu sein, manierlich und reputierlich, und das ist die Hauptsache für 'ne Soldatenfrau. Nu sehen Sie nur zu, daß sie Appell kriegt, Hartlaub, dann kann man gratuliren. – Er hatte Recht, der Herr Rittmeister, gratuliren konnte man mir, denn an Appell hat sie's nicht fehlen lassen.

Und Nichts hatt' ich an ihr auszusetzen, als daß sie die zwei kleinen Mädchens in die Welt setzte, die fürs Lebenbleiben zu mickerig waren, und als das dritte kam, sich selbst auf französisch empfahl, ohne mir noch gute Nacht zu sagen. Sie wissen's am besten, Webern, Sie waren ja bei ihr, wie sie plötzlich den Kopf gegen die Wand kehrte und nicht wieder zu sich kam, grad' wie'n Soldat, der 'ne Kngel mitten ins Herz kriegt. So was kommt nicht wieder, Nachbarin – nicht wieder – nicht wieder –

Er drückte die Augen zu, um die Tropfen zurückzudrängen, die unter den hellen Wimpern vorquollen, und seine derbe Hand rührte blindlings immerfort in dem Kaffeetopf herum.

Es ward eine tiefe Stille in der Stube. Nur der Zeisig fing plötzlich an, wie dadurch aufgeschreckt, hin und her zu flattern.

Ja freilich, sagte endlich die dicke Frau, die ein wenig fröstelnd die Arme unter ihrem Umschlagetuch übereinander gelegt hatte und mit einer Art mütterlicher Ueberlegenheit auf den in sich zusammengesunkenen starken Mann herabsah. Nichts kommt wieder, Herr Wacht meister, auch mein Seliger ist nicht wiedergekommen und mein Riekchen, aber immer was Neues kommt, und in meinem Geschäft merkt man das am besten. Sie schütteln den Kopf, Herr Nachbar. Die kleine Menschheit, der ich ins Leben helfe, kann Ihnen ja auch Ihre Rosel nicht ersetzen. Aber leben müssen wir darum doch, und wer noch so in seinen besten Jahren ist, wie Sie, soll unsern Herrgott nur machen lassen, wer weiß, was der noch für ihn im Sack hat.

Der pensionirte Soldat antwortete nicht gleich. Er trank aber den Kaffeetopf in einem langen Zuge aus, wischte sich dann den Schnurrbart und that einen mächtigen Seufzer.

Er mag mir noch bescheren, was er will, murmelte er vor sich hin; eine Weihnachtsbescherung von meiner Rosel kann er mir nicht mehr verschaffen. – Schönen Dank für Ihren Kaffee, Webern, die Stolle nehmen Sie nur wieder mit, Süßes ist nicht für mich.

Er wandte sich nach der Zimmerthür, wo seine Dienstmütze und der alte Soldatenmantel an einem Haken hingen. Als Kassenbote trug er beides nicht. Die Direction hatte ihm einen eigenen Anzug für seinen Ausgeherdienst machen lassen.

Schön, sagte die Frau, sputen Sie sich nur, und hernach, nicht wahr? – ein großes Tractement finden Sie nicht bei mir, aber einen guten

Punsch und was Kaltes, daß man den Heiligabend doch nicht so gottlos allein versitzt.

Entschuldigen Sie mich, meine verehrte Freundin, sagte er langsam, ohne sie anzusehen. Wenn ich meine Bescherung abgeliefert habe, werde ich am Ende wohl ein Glas Warmes nöthig haben, aber viel reden dazu – nein, Webern, 's ist mir gegen die Natur. Ich werde mich irgendwo in einen einsamen Tabagiewinkel postiren – heute ist ja nirgends was los in so Localen – und eine stille Erinnerungspfeife rauchen, bis mir die Augen zufallen. Es geht wirklich nicht, Webern, so gut es von Ihnen gemeint ist. Der Riß, wissen Sie, fängt sonst wieder an zu brennen, ich bin gern unter zwei Augen mit mir, wenn ich merke, es steigt in mir auf, was ich vom Weibe in mir habe. Nichts für ungut, meine verehrte Freundin!

Nu, wie Sie wollen, brummte die Hebeamme achselzuckend. Jeder nach seiner Façon, wie der alte Fritze zu sagen pflegte. Aber dann warten Sie noch einen Augenblick, ich habe Ihnen noch was zu geben. Sie steuerte mit etwas unbehülflichen Schritten an ihm vorbei, während er schon den Mantel umhing, und er hörte sie die Treppe hinunter vor sich hin räsonniren. Was sie noch wollte, darüber machte er sich keine Gedanken. Er war wieder vor das Tannenbäumchen getreten und starrte in das grüne Gezweig, hie und da ein schiefes Kerzchen gerade-biegend.

Als die Thüre wieder ging, sah er wie geistesabwesend auf. Seine dicke Freundin trat ein wenig keuchend ein, sie trug etwas in ihrer Schürze, das sie jetzt hervorzog.

's ist nur eine Kleinigkeit, damit Sie doch auch wissen sollten, daß Heiligabend ist. Sie sollten's neben dem Punschglas finden, wenn Sie mir hernach die Ehre gegeben hätten. Da – und sie zog zwei Päckchen heraus – ein bischen Varinas, von Ihrer Lieblingssorte – und da ist auch eine neue Pfeife dazu. Für 'nen königlichen Kassenbeamten ist das verschmauchte alte Möbel da nicht mehr anständig. Machen Sie man keine Worte von wegen danken, 's ist nicht der Rede werth, aber mit was Besserem ist Ihnen ja nicht beizukommen, Sie hängen ja so sehr an Ihrem alten Kram, weil er Sie an allerhand erinnert. Hier aber ist noch was – das ist nicht von mir – Sie können 's aber gut gebrauchen, denn die alten, die ich Ihnen kürzlich gewaschen habe – du meine Güte! da sitzt ja ein Stopf neben dem andern. Wenn man sie scharf ankuckt, gehn sie von selbst auseinander wie Spinneweben.

Sie holte ein Packet aus ihrer Schürze, das sie ihm mit einer sichtlichen Verlegenheit hinhielt. Wie er das Papier auseinanderwickelte, kam ein halb Dutzend schöner silbergrauer Strümpfe zum Vorschein, mit rothen Bändchen zierlich zusammengebunden.

Er hatte vorhin den Tabak und die Pfeife mit einem gerührten Brummen und stillem Kopfnicken auf den Stuhl gelegt, das Packet hielt er kopfschüttelnd in der Hand.

Nicht von Ihnen, Weberken? Von wem kommt es denn?

Sie strich die Schürze wieder glatt, und eine leichte Röthe färbte ihre runden weißen Wangen, die trotz ihrer Jahre noch wenig Falten zeigten.

Nu, sagte sie, schwer zu rathen ist es wohl nicht. Von wem soll es sein, als von meiner guten Freundin, der *Hannchen Hinkel*, die das Strumpf- und Wollenwaarengeschäft nebenan in der Lilienstraße hat. Sie wissen ja, Herr Wachtmeister, daß sie große Stücke auf Sie hält, von wegen Ihres eisernen Kreuzes, und weil Sie die Rosel so gut gehalten haben und ein so respectirlicher, proprer und adretter Mann sind. Wie ich ihr sagte, Sie würden bald neue Socken brauchen, da hab' ich gerade frische Waare bekommen, liebe Webern, sagte sie, von einer ganz neu erfundenen Wolle. Bitten Sie den Herrn Wachtmeister, die einmal zu probiren, mit einer schönen Empfehlung von mir und als ein kleines christkindliches Angebinde, und wenn er mir die Ehre geben wollte, morgen als am ersten Feiertage auf einen Löffel Suppe mit Ihnen, – ich habe nur noch eine Gans, aber es würde mir sehr angenehm sein –

Sie stockte plötzlich und wurde noch röther, und es war, als ob sie den Blick fühlte, den er fest auf sie gerichtet hielt, denn sie wandte das Gesicht ab und seufzte einmal auf, wobei sie ihr Tuch fester um die runden Schultern zog.

Der Zeisig im Bauer fing hell an zu zwitschern. Das schien den Mann im Soldatenmantel aus seinem Hinträumen aufzurütteln.

Nehmen Sie die Strümpfe nur wieder an sich, Webern, sagte er nachdrücklich, aber nicht unfreundlich, und ich ließe der Madame Hinkel schönstens danken, aber Präsente nähme ich nicht als von guten Freunden, wie z. B. Sie, Frau Nachbarin, eine sind, und Gänsebraten äße ich auch nur bei Leuten, wo ich wie zu Hause wäre, außer für mein Geld in der Speisewirthschaft, und – das sagen Sie ihr von sich aus – sie sollte sich nur die Mühe sparen. Sie wäre gewiß eine recht gute Frau, aber ich – na, Sie wissen schon ich dächte nicht daran mich zu verändern, dafür wär' ich zu alt, und ein alter Invalide dürfte kein junger Esel mehr sein, das sagen Sie Ihrer guten Freundin, und übrigens darum keine Feindschaft, und für den Varinas und die schöne Pfeife bedank' ich mich vielmals, und jetzt muß ich fort.

Er drehte sich nach dem Tisch um, da sie ihm das Packet nicht abnahm, und legte die schöne silberglänzende Liebesgabe so hastig auf eine freie Ecke, als ob sie ihm in den Fingern brennte. Dann zog er seine schweren Fausthandschuhe an.

Die Frau aber schüttelte auf einmal alle Verlegenheit ab und trat dicht an ihn heran.

Sie sind ein rechter alter Bär! sprudelte sie hastig heraus. Nun ja, man braucht kein Prophete zu sein, um zu wissen, was die Frau Hanna im Sinn hat, aber despectirlich ist es doch weiß Gott nicht, wenn ein anständiges Frauenzimmer von 36 Jahren, die ihren Mann christlich begraben hat und keine Kinder, ein bischen herumkuckt, wer ihr wohl beistehn möchte, ihre Geschäfte zu versehen und ihr Gesellschaft zu leisten in ihrer Alleinigkeit. Denn es ist nicht gut, daß der Mensch allein sei, und wenn ich meinen Wilhelm nicht gehabt hätte, würde ich dem Postoffizianten und dem chirurgischen Instrumentenmacher, die mich heirathen wollten, wohl auch keinen Korb gegeben haben. Sie aber machen ein Gesicht, wie wenn man Ihnen Baldrian statt Lagerbier eingeschenkt hätte. Nehmen Sie mir's nicht übel, Herr Nachbar, 's ist sündhaft, wie Sie die gute Frau behandeln. Erst kommen Sie in ihren Laden und kaufen bei ihr, und wenn Sie oft genug mit ihr geschwatzt haben, daß sie hat merken können, Sie sind nicht bloß ein frischer und strammer Mensch trotz Ihrer 45, sondern auch 'ne Seele von einem Menschen, und jede Frau wäre gut versorgt mit Ihnen, dann thun Sie, als ob's ein himmelschreiendes Unrecht wäre, wenn eine ehrbare, alleinstehende appetitliche Wittwe Sie auf eine Gans einladet und Ihnen Socken schenkt für Ihre vor Paris erfrorenen Zehen. Können Sie läugnen, daß Jeder in Ihren Verhältnissen heilfroh sein müßte, sich so in die Wolle zu setzen und auf seine alten Tage, die ja nicht ausbleiben werden, solch eine hübsche und adrette Pflegerin und Lebensgefährtin zu haben? Und obendrein – wenn mein Wilhelm heirathet, will er, daß ich meine Praxis aufgebe und zu ihm ziehe und bloß noch meinen Enkelkindern in die Welt helfe. Was fangen Sie dann an, da Sie sich nicht mal 'nen Knopf annähen können und keine Menschenseele sich um Ihre alten zerrissenen Socken annimmt? Ist Ihnen die Madame Hainichen etwa nicht hübsch und jung genug dazu?

Ich wäre ja blind, wenn ich das behaupten wollte, erwiderte er etwas kleinlaut. Von dieser Madame Hinkel hätte mein Rittmeister gewiß nicht gesagt: die Schönheit drückt sie nicht – wie von der Rosel. Und Appell wollte ich ihr auch wohl noch beibringen. Aber wie gesagt, Webern: es geht nicht. Ein Invalide bin ich nun einmal –

Um die lumpigen drei Finger! Sie spaßen, Nachbar. Fürs Militär mögen Sie damit nicht mehr taugen, und wenn Sie sich eine Prinzeß an die linke Hand antrauen lassen sollten, möcht's auch damit hapern. Aber eine gut bürgerliche Wollen- und Strumpfwaarenhändlerin – die sieht nicht auf aparte Meriten, und wenn Sie nicht wirklich staarblind sind auf beiden Augen, müssen Sie einsehen –

Frau Nachbarin, unterbrach er sie, Excüse, wenn ich Ihnen für Ihren guten Willen schlecht danke, aber daß Sie's übers Herz bringen können, am heutigen Abend, da ich diesen Baum eben auf das Grab meiner Rosel tragen will – ich sage nichts weiter, Webern, aber gerade Sie, die sie gekannt hat – Sie sagten selbst, nicht die Zehnte beträgt sich in ihrer schweren Stunde so tapfer – und jetzt kommen Sie mir mit Socken von einer neu erfundenen Wolle und einer Weihnachtsgans wie – nichts für ungut – der leibhaftige Versucher, der unserm Heiland die Herrlichkeiten der Welt vom Berge herunter zeigte? – Dies, meine geschätzte Freundin, hätte ich bei Ihrer Delicatesse nicht von Ihnen erwartet, und wenn ich nicht wüßte, wie gut Sie's mit mir meinen – Also leben Sie wohl für heute, und morgen sind wir wieder die Alten. Gute Nacht, Weberken!

Er griff mit der rechten Hand nach dem Tannenbäumchen, setzte sich mit der unbehülflichen Linken die Mütze schief auf und schritt, der verdutzten Frau gutmüthig zunickend, aus der Thüre.

*
* *

Kaum aber war er auf dem Treppenabsatz des dritten Stockwerks angelangt, wo an einer niedrigen Thür, jetzt in der Dunkelheit freilich unlösbar, der Name seiner alten Freundin stand: »Karoline Weber, approbirte Hebeamme«, so stockte ihm der Fuß, und er besann sich, ob er nicht wieder hinaufklimmen und mit etlichen guten Worten die offenbar gekränkte redliche Seele versöhnen sollte. Gut hatte sie's doch mit ihm gemeint, auf ihre Weise.

Was konnte sie dafür, daß das nicht seine Weise war? Und ihr Kaffee war gut gewesen, und die Stolle gewiß auch, und daß er nicht für das Süße war, dafür konnte sie ja nicht. Und wenn sie wirklich hier auszog, war er dann nicht freilich ganz verlassen und verloren und hatte Niemand, ihm seine Strümpfe zu stopfen? Sie hatte Recht, er brauchte Jemand, der nach ihm sah und ihn proper hielt, wie es die Rosel gethan hatte, und neue Strümpfe brauchte er auch. Aber mußte es gerade die Frau Hannchen Hinkel sein, gleich eine neue Frau Wachtmeisterin oder Frau Kassenbotin? Daß die Weiber doch alle, selbst die Besten, das verdammte Kuppeln nicht lassen können! Mehr als einmal hatte sie ihm schon nach dem Laden in der Lilienstraße hingewinkt, und er hatte den Dummen und Taubstummen gespielt und es ihr nicht weiter übelgenommen. Aber so ein Wink mit dem Zaunpfahl, an dem sechs Paar wollene Socken hingen – und gerade heut am Heiligabend – das war ihm denn doch zu bunt, und wenn sie ihn jetzt für einen alten Bären verschrie – nur zu! Er wollt's auch sein, wenigstens was das Brummen betraf, wenn er's auch nicht zum Kratzen oder Beißen kommen ließ – aber merken sollte sie sich's. – Himmelkreuz –! er wollte seine Ruhe haben, und die arme Selige sollte sich nicht in ihrem kalten Bett herumdrehen müssen, wenn sie dahinterkam, was für Absichten man auf ihren Fritz Hartlaub hatte, ohne daß er mit einem Donnerwetter dazwischen fuhr und das nach ihm ausgeworfene Netz zerriß, aus wie feinen Fäden einer neuerfundenen silbergrauen Wolle es auch gewoben war.

Also umfaßte er mit seiner Bärentatze das Stämmchen des Christbaums nur um so fester, tastete mit der verstümmelten Linken an der Wand entlang und schritt vorsichtig den dunklen Stiegenflur hinab, daß die morschen Holzstufen unter seinem kriegerischen Tritt erkrachten.

Wie er auf die Straße hinauskam, pfiff ihm ein schneidender Ostwind ins Gesicht. Das focht ihn aber wenig an, außer daß er das Bäumchen dagegen zu verwahren suchte, damit keine der kleinen Kerzen abgeknickt würde. Es schlug acht Uhr von den Thürmen der Stadt, die Straße aber war trotz des klingenden Frostes, der den festen Schnee unter den Sohlen knirschen machte, noch belebt, wie sonst kaum am hellen Mittag, alle Läden erleuchtet, und aus den Häusern hüben und drüben schimmerte und glitzerte die Pracht der lichterfunkelnden Christbäume, da zu dieser Stunde die Bescherung überall im vollen Gange war. Fritz Hartlaub hielt sich aber nicht damit auf, die Ausstellungen hinter den Schaufenstern zu mustern, oder gar durch die Scheiben der Erdgeschosse in die Familiengeheimnisse fröhlicher Menschen hineinzuspähen. Sein Bäumchen fest vor sich her tragend, die Nase im Mantelkragen, schritt er taktmäßig in seinen Gedanken dahin, die linke Faust in die dicken Mantelfalten eingewühlt, da der Frost ihm ein Gefühl verursachte, als ob die Spitzen der drei abgeschossenen Finger ihm absterben wollten. Obwohl heut Jedermann mehr als sonst mit sich selbst zu thun hatte, blieb doch Mancher stehen und sah der mächtigen Soldatenfigur nach, die um Haupteslänge die Meisten überragte und so tiefsinnig das bunte, mit Goldpapierketten und Kerzchen prangende Weihnachtsbäumchen dicht vor der Brust hielt, als präsentire er damit das Gewehr vor dem Christkindchen selbst.

Er dachte sich Nichts dabei, daß er an der nächsten Ecke in die Lilienstraße einbog. Er hätte auch ein paar Straßen weiter »rechtsum« machen können, ohne den nächsten Weg nach dem Friedhof zu verfehlen. Aber er wich um so früher dem Ostwind aus, der ihm durch den dicken Handschuh schnitt; und warum sollte er die Lilienstraße meiden, die ihm nichts zu Leide gethan hatte? Es war eine stille, anständige Straße, obwohl nur kleine Leute darin wohnten. Aus einem Hause hörte er Gesang; Kinder standen um den Weihnachtsbaum und sangen ein Lied, das sie in der Schule gelernt hatten. Das könnten meine Mädel jetzt auch, wenn die armen Würmer nur ihre ersten Zähne durchgebissen hätten! dachte er, indem er ohne hinzuschauen vorüberschritt. Er hatte immer eine große Vorliebe für Kinder gehabt. Nun sann er darüber nach, warum die, so ihm die Rosel geschenkt, so armselige Dinger gewesen waren, die gleich wieder ansgemustert werden mußten. Ihre Mutter war doch ein so »forsches Frauenzimmer« und er – so ein Ge waltsmensch! Was half's, sich den Kopf oder das Herz darüber zu zerbrechen? Vielleicht holten sie's im Himmel nach, und ihre Mutter half ihnen dabei, und wenn er selbst einmal hinaufkäme, würden ihm zwei Backfisch-Engel entgegenspringen und ihn Papa! anreden.

Dumme Gedanken das! corrigirte er sich selbst. Sie würden ihn ja nicht kennen, und überhaupt, ob's da droben so menschlich zuginge –

Auf einmal stand er still. Ueber die Straße hinüber sah er einen Laden schimmern, von mäßiger Breite und Höhe, und nicht mit einer einzigen stolzen Spiegelscheibe prangend, sondern mit einem bescheidenen altmodischen Schaufenster, hinter welchem jedoch allerlei weiße oder hellfarbige Sächlein lockten, zierlich geordnet und mit kleinen Papieren besteckt, auf denen die Preise standen. Das zeigte ihm nicht bloß der Lichtschein, der von zwei Gasflämmchen im Innern ausgestrahlt wurde, sondern eine Straßenlaterne gerade vor dem sauberen einstöckigen Hause, über dessen Thür eine hellblaue Tafel hing mit der Inschrift in Goldbuchstaben: Woll- und Strumpfwaaren-Geschäft von Johanna Kinkel.

Es war als läge ein Zauber in diesen Buchstaben, die doch so ganz bescheiden in die Winternacht hinausglänzten. Der Mann im Mantel drüben auf der anderen Seite der Straße mußte sie unverwandt betrachten, ja er sagte den Spruch, zu dem sie sich zusammenfügten, ein paar Mal laut vor sich hin, als läse er ihn zum ersten Mal, und entdeckte heut eine tiefe Weisheit in dem Halbdutzend Worte. Ohne zu wissen, was er that oder wollte, stapfte er jetzt durch den Schnee, der am Rande des Fahrwegs zusammengeschaufelt war, und betrat unter der Laterne weg den Bürgersteig drüben dicht vor dem Schaufenster. Es stand sonst Niemand davor, wie vor anderen Läden. Wer in Woll- und Strumpfwaaren seine Christbescherung machte, hatte sich wohl in den Tagen vorher versorgt, und so hübsch die gestrickten Jäckchen, gehäkelten Tüchlein, Decken, Socken, Handschuhe und Pulswärmer aufgeschichtet und ausgebreitet lagen, einen müßigen Weihnachtswanderer konnte diese Schaustellung schwerlich fesseln. Auch der Mann mit dem Bäumchen schien kein sonderliches Interesse daran zu haben. Er drückte die Nase dicht an die viereckige Scheibe und mußte mit der linken Faust alle Augenblicke den feuchten Schleier wegwischen, mit welchem sein Hauch das Glas überthaute. So nur konnte er zwischen zwei gestickten Kinderröckchen hindurch, welche die Prachtstücke des Schaufensters bildeten, in das Innere des Ladens spähen. Was er darin entdeckte, war freilich der Mühe werth, trotz der eisigen Nachtluft hier auf offener Straße eine kleine Rast zu machen, auch wenn man sich in den Laufgräben vor Paris die Zehen erfroren hatte.

Nicht die Fülle der »Wollen- und Strumpfwaaren« freilich, die an den drei Wänden des länglichen Raums in größter Ordnung aufgespeichert waren, auch nicht der Ladentisch von hellpolirtem gelbem Holz und die Wage aus blankem Messing oder das eiserne Oefchen dort in der Ecke, ein so tröstlicher Anblick am frostklirrenden Heiligabend sein rothglühendes Thürgitter sein mochte. Aber hinter dem Ladentisch in einem hochlehnigen Rohrsessel, gerade unter der einen Gasflamme, saß ein weibliches Wesen mit einem Gesicht wie Milch und Blut, die etwas niedrige Stirn von hellblondem Haar eingerahmt und dies wieder von einem rosafarbenen Kapuzchen aus leichtflockiger Zephyrwolle, dessen Zipfel frei auf die runden Schultern herabhingen. Nur die behagliche Fülle der Gestalt, die in einem mit grauem Pelz verbrämten losen Jäckchen steckte, verrieth, daß die Inhaberin wohl schon seit einiger Zeit »die Linie passirt« haben mußte. Das Gesicht aber, zumal in dem warmen goldigen Flackerschein der Gasflamme, hätte man für das sommerlich aufgeblühte Antlitz einer glücklich verheiratheten Frau gehalten, über dessen Flor noch keinerlei Ehestürme hingeweht wären. Die Farbe der Augen war nicht zu erkennen, da sie sich auf ein Büchlein hefteten, das auf dem Ladentisch lag. Aber wie hübsch war es anzusehen, wie die Flügel des stumpfen Näschens hin und wieder zitterten, wenn bei einer ergreifenden Stelle des alten vergriffenen Leihbibliothekromans ein Seufzer den athmenden Busen hob, und wie allerliebst bewegten sich die vollen Lippen, die manchmal eine besonders schöne Stelle halblaut vor sich hin zu sprechen schienen. Sie hatte den einen Arm auf den Ladentisch gestützt, eine zarte Locke fiel ihr über die kleine runde Hand, manchmal zog sie die etwas dunkleren Brauen zusammen, und dann wieder lächelte sie, daß zwei Grübchen in den vollen Wangen erschienen und kleine blanke Zähne einen Augenblick vorblitzten. Die Geschichte, die sie las, schien zu Ende zu gehen, in ungeduldiger Hast wandte die freie Hand die letzten Blätter um; als sie den Deckel zuklappte, legte sie sich mit dem Ausdruck großer Befriedigung in den Sessel zurück, sah ein Weilchen in die Gasflamme empor und öffnete den weichen rothen Mund gleich darauf zu einem ganz unverstellten Gähnen, wie Jemand, der sich unbelauscht glaubt. Aber auch diese Geberde, die sonst nicht für die anmuthigste gilt, ließ ihr nicht übel, zumal dabei das Innere ihres rosigen Mäulchens und die kleinen Eichkatzenzähnchen zum Vorschein kamen und der weiße, volle Hals, dessen frische Haut gegen das graue Pelzkrägelchen höchst appetitlich sich abhob.

Wenn dies Alles eine wohleinstudirte Komödie gewesen wäre, um den Zuschauer draußen auf der Straße zu fesseln, hätte sie es nicht geschickter anstellen können. Doch war es unmöglich, durch die aufgestapelten Schätze ihres Wollen- und Strumpfwaarenlagers hindurch in dem dunklen Schatten vor dem Schaufenster draußen überhaupt nur eine menschliche Figur zu erkennen, geschweige den betrübten Wittwer zu vermuthen, der zu dieser späten Zeit ihren Laden nie betreten hatte. Wie sie sich also gab, entsprach es ihrer unbekümmerten behaglichen Natur, die selbst in unbewachten Augenblicken sich auf nichts Häßlichem ertappen ließ.

Diese Erkenntniß, wenn auch nur als ein dumpfer sinnlicher Eindruck, bemächtigte sich auch des biederen Wachtmeistergehirns, in welchem es immer wunderlicher von streitenden Gedanken wogte und wirbelte, je länger die Augen in das helle, warme Lädchen hineinstarrten. Wider Willen stellte die ehrliche Seele einen Vergleich an zwischen der lebendigen Gegenwart und den liebsten Erinnerungen. Wenn man gerecht sein wollte, mußte man gestehen: neben dieser von Kopf bis Fuß untadligen kleinen Person da in dem Rohrsessel hätte die Selige sich wie eine grobe Magd ausgenommen. Was war ihre Nachthaube gegen dieses Kapuzchen, ihre derbe Hand gegen das weiche kleine Patschchen, das sich um den Bart gehen zu fühlen auch der Großtürke für eine absonderliche Wonne gehalten hätte. Wenn die Rosel gähnte, worin sie stark war, verzog sie den Mund mit den nicht sonderlich gepflegten Zähnen zu einer unförmlichen Höhle und reckte die starken Arme hoch über den Kopf. Auch hatte sie nie die geringste Lust bezeigt, ein Buch in die Hand zu nehmen. Ein paar Hefte einer illustrirten Zeitschrift, die sie bei ihrem Gatten vorgefunden, nahm sie an langweiligen Feiertagen wohl auf den Schooß und betrachtete die Bilder, ohne die geringste Wißbegier, was sie wohl bedeuteten. Ihr Wachtmeister war ein Lehrerssohn und hielt etwas auf Bildung, wenn auch nur militärische. Er wurde nicht müde, ein paar alte Handbücher über Kriegswissenschaft und eine populäre Schrift über den französischen Krieg zur Hand zu nehmen, und hätte es gern gesehen, wenn die Rosel Interesse dafür gezeigt hätte. Die las aber höchstens einmal in einem alten Kochbuch, und freilich war sie eine perfecte Köchin gewesen, und als solche hatte er sie im Hause des Obersten kennen und schätzen lernen. Der Dienst nahm ihn auch zu sehr in Anspruch, um sich ernstlich mit der ferneren Bildung seiner Frau zu befassen. Jetzt aber, da er Invalide geworden war und nach dem Schluß seiner Bank freie Zeit hatte, war's ihm doch pläsirlich gewesen, mit der Webern einen vernünftigen Discurs führen zu können. Wenn das aufhören sollte, wie würde er die langen Abende herumbringen? In

Gesellschaft eines weiblichen Wesens freilich, das in der Leihbibliothek abonnirt war und gewiß eine Menge hübscher Geschichten wußte – –

Aber das war ja sündhaft, so etwas sich auszumalen, am heutigen Abend in das fremde Weibergesicht so wie verhext zu schauen, während die arme Selige draußen auf ihr Weihnachtsbäumchen wartete. Nein, die Webern sollte nicht Recht behalten! Lieber allein bleiben und sich zu Tode langweilen, als seiner Rosel untreu werden, die ihr Lebenlang ihm kein ungutes Wort gesagt, keine böse Stunde gemacht hatte, als da sie ihm ihre kalte zitternde Hand zum Abschied reichte und kaum noch verständlich sagte: Adjö, Fritz, und vergiß mich nicht – »mir« hatte sie eigentlich gesagt – und im Tischkasten liegt noch eine Düte mit Zucker, und vergiß nicht – wenn du Nachts 'raus mußt – den wollnen Shawl – Ach Gott und Vater, in deine Hände – –

Das waren ihre letzten Worte gewesen, und jetzt stand ihr Fritz und äugelte nach einer fremden Wollen- und Strumpfwaarenhändlerin, bloß weil sie ein weiß und rothes Gesicht hatte und zwei Grübchen darin! Eine Schande war's, wie er sich aufführte, und was mußten die Vorübergehenden denken, daß er hier schon eine Viertelstunde Maulaffen feil hielt – und wenn ihn vollends Jemand erkannt hätte – –

Er drückte die Mütze, die sich beim Anlehnen an das Fenster verschoben hatte, tiefer in die Stirn, zog den Mantel dichter um die Schultern und wollte eben mit einem stillen Seufzer, theils über seine Verirrung, theils weil es ihm doch etwas sauer ward, sich das Gratisschauspiel zu versagen, seinen Weg wieder aufnehmen, da rührte sich drinnen die gefährliche Person, die während seiner stillen Gewissensprüfung ein wenig eingeschlummert war, fuhr in die Höhe, wobei sie sich mit den weißen Fäustchen die Augen rieb, und stand plötzlich resolut auf. Das rosawollene Kopftuch war ihr in den Nacken gefallen, und man sah nun den hübschen, mit blonden Flechten umsteckten Kopf frei auf den rundlichen Schultern. Auf dem nächsten Kirchthurm schlug es halb Neun. Sie horchte und schien etwas verdrießlich darüber, daß die Zeit bis zum Ladenschluß so langsam verging. Dann holte sie von einem Tisch hinten in der Ecke eine Schüssel herbei, die sie auf den Ladentisch vor sich hinstellte und mit zerstreuter Miene beschaute. Es war ein künstlicher Aufbau von Früchten und Süßigkeiten, aus einem Kranz von Feigen, Datteln und Traubenrosinen erhoben sich als die Krönung des Gebäudes drei kleine dunkelrothe

Apfelsinen, in deren Mitte ein Blumensträußchen prangte. Den Rand der Schüssel füllten Makronen, Weihnachtsgebäck und verzuckerte Mandeln, und unter all den Herrlichkeiten lag eine mit goldnem Schnörkelwerk verzierte Karte, auf der einige Worte standen, die der Späher auf seinem Posten draußen trotz seines eifersüchtigen Bestrebens nicht zu entziffern vermochte.

Denn es war nicht zu bezweifeln: der zierliche Aufbau rührte von einem Verehrer her, der seinen Gefühlen hier den verführerischsten Ausdruck gegeben zu haben glaubte. Welchen Erfolg er damit gehabt, war an der Miene der Beschenkten nicht zu erkennen. Sie fuhr fort, das süße Kunstwerk nachdenklich zu betrachten, hie und da ein Makrönchen oder eine Dattel, die herausgerutscht war, dem Plan des Ganzen wieder einzufügen, davon zu naschen aber schien sie durchaus keine Lust zu haben. Nur ein Rosinchen pflückte sie träumerisch vom Stiel und steckte es zwischen die Zähne, die daran nagten bloß zum Spiel.

Die Rosel hätte in derselben Zeit eine ansehnliche Verheerung in der verlockenden Bescherung angerichtet. Sie war keine Näscherin; aber dergleichen Präsente pflegten sich nicht lange in ihrem Schrank zu halten, und selbst das Pfefferkuchenherz am Christbaum war schon am zweiten Feiertage verschwunden.

Gleichviel! Der Geschmack wie der Appetit ist verschieden. Was konnte die Rosel dafür, daß sie –

Aber da ging die Klingel an der Ladenthür. Ohne daß die Schildwache draußen es bemerkt hätte, war ein kleines Mädchen vorbeigehuscht, hatte die Thür aufgeklinkt und stand jetzt in seinem dünnen schwarzen Mäntelchen, ein Tüchlein um den frierenden Kopf gebunden, vor der Inhaberin des Wollen- und Strumpfwaarengeschäfts.

Der Handel war bald gemacht. Eine verspätete Weihnachtsgabe konnt' es nicht sein, die paar Strähnen dunkler Wolle, die das Kind verlangt hatte, waren wohl nur neuer Vorrath für eine Arbeit, welche selbst am heiligen Abend fortgesetzt werden sollte. Die Verkäuferin warf, indem sie das kleine Packet einwickelte, einen stillen mitleidigen Blick auf ihre späte Kundin, deren mageres rothes Händchen die paar Geldstücke schüchtern auf den Ladentisch legte, während die eingesunkenen Augen in dem schmächtigen Gesicht nach der herrlichen Frucht-schüssel wanderten. Als sich aber das Kind mit einem leisen Gute-nacht! gewendet und schon die Thür wieder erreicht hatte, wurde es durch einen Ruf der Frau au der Schwelle festgehalten. Es kam dann zögernd, wie wenn es seinen Ohren nicht traute, an den Ladentisch zurück, und jetzt griff die Gutherzige mit einem wunderhübschen Lächeln die größte der drei Apfelsinen heraus, daß der künstliche Berg ins Wanken kam, hielt sie dem erstaunten Kinde hin und gleich mit der anderen Hand von den Feigen und Makrönchen, so viel sie fassen konnte. Als das völlig versteinerte arme Ding erst nicht zu begreifen schien, daß dies Alles ihm gehören sollte, zog seine Wohlthäterin es dicht heran, suchte in dem Mäntelchen nach den Taschen, die zum Glück nicht die schmalsten waren, und stopfte sie beide mit sichtlichem Vergnügen voll, bis Nichts mehr hineinging. In das vor Glück und Staunen offene Mäulchen schob sie dann noch eine große glänzende Feige, nickte der über und über erglühenden kleinen Armuth zu und ging gleichmüthig wieder zu ihrem Sessel zurück, während das Kind so eilfertig sich davonmachte, als ob es die ganze unverhoffte Bescherung gestohlen hätte.

Der rauhe Krieger draußen, der keinen Blick von diesem artigen Auftritt verwandt hatte, ließ ein Brummen tiefster Befriedigung vernehmen. Aber so sehr ihn dieser neue Einblick in das gute Gemüth der Verführerin er wärmt und erquickt hatte – jetzt konnte ihn Nichts mehr hier festhalten, die Rosel wartete schon zu lange. Er nickte unwillkürlich durch das Fenster einen Gruß, der an der Ahnungslosen freilich unbeachtet vorbeiglitt, faßte sein Bäumchen wieder fest in die Faust und schritt gesenkten Hauptes die einsame Straße hinunter.
*

Er war fest entschlossen, nun alle seine Gedanken einzig auf sein nächstes Vorhaben zu richten. Aber was half es ihm, daß er immer größere Schritte machte und die Augen nicht von dem Pfefferkuchen- herzen wandte! Neben ihm trippelte ein allerliebster Spuk in einer Kapuze von rosa Zephyrwolle und loser Jacke mit grauem Pelzbesatz, so leibhaftig und unentrinnbar – er getraute sich nicht zur Seite zu schielen, er war überzeugt dann auch das hübsche runde Gesicht zu sehen, am Ende gar sich anreden zu hören. So grimmig kalt es war, trat ihm doch der Schweiß in großen Tropfen auf die Stirn, die Zunge klebte ihm am Gaumen; er blickte ein paar Mal wie hülfeflehend zum Himmel empor, wo der Mond in voller Pracht schimmerte und die Sterne daneben funkelten und flimmerten. Da glaubte er von zwei hellen bläulichen Pünktchen sich anlachen zu sehen, die genau einem gewissen Augenpaar glichen, und drückte mit einem dumpfen Soldatenfluch die Augen fest zu, um von der ganzen Hexenwirthschaft Nichts mehr zu gewahren. Das verschlimmerte aber nur die Sache, denn nun stand sie erst recht vor seinem inneren Sinn, in Lebensgröße, mit dem guten Lächeln um die Lippen und in den hübschen Händen die Orange und die Süßigkeiten, die sie der kleinen Kundin in die Taschen des Mäntelchens stopfte. Er verwünschte seinen Leichtsinn, durch die Lilienstraße gegangen zu sein. Nun bog er wieder links ab und war froh, von Neuem den scharfen Wind zu spüren, der sein erhitztes Gesicht unsanft umschnob, so daß ihm bald der Bart von harten Eiszapfen starrte. Wer ihm das gesagt hätte, als er das Bäumchen putzte, daß er es in so sündhaften Gedanken nach dem Ort seiner Bestimmung tragen würde! Ihm war, als müsse jeder Vorübergehende ihm ansehn, wie ihm zu Muthe war, und ein Hohngelächter aufschlagen. Seiner Rosel hatte er Appell beigebracht, und nun waren seine eigenen Herzschläge wie unbotmäßige Recruten, die auf das Commando nicht hörten und von Subordination Nichts wissen wollten. Endlich aber war die Vorstadt mit ihren langen, öden Gassen durchschritten, und draußen über das todtenstille Feld sah er schon von Weitem die hohe, dunkle Mauer des Friedhofs ragen, nach der er hinstrebte wie nach einem geweihten Bezirk, wohin kein Hexenspuk ihm folgen könne. Als er das eiserne Gitterthor erreicht hatte, durch dessen Stäbe er die weißüberschneiten Gräber mit ihren Kreuzen und Denkmälern in langen friedlichen Reihen sich hinstrecken sah, athmete er tief auf, stellte das Bäumchen einen Augenblick auf den Boden und trocknete sich mit seinem Tuch Gesicht und Hals, wie wenn er den Weg, wie so manchesmal, in greller Sommerglut zurückgelegt hätte. Er wartete noch ein paar Minuten, bis das Herzklopfen nach dem stürmischen Lauf sich beruhigt hatte. Dann zog er die wohlbekannte Glocke neben der Eingangspforte.

Es rührte sich lange Nichts in dem Häuschen, das der Pförtner bewohnte. Auch drang kein Lichtschimmer durch die Ritzen des Fensterladens, obwohl es kaum neun Uhr sein konnte. Zweimal noch mußte der späte Gast die melancholische Glocke in Bewegung setzen, dann erst hörte er die Thür aufschließen und sah den alten Mann, tiefvermummt in einen dunklen Mantel, eine gestrickte Nachtmütze auf dem spärlichen grauen Haar, eine Laterne in der Hand, aus der schmalen Thür treten. Wie ein im Schlaf gestörter Haushund knurrte er ingrimmig vor sich hin. Als er aber die Laterne in die Höhe hielt und das Gesicht vor dem Gitter beleuchtete, stutzte er erst einen Augenblick und fragte dann in etwas minder unwirschem Ton, was Teufel der Herr Wachtmeister zu nachtschlafender Zeit noch hier zu suchen habe.

Lassen Sie mich 'rein, Herr Liborius, gab der Andere mit unsicherer Stimme zur Antwort. Hab' noch was auf meinem Grab zu thun. Soll Ihr Schade nicht sein, Herr Kirchhofsverwalter.

Der kleine Graue betrachtete ihn und das Bäumchen, das der gute Freund ihm durch das Gitter zeigte, mit unverhohlenem mitleidigem Hohn.

Sind Sie bei Trost, Wachtmeister? sagte er achselzuckend. Wollen Sie wirklich das Ding da Ihrer Seligen aufbauen, als ob Sie ihr damit ein christkindliches Pläsir machen könnten? Meinen Sie denn, so eine arme Seele ästimirte noch den Heiligabend und röche gern Fichtennadeln, Wachslichte und Pfefferkuchengewürz? Es sind ja heut Nachmittag Viele gekommen mit Kränzen und Blumensträußen und haben ihre Gräber decorirt, na, das mag noch hingehn, 's is mehr für ihr eignes Gemüthe, daß sie sich sagen können, sie haben auch an die armen Tröpfe gedacht, die heut Abend keinen Schluck Punsch zu kosten kriegen. Aber so'n completten Weihnachtsbaum – nee, Herr Wachtmeister, wie haben Sie sich so was einfallen lassen können? Und klingeln mich damit aus dem ersten Schlaf, der meine ganze Weihnachtsbescherung ist!

Soll Ihr Schade nicht sein, Herr Liborius, wiederholte Der draußen und streckte seine freie Hand, die einen harten Thaler hielt, durch die Eisenstäbe. Da, Freundchen, nehmen Sie, 's ist gerne geschehn, und nu lassen Sie mich 'rein; das Andere ist meine Sache.

Na, wie Sie meinen, brummte der Pförtner, indem er sacht das Geldstück in Empfang nahm. Die Geschmäcker sind verschieden, und Sie sind ja sonst ein braver Mann. – Dabei schloß er die kleine Pforte auf. – Aber sehen Sie, Herr Wachtmeister, Sie haben noch nicht so Vielen unter die Erde geholfen, wie ich, da haben Sie noch so curiose Begriffe von einem todten Menschen. Sie sind – nehmen Sie mir das nicht übel – wie'n Kind, das die erste Puppe geschenkt gekriegt hat. Die wird behandelt ganz wie'n lebendiger Mensch, eingewiegt und gewaschen und gefuttert, als ob sie was davon hätte, – bis das Kind endlich merkt, 's is Alles bloß seine eigne Einbildung, und frißt dann die ganze Mahlzeit, die es dem Porzellankopf angerichtet hat, selber auf. Nicht, daß ich Sie beleidigen möchte, Herr Wachtmeister. Aber sehen Sie, wenn Einer tagtäglich so ein Grab umrajolen sieht, und ist Nichts drin als das bischen Staub und Moder und Gebein, und sieht dann, wie die »tieftrauernd Hinterbliebenen« so'n Grab ankucken, wie wenn's eine Chambre garnie oder Landwohnung wäre, in die sich so'n armer Sterblicher eingemiethet hätte, weil er das Wagengerassel und den Straßenlärm satt bekommen hat, aber man könnte noch ganz gut sich mit ihm unterhalten, und er röche die Blumen, die man ihm zum Präsent macht, – na, wenn einer das glaubt, so mag man ihm ja den Spaß nicht verderben, so wenig wie man einem kleinen Mädchen sagt, daß seine Puppe bloß ein lederner Balg ist mit Sägemehl ausgestopft. Von Ihnen aber, Herr Wachtmeister, hatt' ich immer gedacht –

Was Sie von mir denken, Herr Liborius, ist mir verdammt egal, murmelte der Andere, jetzt da er in dem geweihten Bezirk war, jede Rücksicht auf den Mann, der den großen Schlüssel dazu hatte, verschmähend. Lassen Sie mich nur meiner Wege gehen. Ich brauch' Ihre Laterne nicht, um zu wissen, wohin ich will!

Meinetwegen! raunte der kleine Thürhüter. Wir haben ja auch Mondschein. Gute Verrichtung, Herr Wachtmeister!

Er nickte ihm zu mit der Miene eines Weisen, der gewohnt ist, Fünf gerade sein und unschädliche Narren gewähren zu lassen. Fritz Hartlaub hatte ihm schon den Rücken gewandt und stapfte mit harten Tritten den Gang entlang, den Kopf tief in den Mantelkragen geduckt. Wer zu dieser Stunde hier gewandelt wäre ohne ein trauerbeschwertes Herz, nur dem Eindruck der stillen weißglitzernden Gräberstätte hingegeben, hätte trotz der Schauer der Winternacht wohl gedacht, daß unter den reinlichen Decken da unten gut ruhen sei. Es war so hübsch, wie die bereiften Trauerweiden und Lebensbäume zwischen den blanken Grabsteinen ihre weißen Zweige breiteten und die knieenden oder aufstrebenden Engel auf den vornehmeren Monumenten, vom bläulichen Mondzwielicht umspielt, die zarten Aermchen erhoben, oder ihre Palmenzweige geschultert zwischen den gefalteten Händen hielten. Hie und da lag auch ein frischgrüner Kranz von Stechpalmen, Lorbeer oder Fichtenreisern auf einem der dicküberschneiten Hügel, und vor diesem oder jenem katho lischen Grabkreuz flimmerte hinter blauem oder rothem Glase ein ewiges Lämpchen. All das würdigte der schwerfällig dahinschreitende Mann im Soldatenmantel keines Blicks.

Er verließ bald den mittleren Hauptgang und wandte sich seitwärts in den entlegneren Theil des Todtenfeldes, wo längs der Umfriedung eine Reihe schmuckloserer Gräber erkennen ließ, daß hier den ärmeren Menschenkindern, den Todten zweiter und dritter Klasse ihre Ruhestatt angewiesen worden war. Er machte sich auch keine Gedanken darüber, daß nicht einmal vorm Tode Alle gleich seien. An Respect vor Rangunterschieden war seine bescheidene Seele gewöhnt. Hätte er selbst es doch auch mit weiteren dreißig Dienstjahren nie zum Offizier bringen können.

Nun endlich war er angelangt, wohin er wollte. Das Grab seiner Rosel lag dicht an der Mauer, jetzt sehr zu seiner Zufriedenheit, da er hier vor dem scharfen Winde völlig geschützt war; denn auch ein paar hohe Lebensbäume auf den Nachbargräbern hielten die Zugluft ab. Es war wie die Hügel neben ihm mit einer dicken, makellosen Schneedecke eingehüllt, aus welcher das Kreuz schwarz aufragte, aus Gußeisen in der genauen Form des »eisernen Kreuzes« auf einem kleinen steinernen Pfeiler sich erhebend. So hatte der trauernde Wittwer sich's selber ausgedacht, da er Willens war, dereinst sich zu seiner guten Frau betten zu lassen, und das wohlverdiente Ehrenzeichen sollte andeuten, daß ein rechtschaffenes Soldatenherz hier von allen Dienststrapazen ausruhe. An der Fläche der Kreuzarme stand in Goldbuchstaben die Inschrift: »Hier ruhet in Gott Rosalia Hartlaub« – (darunter das Datum des Geburts- und Todesjahres) »und ihr getreuer Gatte« –
Wann der zweite Name dazu geschrieben werden würde, konnte Niemand sagen. Als der Wittwer das Grabkreuz bestellte, dachte er, es würde nicht allzu lange dauern. Wie er heut in strotzender Kraft und Frische die Inschrift las, schien es ihm selbst fast wunderlich, daß sie einmal auch ihm gelten sollte.
Er that wieder einen tiefen Seufzer, fegte dann mit der behandschuhten Rechten den Schnee von der Mitte des Hügels ab, wobei ein dünnes Gespinnst von dunklen Epheublättern zum Vorschein kam, und pflanzte mit einem kräftigen Druck das kleine Brett, in welches das Tannenstämmchen eingekeilt war, in die Lücke zwischen den Ranken. Da stand nun das grüne Gewächs und reichte mit dem Wipfel bis an die Höhe des Kreuzes. Es nahm sich stattlich genug aus. Wenn die Rosel es sehen konnte, mußte sie ihre Freude daran haben. Aber *konnte* sie es sehen? Wo war sie in dieser Stunde? »Das bischen Staub, Moder und Gebein da unten« – der kaltblütige Pförtner, der davon Bescheid

wissen mußte, hatte' am Ende Recht: da unten war die Rosel nicht. Am Ende war sie irgend wo, wo sie selbst nicht empfand, was mit ihrem armen Rest vorgegangen war und welchen Weg ihr guter verwittibter Lebensgefährte einschlug, wenn er so recht ungestört an sie denken wollte. Ob sie aber nicht auf irgend einem der zahllosen Sterne die »Chambre garnie« oder ein Sommer- und Winterquartier bezogen hatte, schöner und luftiger, als ihre Wohnung in der Kaserne, von dem engen Logis unter dem Hügel da gar nicht zu reden?

Diese zweifelnden Gedanken kreuzten hin und her durch das helldunkle Gehirn des betrübten Mannes, bis ihm endlich alles Denken verging. Aber zu seiner eigenen Bestürzung ward er inne, daß sich die gerührte Stimmung, die ihn bei seinen früheren Besuchen hier stets überkommen hatte, heute trotz des besten Willens nicht einstellen wollte. Er suchte vergebens, sich das Bild der Entschlafenen, durch die Erinnerung an all ihre trefflichen Eigenschaften verklärt, in der Seele wachzurufen – es blieb ein dunkler Umriß, ohne gegenwärtige Lebensfülle, fast nur ein Name und ein Schatten, der immer nebelhaftere Formen annahm, je eifriger er ihn heranzulocken strebte. Statt dessen aber – er erschrak, da er sich's endlich nicht mehr verläugnen konnte – war ganz heimlich der gefährliche Spuk aus der Lilienstraße ihm wieder auf den Leib gerückt, und zu seiner bittersten Beschämung mußte er erleben, daß er, während er, um sich dagegen zu waffnen, die Inschrift vom Kreuz ablas, den Namen der Anderen beständig mit sanftem Schmeichelklang in seinem Ohre summen hörte.

Nein! So durfte es nicht fortgehn! Er, ein Soldat von dreißig Dienstjahren, sich unterkriegen lassen von einem schlauen Feinde im Unterrock, als ob ihm nicht bloß die drei Finger an seiner linken Hand, sondern der bekannte Muskel unter seiner linken Rippe weggeschossen wäre? Sich wie ein großes Wickelkind in Zephyrwolle einspinnen lassen und am Ende gar hinterm Ofen des Strumpfwaarenlädchens seine Tage müßig verhocken und Nichts weiter verrichten, als Abends Kassensturz halten und die Tageseinnahmen in ein Büchlein kritzeln? Himmelkreuzschockschwerenoth – *das* das ruhmlose Ende eines kgl. preußischen Wachtmeisters, der das eiserne Kreuz und die Kriegsmedaille von 66 trug und an den hübschesten Französinnen ungerührt vorbeigegangen war, als an der seelenverderblichen Brut des Erbfeindes? Und das Alles bloß, um nicht die Neige in seinem Lebensbecher einsam auszunippen, was freilich ein schlechtes Vergnügen war, aber immerhin besser, als sich frisch einschenken zu lassen von einer Mundschenkin, die ihm böse Augen machen würde, wenn er sie in der Zerstreuung Rosel statt Hannchen riefe? Und das würde unfehlbar geschehen. Denn hatte ihn die Selige nicht kurz vor ihrem letzten Athemzug gebeten: Fritze, vergiß mir nicht! und hatte er ihr je etwas abschlagen können? Nein, und tausendmal Nein: was der neunmalkluge Liborius auch spotten und achselzucken mochte: die Rosel *wußte* noch Bescheid um ihn, sah ihm, wie bei ihren Lebzeiten, durch Mantel und Waffenrock gerade ins Herz, und es war eine Sünde und Schande für ihn, was sie in dieser Stunde alles darin hatte sehen müssen. Fort mit dem blauäugigen, rothbäckigen Frauenzimmer, das sich da eingeschlichen hatte, wo Niemand wohnen durfte, als eine einzige, leider zu früh verewigte Person, die zwar nicht die Schönste ihres Geschlechts gewesen war, aber eine richtige Wachtmeisterin, bis in ihr letztes Stündlein ihm so treu, wie er selbst seinem obersten Kriegsherrn, und die nicht einen Augenblick daran gedacht haben würde, wäre er vor ihr gestorben, ihm einen Nachfolger zu geben, und wenn der Hauptmann selbst seine Augen auf das forsche Frauenzimmer geworfen hätte.

Auf einmal wurde ihm so leicht ums Herz, wie einem Teufelsbeschwörer, der durch kräftige Exorcisation eine Legion unsauberer Geister in die Hölle zurückgebannt hätte. Er nahm die Mütze ab, faltete die Hände und betete halblaut ein Vaterunser, ohne sich was Anderes dabei zu denken, als daß jetzt irgend etwas Geistliches am Platze sei. Sodann zog er ein Schächtelchen Zündhölzer aus der Tasche und zündete die Wachslichter am Baum eins nach dem anderen sorgsam an, was ihm auch gelang, da ja der Wind durch die Mauer und das Grabkreuz abgewehrt wurde. Wie er damit fertig geworden war, stand er in stiller Betrachtung vor dem hellfunkelnden Weihnachtsbäumchen, dessen Glanz auch die Inschrift am Krenz wie frisch vergoldet erscheinen ließ. Es war nun ganz friedlich in seinem Innern, und er empfand nicht einmal, wie der scharfe Frost seine erfrorenen Zehen angriff, da er im Schnee unbeweglich stand. Ringsum war eine so tiefe Stille, fast hätte man die Engel singen hören hoch oben im Sternenäther, ihre alte ewige »frohe Botschaft.«

Was war aber das? Was für ein Ton durchbrach plötzlich diese himmlischen Accorde, sehr an irdisches Weh gemahnend, ein Winseln und Wimmern hinter einem der benachbarten Grabsteine hervor, wo bisher nichts Lebendiges sich geregt hatte? Es verstummte dann wieder, um mit einem verstohlenen Aechzen und Stöhnen von Neuem einzusetzen, und näherte sich langsam, bis es endlich so nah erklang, daß es den einsamen Mann vor dem brennenden Bäumchen aus seiner tiefen, wehmüthig feierlichen Versunkenheit emporriß. Als er jetzt die Augen von dem bunten Kerzengeflimmer weg zur Seite wandte, sah er zu seinem Erstaunen einen kleinen zottigen Hund, der, wie es schien, auf vier erfrorenen Pfoten mühsam sich heranschleppte, am ganzen Leibe zitternd und das Maul wie ein Verschmachtender weit geöffnet, die glanzlosen, von dichtem weißem Haar umstarrten Augen fest auf das Weihnachtsbäumchen gerichtet, wobei sich der schwerarbeitenden Brust jenes klägliche Winseln wieder entrang, bis der arme Gesell das Grab der verewigten Wachtmeisterin erreicht hatte und dicht neben dem Tannenstämmchen zusammenbrach. Er erschütterte im Hinsinken die nächsten Kerzen und hätte vielleicht einen Brandschaden an seinem grauen Fell erlitten, wäre dieses nicht so starrend von Eis gewesen, daß kein Feuer zünden konnte. Offenbar hatte der Lichtglanz das völlig abgemagerte arme Thier kurz vor seinem letzten Aufstöhnen noch einmal zum Leben erweckt und angetrieben, der Wärme nachstrebend, sich zu den Füßen des unbekannten Mannes ein festlicheres Sterbelager zu suchen.

Einen Augenblick nur betrachtete der trauernde Wittwer unthätig dies erlöschende Leben. Dann bog er sich zu dem stillen Kameraden nieder, dessen weißzottige Brust nur noch in schwachen Zuckungen arbeitete, strich ihm über den zitternden Kopf und befühlte die starr ausgereckten mageren Beine. Himmelkreuz –! wetterte er dabei in den Bart. Da hockt die alte Eule, der Liborius, in seinem Käsich und paßt so wenig auf die Thüre, daß so ein armes Vieh hereinkann und, wenn ihm das Thor vor der Nase zugesperrt wird, elendiglich verhungern und verfrieren muß. Aber wart, Kleiner, du sollst nicht umsonst dir gerade dies Grab zu deinem letzten Ruhekissen ausgesucht haben. Muß es gleich Matthäi am Letzten sein? I Gott bewahre! So lange der Mensch noch japsen kann, muß er nicht verzweifeln. Aber im Schnee sich wälzen wie die Russen ist nicht für Jedermann. Komm, Kleiner, wir wollen uns ins Trockne und Warme bringen. Nur sachte! Zur Kinderfrau hab' ich ohnehin die schönsten Gaben gehabt, und meine eigenen haben nur leider nicht davon profitiren wollen. Na, flenne nur nicht! Sachtchen, sachtchen!

Er hatte während dieser vor sich hin gemurmelten Ansprache den Hund, der keinen Widerstand leistete, aufgehoben und machte sich eifrig daran, die Eiskrusten von seinem Fell mit dem Tuch abzureiben, wobei er ihm warm in das flehend verzerrte Gesicht hauchte. Nicht lange, so spürte er, daß die schon wie im Todeskampf zuckenden Glieder sich beruhigt lös'ten und das zitternde Herz mäßiger klopfte. Er schlug den Mantel um das wehrlose Geschöpf, das nur noch von Zeit zu Zeit einen wimmernden Ton ausstieß, wie ein Kind nach heftigem Weinen, wenn es in Schlaf versinkt, und fuhr fort, mit der rechten Hand den kleinen Körper kräftig zu frottiren. Dabei fühlte er jetzt erst deutlich, daß er kaum mehr als ein behaartes Knochengerüst im Arm hatte, und plötzlich richtete er sich in die Höhe und sagte: Da ist Noth am Mann! Wenn er mir wirklich nicht erfriert, so verhungert er mir. Ich muß machen, daß ich ihn nach Hause schaffe.

Sofort wandte er sich zum Gehen und war schon ein Dutzend Schritte von dem Grabe entfernt, als er sich besann, daß es sich nicht wohl schicke, so ohne Um stände seine Weihnachtsbescherung im Stich zu lassen. Nu, sagte er dann, ich kenne sie ja, sie nimmt es mir nicht übel, daß ich jetzt vor Allem zusehe, wie der Kleine was Warmes in den Leib kriegt. Sie hätte es nicht anders gemacht, und wenn sie mich jetzt sehen könnte – nicht wahr, Rosel, wir brauchen nicht viele Worte drum zu machen. Und nu gute Nacht, und laß dir was Angenehmes träumen, wo du auch sein mögest, und verlaß dich drauf, Fritze vergißt dich nicht, und ein Hundsfott will er sein, wenn er sich je wieder mit Wollen- und Strumpfwaaren –

Er vollendete diesen Monolog nicht, denn der Hund, der endlich zum Leben wieder aufzuwachen schien, rührte sich so ungeberdig und ängstlich unter dem Mantel, daß sein Lebensretter Mühe hatte, ihn zu beschwichtigen. Es gelang nicht eher, als bis er ihm erlaubt hatte, durch einen kleinen Schlitz die Nase zu stecken und dann und wann daneben ins Freie zu blinzeln. Nun lag er ergeben in sein Schicksal in dem warmen, kräftigen Menschenarm und fühlte das warme Menschenherz an seine mageren Glieder pochen und verfiel, während er in rüstigem Schritt dahingetragen wurde, allmählich in einen ohnmachtähnlichen Schlummer.

Der Mann aber, der ihn trug, blieb noch einmal stehen und blickte nach dem Grab an der Mauer zurück. Da loderte eben eine Feuersäule in die Höhe: die niedergebrannten Kerzen hatten die Ketten aus Goldpapier entzündet, die harzigen Nadeln waren mit in Brand gerathen, und da kein Wind die Flammen aus ihrer Richte bog, brannte das ganze Bäumchen wie eine ruhig gen Himmel strebende Fackel als das schönste Todtenopfer, das an diesem Abend wohl auf irgend einem Friedhof von frommen Händen dargebracht worden war.

*

So schön feierlich sich's ausnahm, – der es gestiftet, konnte nicht warten, bis es ganz verglüht und verglommen war. Er hastete mit seiner Last unterm Mantel dem Ausgang zu, und erst, als er ganz nahe an dem Pförtnerhause war, wurde sein Schritt zaudernder. Der Gedanke fuhr ihm durch den Kopf: Wie, wenn das arme zitternde Thier, das sich zu dir hingeflüchtet, diesem Menschen, dem Nichts heilig ist, gehörte, der es vielleicht geprügelt hat, daß der verschüchterte Wicht lieber draußen erfrieren, als zu seinem harten Herrn zurückkehren wollte? Wer die Todten nicht respectirt, was macht sich der aus den Lebenden, Mensch oder Vieh? Und doch, wenn er ihn reclamirt – sein Eigenthum kannst du ihm nicht vorenthalten. Am Ende aber ist er froh ihn loszuwerden. Kusch dich, Kleiner! – Er gab ihm einen sanften Schlag auf die zitternde schwarze Nase, daß der kleine Strobelkopf sich scheu unter den Mantel zurückzog, und klopfte dann leise an den Fensterladen.

Ist's Ihnen endlich doch ein bischen klamm geworden, Herr Wachtmeister? sagte der kleine alte Mann, der sofort in der Thür erschien und mit seiner Laterne vorausleuchtend dem Thore zuschritt. 's Wetter wird übrigens umschlagen, in meinem Regenhäuschen ist die Frau wieder draußen, geben Sie Acht, wir kriegen nasse Feiertage. Aber was haben Sie denn da für'n dickes Packet unterm Mantel? Sie werden sich doch keinen Klumpen Erde zum Andenken mitgenommen haben?

Nur zum Spaß klopfte er dem beladenen Manne auf den linken Arm. Ein schwaches Winseln kam aus dem Versteck unterm Mantel hervor, und gleich darauf bohrte sich die schwarze, feuchte Nase wieder zwischen den Falten durch.

Herr meines Lebens! rief der Pförtner und fuhr mit der Laterne in die Höhe, das ist ja, meiner Seel' – wo haben Sie denn den Köter aufgetrieben?

Gehört er Ihnen, Herr Liborius? fragte Fritz Hartlaub mit seiner höflichsten Stimme, bereit, in Unterhandlungen über den Findling einzutreten, denn er sah das Gitterthor noch verschlossen und sich in der Gewalt dieses gemüthlosen Menschen.

Gott bewahre! knurrte der Andere, das fehlte mir noch, zumal es streng verboten ist, Hunde auf den Kirchhof mitzubringen. Der da – denn ich kenne ihn wieder, ein ruppiger Rattenfänger – vor drei Tagen schlich er sich hier ein – sie begruben einen jungen Menschen, der sich aus Verliebtheit den Tod angethan hatte – kein Begräbniß erster Klasse, können Sie denken – na, und weil bloß so ein Stücker fünf bis sechs Menschen mitgingen, drückte ich ein Auge zu, wie auch der Schnauz hinterdreinzottelte. Hernach aber, als Alle weg waren – glauben Sie, daß ich das dumme Thier in Gutem oder Bösem dazu bringen konnte, auch nach Hause zu gehn? Es wollte partu von dem frischen Grabe nicht weichen, knurrte mich an und fletschte die Zähne, wenn ich es beim Halsband packen wollte, und als ich einen Stock holte, kniff er aus und wir jagten uns eine Viertelstunde lang um die Grabsteine herum, bis mir der Athem ausging. Am Ende dauerte er mich wieder. So 'ne unvernünftige Creatur hat manchmal mehr Attachement als ein Mensch, sagt' ich mir, und der Köter und sein Herr passen gut zusammen, da sie beide vor Liebe sich aus der Welt weggewünscht haben. Meinetwegen mag er seinen Willen durchsetzen. Bei 13 Grad Kälte wird er's ohnehin nicht lange treiben. Na, und Sie wollen sich mit ihm beladen, Herr Wachtmeister? Er crepirt Ihnen unterwegs, bis Sie nach Hause kommen. Er hat drei Tage nichts zu fressen gekriegt, und hören Sie nur, er röchelt ja schon!

Darum wollt ich eben bitten, daß Sie mich geschwinde wieder 'rauslassen. Das Uebrige werd' ich schon besorgen.

Na, wie Sie wollen. Des Menschen Wille ist sein Himmelreich. Aber Sie werden sehen, Sie schleppen sich ganz umsonst mit dem Kameraden. Gute Nacht, Herr Wachtmeister, und vergnügte Feiertage! Gute Nacht!

Damit trat der barmherzige Samariter aus dem Kirchhofspförtchen ins Freie und eilte mit so gewaltigen Schritten davon, als wäre das Gespenst des jungen Selbstmörders hinter ihm her, die kostbare Last, die er unterm Mantel trug, ihm wieder abzujagen.

*

Um die Zeit saß in ihrer einsamen Stube neben dem Kochofen, der eine behagliche Wärme ausströmte, die gute dicke Frau, die heut ihren Heiligabend ohne ihren Sohn und den Hausgenossen vom vierten

Stock feiern mußte, aber auf ihrer weißen, faltenlosen Stirn stand keine Runzel des Unmuths. Vielmehr sog sie mit offenbarem Wohlgefallen den kräftigen Duft aus einem porzellanenen Punschnapf ein und ergab sich unter allerlei tiefsinnigen Betrachtungen in ihr Schicksal, was sie für Zwei gebraut hatte, allein auszuschlürfen. Der Teller mit ihrem bescheidenen Nachtmahl war bei Seite geräumt, ein großer Honigkuchen, von dem sie langsam Stück um Stück abbröckelte, lag neben dem dampfenden Glase, eine alte vergriffene Bibel hatte sie vor sich auf den Knieen, aber die Hornbrille, durch welche sie das Weihnachtsevangelium zu lesen gedachte, war hoch auf die Stirn zurückgeschoben, und ihre Gedanken gingen über das Buch hinaus, wer weiß, wohin.

Am wenigsten wohl zu ihrem Wilhelm und seinen Bräutigamsfreuden, die ihn ihr heute entzogen. Denn sie war ein praktischer Charakter, ohne unnöthige Sentimentalitäten, und als ihr einziger Sohn sich verlobte, hatte sie ihn sogleich für sich selbst verloren gegeben. Dagegen den Freund vom vierten Stock gab sie noch nicht auf. Er ziert sich wohl noch ein bischen, sagte sie sich im Stillen. Na und die Rosel war ja auch eine rechtschaffene Frau und hielt ihn gut, und daß er noch von keiner Zweiten hören will, macht ihm am Ende keine Schande. Die Mannsleut' heut zu Tage sind selten so nachträglich und schielen schon beim Begräbniß unter dem Trauergefolge herum, welcher von den guten Freundinnen oder Cousinen der Seligen der Krepp am besten steht. Aber daß er darum Zeitlebens alleine hocken will – so'n Mann in den besten Jahren – und da in der Lilienstraße könnte er ein Leben haben wie Gott in Frankreich – 's ist ja der helle Wahnsinn! Na, so'n stämmiger Baum fällt nicht auf einen Schlag, und heut Abend wird er sich vielleicht einen solchen Mordsschnupfen bei seiner Rosel holen, daß er so bald nicht wieder hinaus will.

Sie that einen langen Zug aus dem Glase und schnalzte mit der Zunge, als sie es leer auf den Tisch stellte. So gut ist er mir nie gerathen, sagte sie, indem sie die Haubenbänder unter dem gerötheten Kinn lockerte. Er könnt's auch brauchen, nach der frostigen Geschichte. Aber wenn er hartköppig ist – sein eigener Schade!

Indem sie eben das Glas von Neuem füllte, hörte sie einen wohlbekannten Schritt die Treppe heraufkommen und an ihrer Thür einen Augenblick stillhalten. So früh hatte sie ihn nicht zurückerwartet. Er wollte ja irgendwo in einem stillen Kneipenwinkel den Rest des

Abends verdämmern. Ob es ihn doch nach ihrem Punsch gelüstet hatte, dessen Verdienste stets willig von ihm anerkannt worden waren? Nein, er stapfte weiter an ihrer Stube vorbei und die Stufen zu seiner Mansarde hinauf. Vielleicht schämte er sich nur, daß er nun doch die Einsamkeit nicht ertrug, und sie thäte ein Werk der Nächstenliebe, wenn sie ihm halben Wegs entgegenkäme. Aber erst sollte er noch Zeit haben, sich droben in der graulichen Einsamkeit umzusehen und zu erkennen, daß die Nachbarin unten nur sein Bestes gewollt hatte.

Sie setzte eben das Glas wieder an die Lippen, da klang oben von Neuem die Thür, und sie hörte ihn wahrhaftig wieder heruntersteigen. Das ging ja rascher, als sie hatte hoffen können. Und richtig, er klopfte jetzt bei ihr an und wartete kaum ihr Herein! ab, da stand er schon vor ihr, ohne Mantel freilich, aber die Mütze noch auf dem Kopf, was seinen gewohnten artigen Manieren gröblich widersprach.

Wie wunderlich sah er aus den Augen, die irgend was am Boden zu suchen schienen! Und kein »guten Abend!« nur ein stilles Kopfnicken. Und er konnte eine ganze Weile keinen Athem finden.

Was haben Sie denn, Herr Nachbar? fragte sie, ihn betroffen von Kopf bis Fuß musternd. Ist Ihnen nicht wohl? Haben Sie einen Geist gesehn?

Er schüttelte hastig den Kopf.

Sie könnten mir einen Gefallen thun, Webern. Kommen Sie mit mir 'rauf. Ich habe Jemand mitgebracht.

Jemand mitgebracht? Ich habe doch bloß Ihren Schritt auf dem Flur gehört.

Ich habe ihn tragen müssen, er konnte nicht laufen, weil er sich die Füße verfroren hatte. Sie müssen mir helfen, ihn wieder zu sich bringen, Sie wissen ja besser Bescheid mit so was –

Er sah sie flehentlich an. Die gute Seele, so erschrocken sie war, stand schon auf ihren breiten Füßen und nahm ihn beim Arm.

Was sagen Sie, Wachtmeister? Sie haben ihn 'raufgetragen? Nein, so was lebt nicht! Wer ist es denn? Wie sind Sie denn zu ihm gekommen?

Sie werden schon sehn, Webern. Aber kommen Sie, nehmen Sie noch was mit, er ist halb verhungert.

Da die Punschterrine! Das wird ihm gut thun, daß er erst wieder aufthaut. Und von meinem Abendessen sind noch ein paar Reste da – Fleisch hab' ich freilich nicht mehr.

Aber Milch, Webern, wenn Sie noch ein paar Schluck Milch im Vorrath hätten. Punsch ist nicht seine Sache, und ob er Fische isst, weiß ich nicht. Kommen Sie nur geschwind mit der Milch, das Andere findet sich.

Und ohne ihre Antwort abzuwarten, rannte er wieder aus dem Zimmer und die dunkle Stiege hinauf.

Die gute Frau faßte sich nach der Stirn. War ihr Freund denn bei Trost, daß er den erfrorenen Menschen mit kalter Milch statt mit heißem Punsch wieder beleben wollte? Am Ende aber – wenn's nun ein Kind wäre, irgend ein armer Wurm, den eine herzlose Mutter ihm vor die Füße gelegt – bei seiner Gutmüthigkeit hatte er sich's natürlich aufhalsen lassen, statt auf die Polizei damit zu gehen – na, am Ende war's auch bei ihm – und ihr – besser dran; sie hatte ein Herz für kleine hülflose Menschenkinder, das wußte er ja, das brachte ihr Geschäft ja schon mit sich –

Und so vor sich hin denkend und murmelnd war sie zu ihrem Küchenschrank gelaufen und hatte ihr Milchtöpfchen hervorgeholt. Im nächsten Augenblick leuchtete eine Spiritusflamme unter einem Blechpfännchen auf, und die bläulichweiße Flüssigkeit fing an sich zu erwärmen.

Sie steckte noch allerlei zu sich, was für ein hungerndes und frierendes Wickelkind heilsam sein konnte, ergriff dann das Pfännchen mit der heißen Milch und eilte, ohne ihre Haube fest zu binden, die Treppe hinauf.

Als sie bei ihrem Nachbarn eintrat, sah sie ihn vor dem kleinen Kachelofen knieen und mit großem Eifer in die Scheiter blasen, die auch alsbald in Brand kamen. Es war sonst noch dunkel im Zimmer, er hatte sich die Zeit nicht genommen, die Lampe anzuzünden. Im Bett aber, mit der wollenen Decke zugedeckt, über die noch ein Federkissen geworfen war, lag etwas Dunkles, von dem nur eine unruhige Regung erkennen ließ, daß es lebendig war.

Da bin ich, keuchte sie, als sie sich nach dem Tisch hingetastet und, was sie trug, darauf abgelegt hatte. Wo haben Sie ihn denn gefunden? Stecken Sie doch vor Allem die Lampe an. Herrgott, Sie zittern ja am ganzen Leibe, ich fühl' es im Dunkeln. Seien Sie mir nicht ängstlich, so ein kleiner Mensch hat ein zähes Leben. Na, endlich brennt der alte Docht. Nu lassen Sie mal die Bescherung sehen. – Gerechter Gott im Himmel, das ist ja kein kleiner Junge, wie Sie sagten, das ist ja ein – Hund!

Sie sank vor Ueberraschung, zu der sich ein heimlicher Aerger gesellte, auf den Stuhl am Bett und ließ die Hände wie gelähmt auf ihre dicken Kniee fallen.

Allerdings ist es nur ein Hund, hörte sie jetzt Fritz Hartlaub sagen, in dem Tone, in welchem man für einen Hülflosen und Verkannten Partei ergreift. Wenn Sie kein Herz für so eine Creatur haben, die doch auch von Gott geschaffen ist, so verzeihen Sie, daß ich Sie heraufbemüht habe. Lassen Sie die Milch hier und verfügen sich selbst wieder zu Ihrem Punsch. Ich werde mich dadurch nicht abhalten lassen, dem armen Burschen Beistand zu leisten, bis er wieder auf den Beinen ist. Denn sehen Sie, das ist *meine* Weihnachtsbescherung, die hat mir die Rosel zugedacht gehabt, und auf ihrem Grabe, als ich eben das Bäumchen angezündet hatte, ist dieser Hund an mich herangekommen, und wenn so'n Thier sprechen könnte, hätte es gesagt: deine Selige jammert es, daß du so alleine bist, und sie läßt dich schön grüßen und schickt mich, damit ich dir ein bischen Gesellschaft leiste. Ich habe nicht so'ne glatte Haut, wie gewisse Frauenzimmer in Woll- und Strumpfwaarengeschäften, aber man kann auch unter einem struppigen Fell ein gutes und getreues Herze haben und damit Amen! – So hätte er sagen können; ich aber habe auch ohne das verstanden, wie's gemeint war, und jetzt geben Sie mir gefälligst die Milch, ich will sie in die Untertasse gießen und sehen, ob er die Kraft schon wieder hat, die Zunge danach auszustrecken.

So nachdrücklich war diese Rede unter dem martialischen Schnurrbart hervorgekommen, daß die betroffene Zuhörerin es gerathen fand, nicht das kleinste Wort, das Zweifel oder gar Spott ausgedrückt hätte, darauf zu erwiedern. Sie raffte sich vielmehr diensteifrig auf, um bei dem Liebeswerke behülflich zu sein, und hielt die Untertasse dem warmgebetteten Patienten selbst unter das Kinn, während sein Retter vorsichtig die Milch hineingoß. Sie mußten eine Weile warten, bis der eingefrorene Geruchsinn in dem kalten schwarzen Naschen aufwachte. Dann aber that sich ein blaßrothes Zünglein ans dem verlechzten Maul hervor und fing zitternd an, am Rande der Schale zu lecken. Nicht lange, so rappelte sich das Klümpchen unter der wollenen Decke mit einiger Mühe, aber doch erfolgreich in die Höhe, der struppige Kopf streckte sich vor, und die Zunge that ihr Geschäft so begierig, daß bald der letzte Tropfen aus dem Milchkännchen versiegt war.

Pros't Mahlzeit! brummte der rauhe Krieger, indem er mit der großen Hand dem wackeren Trinker sacht über den Kopf strich. Nun, denk' ich, sind wir durch! Wer Milch säuft, ist noch kein todter Hund. Justement so hab' ich meinem Rittmeister – damals war er erst Secondeleutnant – die Lebensgeister wieder angeblasen nach der Schlacht bei Le Mans, wie er mit der Kugel in der Schulter kreideweiß neben seinem todten Gaul lag, bloß mit dem Unterschied, daß es keine Milch war, sondern Cognac aus seiner eignen Feldflasche. Na, das ist nun der einzige Unterschied zwischen Thier und Menschen, im Geistigen sind wir ihnen über. Aber meinen Sie nicht, Weberken – (das Kosewort zeigte, wie guter Laune er plötzlich gegen die alte Freundin wieder geworden war) – nach der Suppe sollte der Braten kommen? Hätten Sie etwa noch von Mittag –

Nicht für einen hohlen Zahn, Herr Wachtmeister, ich bedaure wirklich. Es kamen ein paar Bettelkinder, denen gab ich, was mein Wilhelm übrig gelassen hatte. Aber vielleicht thun's ein paar Semmelbrocken. Sein Magen ist ja ohnehin noch schwächlich.

Verzeihen Sie, werthgeschätzte Freundin, aber was ein richtiger Hundemagen ist, der kommt erst wieder zu sich, wenn er Fleisch zu verarbeiten kriegt. Und am Heiligabend ihn mit Brod abspeisen – ich müßte mich ja schämen. Wenn er noch Pfefferkuchen möchte – aber damit ist ihm nicht beizukommen. Sie bleiben wohl einen Augenblick bei ihm. Ich bin gleich wieder da.

Er rannte zur Thür hinaus, ohne erst den Mantel umzuhängen. Nach zehn Minuten trat er richtig wieder ein, ganz heiß vom eiligen Gang, in der Hand ein großes Papier, aus welchem er allerlei kalte Fleischstücke nahm. Das haben sie mir drüben im Speisehaus gegeben, sagte er. Salz habe ich auch gleich mitgebracht Nun kann das Tractement losgehen.

Doch war die Liebesmüh einstweilen noch umsonst. Das rauhe schwarze Mäulchen schnappte zwar nach dem Bissen, der ihm vorgehalten wurde, ließ ihn aber wieder fallen und öffnete sich zu einem langen und herzhaften Gähnen, wobei der Kopf wieder auf das Kissen fiel. Er ist noch zu schwach, sagte die Wärterin, die Decke ihm wieder über den Hals ziehend; er braucht jetzt nur Schlaf in seinem warmen Nest. Wenn er sich erst ein bischen durchgewärmt hat, wird der Appetit schon kommen.

Meinen Sie, Webern? Na, dann wollen wir ihn schlafen lassen. Wie alt mag er wohl sein?

Wie alt? Ich versteh' mich nicht so accurat auf junge Hunde wie auf kleine Kinder, aber viel über ein oder anderthalb Jahr wird er schwerlich sein. Ob er schon zimmerrein ist –

Danach frag' ich vorläufig nicht, antwortete Fritz Hartlaub in etwas gereiztem Ton. Einstweilen lebt er, das ist die Hauptsache. Sehn Sie, Webern, er schläft wahrhaftig schon.

Und schnarcht wie 'ne alte Säge. Sie werden Ihre liebe Noth haben mit dem Stubenburschen.

Die Rosel schnarchte auch. Das hat mich niemals gestört.

Na, eine Nacht kann man's ja aushalten.

Eine Nacht? Wie meinen Sie das?

Sie wollen ihn doch nicht behalten?

Wenn er *mich* behält – er ist ja herrenlos, Webern, und eben darum hat die Rosel ihn mir beschert. Sie müssen wissen –

Nun erzählte er ihr die Geschichte von dem jungen Selbstmörder, von dessen Grab der Kleine nicht hatte weichen wollen. Die Frau, so gute Gründe sie hatte, nicht zu wünschen, daß eine andere Gesellschaft, als die sie ihm zugedacht, auf die Dauer sich hier oben einnistete, wurde doch ein wenig gerührt. Sie streichelte dem Schläfer jetzt selbst den Kopf und sagte: Na, wie Gott will! Er scheint einen guten Charakter zu haben. Treue ist doch kein leerer Wahn, sagt Schiller. Wissen Sie denn, wie er heißt?

Wie sollt' ich wohl? Der Liborius wußt' es nicht, und sein früherer Herr ist ja stumm wie's Grab. Aber ich weiß schon, wie ich ihn nennen werde, wenn er mir nicht durchbrennt, sobald er wieder zu Kräften gekommen ist.

Wie wollen Sie ihn denn nennen?

Strubbs soll er heißen. So hieß der Pudel von meinem Rittmeister, den die Rosel so gern hatte, und der ein sehr anständiges und kluges Thier war. Finden Sie den Namen nicht ganz passend, Nachbarin?

Gewiß, sagte die Frau ernsthaft und stand auf, und nun will ich Ihnen und Ihrem Strubbs eine gute Nacht wünschen, und wenn Sie noch was brauchen sollten, wecken Sie mich nur. Immer noch besser, ich steige noch einmal Ihre Treppe, als daß ich in der Weihnachtsnacht zu einer meiner Kundinnen gerufen werde.

Sie nickte dem Wachtmeister wieder ganz freundschaftlich zu. Als sie aber schon die Hand auf der Thürklinke hatte, hörte sie ihn noch einmal rufen: Was meinen Sie, Webern, verträgt er's wohl, wenn hier geraucht wird? Ich habe noch keinen Schlaf und möchte Ihre schöne neue Pfeife einweihen.

Aber Wachtmeister, erwiederte die Frau kopfschüttelnd, Sie haben doch gedampft wie'n Schlot, als die Wiege neben dem Bett Ihrer Rosel gestanden hat. Wollen Sie nun Umstände machen mit so 'nem vierbeinigen Wickelkind? Nehmen Sie mir's nicht übel, Sie sind ein bischen schwach im Kopf, weil Sie nichts im Magen haben. Ich werde Ihnen noch ein Glas Punsch bringen. –

Er machte denn auch wirklich keine Umstände, rauchte seine Pfeife, trank den Punsch und trat nur behutsam in seinen Pantoffeln auf, wohl noch eine Stunde lang, wobei er immer, so oft er an dem Bett vorbeikam, einen zufriedenen, väterlich würdigen Blick auf den kleinen Schläfer warf. Als die Pfeife ausgeraucht und seine Augen von dem starken Trank schwer geworden waren, zog er sich leise aus, löschte die Lampe und schob sich, indem er seinen Bettkameraden behutsam näher an die Wand rückte, unter die Decke. Er empfand mit großer Befriedigung, daß von dem zottigen Fell Wärme ausströmte, und das kleine Herz, das er sanft befühlte, klopfte in regelmäßigen Schlägen. Keine fünf Minuten vergingen, so erklang durch die Mansarde das friedliche Duett zweier Schläfer, deren Athemzüge im
schönen Einklang einer Terz vernehmlich aus- und eingingen.

*

Am folgenden Tage, dem ersten Weihnachtsfeiertage, bekam keiner der Hausgenossen den neuen Einwohner zu sehen. Mittags freilich erschien der Wachtmeister in seiner Speisewirthschaft, sputete sich aber mehr als gewöhnlich, obwohl der festtägliche Küchenzettel zu längerem Verweilen einlud, und ließ sich dann in der Küche eine mitgebrachte Schüssel mit Suppe und Fleischabfällen anfüllen, »für einen kranken Hund«. Derselbe schien aber in der Genesung starke Fortschritte zu machen. Denn als am Nachmittag die Frau Weber von ihrem Weihnachtsschmause in der Lilienstraße zurückkehrte und bei ihrem alten Freunde anklopfte, sich nach dem Befinden des Patienten zu erkundigen, sprang dieser ihr mit Bellen entgegen, etwas schwankend noch auf den erfrorenen Pfoten, übrigens ohne die hippokratische Miene von gestern, mit wohlgekämmtem Fell und glattfrisirtem Haupt, und leckte in dankbarer Erinnerung an die gestern bewiesene Mildthätigkeit seiner noch immer etwas unwirschen Gönnerin die Hand. Sie wolle Strubbs jetzt zu sich nehmen, wenn der Herr Wachtmeister einen Spaziergang machen möchte. – Aber davon wollte dieser nichts wissen. Er sei ganz guter Dinge hier oben und langweile sich durchaus nicht.

Mit einem stillen Seufzer empfahl sich endlich die wackere Frau, nachdem er ihr versprochen hatte, morgen Nachmittag zum Kaffee zu ihr zu kommen. Das Brautpaar werde da sein, und natürlich könne er Strubbs mitbringen. Pünktlich um 3 Uhr. Sie hätte von ihrer künftigen Schwiegertochter einen großen Napfkuchen zum Präsent bekommen.

Als der Nachmittag des zweiten Feiertags erschienen war und der so freundlich Eingeladene sich und seinen kleinen Kameraden »proper« gemacht hatte, nahm er das Hündchen auf den Arm, um ihm das beschwerliche Treppenhinabrutschen zu ersparen, und verließ sein Zimmer, das ihm jetzt erst traulich und wohnlich geworden war. Da stockte plötzlich sein Fuß auf der untersten Stufe, dicht vor der Thür seiner alten Freundin. Denn im nämlichen Augenblick erschien auf dem Flur des dritten Stockwerks eine nur zu wohlbekannte weibliche Gestalt von mittlerer Größe, zierlich angethan in einem warmen modischen Wintermäntelchen, einen Hut mit blauen Sammetblumen auf dem blonden Haupt, die kleinen Hände in einen braunen Muff vergraben. Die eine derselben fuhr eilig heraus, als der Treppenabsatz erreicht war, schlug den silbergrauen Schleier zurück und streckte sich dem Entgegenkommenden dar, der wie zur Salzsäule erstarrt keinen Schritt vorwärts bewegte.

Guten Abend, Herr Wachtmeister, erklang eine weiche Stimme aus dem runden Hütchen hervor. Ich freue mich, Sie einmal wiederzusehen und, wie es scheint, in bestem Wohlsein. Ich glaube, wir gehen Einen Gang.

Sie irren sich, Madame, kam es aus dem martialischen Schnurrbart hervor. Ich bin nur eben – ich wollte mir nur ein bischen die Füße vertreten –

So? Da haben Sie Recht, Herr Wachtmeister. 's ist gerade noch recht lebhaft auf den Straßen, genießen Sie das letzte bischen Weihnachtssonnenschein, Sie bringen dann einen besseren Appetit mit für den Kaffee der Frau Weber. Schade, daß ich gestern nicht die Ehre haben konnte – aber ich habe schon gehört, Sie haben ein Pflegekind bekommen, das konnten Sie nicht im Stich lassen. Na, ein andermal, nicht wahr? Aber lassen Sie doch einmal sehen – das ist ja ein ganz reizendes Thier, und gutartig scheint er auch zu sein –

Sie streckte bei diesem Wort die Hand in dem wollenen Handschuh nach dem Hunde aus, in der Absicht, ihm sanft den Rücken zu krauen. Sofort erhob Strubbs ein heftiges Bellen, und das Schöpfchen an seinem Vorhaupt sträubte sich drohend.

Nee, sagte sein Herr, indem er ihm beruhigend den Hals klopfte, sparen Sie die Mühe, Madame. Er kann das Cajoliren und Schönthun nicht leiden, er wittert immer gleich Absichten, und wenn er Katzenpfötchen sieht, wird er wild. Uebrigens reizend ist er auch nicht grade, wie Sie zu äußern die Güte hatten. Die Schönheit drückt ihn wahrhaftig nicht, aber ein forscher Hund ist er und treu wie Gold, und das, Madame, ist für Menschen und Thiere die Hauptsache. Meine Selige hat ihn mir am Heiligabend beschert, nun werden wir uns das Leben miteinander so angenehm wie möglich machen, wenn's auch nicht oft Gänsebraten giebt, und heute machen wir unsre erste Promenade, bloß die Treppe hinunter trag' ich ihn noch, weil er schwach auf den Beinen ist, hernach muß er laufen. Wann er genug haben wird, weiß ich nicht. Darum bestellen Sie, wenn ich bitten darf, ein schönes Compliment an Madame Weber, und sie möchte uns entschuldigen, wenn wir nicht zu ihrem Kaffee kämen. Ich wüßte ja, sie hätt's auf ihre Manier recht gut gemeint, aber straf' mich Gott, es ginge nicht, alte Verpflichtungen gingen vor, sie sollte sich weiter keine Mühe geben – sie wird schon wissen, was ich damit meine. Und jetzt empfehl' ich mich Ihnen, Madame. Vergnügte Feiertage!

Er faßte militärisch mit drei Fingern der rechten Hand an die Mütze, drückte mit der linken dem noch immer kläffenden Hündchen sanft die Schnauze zu und schritt ruhig an der sehr betroffen zu Boden blickenden hübschen Frau vorbei die Treppe hinab. – –

In die Lilienstraße hat er seit diesem Tag keinen Fuß mehr gesetzt.

Das Freifräulein.

(1889)

Wie es zuging, daß diese Geschichte, die drei Jahrzehnte lang in einem Winkel meines Gedächtnisses geruht hat, auf einmal wieder mit allen Einzelzügen so lebendig vor mich hintrat, daß ich der Versuchung, sie aufzuschreiben, nicht widerstehen kann, wüßte ich nicht zu sagen. Von Allen, die darin mitspielen, habe ich nur einen Einzigen gekannt. Auch dieser hat mich in Person nicht an sich erinnern können; er schläft schon lange den letzten Schlaf, und sein Name ist in der Welt verschollen. Das kleine Kunstwerk aber, das ich von ihm besitze, – er war ein Landschaftsmaler – habe ich unzählige Male betrachtet, ohne daß ich den Drang gespürt hätte, der Welt zu erzählen, was ich von seinem Urheber weiß.

Wer ihm freilich jemals nahegetreten war, hat ihn schwerlich je wieder vergessen.

Er war ein stattlicher Mensch, der den Frauen auf den ersten Blick gefiel und den Männern, ehe er noch ein Wort gesprochen, den Eindruck eines Charakterkopfs machte, der sein eigenes Leben lebte, auf eigene Rechnung und Gefahr. Als ein echter Sohn seiner schleswig-holsteinischen Heimath hoch und schlank aufgeschossen, trug er das Haupt mit dem dichten blonden Haar aufrecht auf den breiten Schultern, der ins Röthliche spielende Bart umgab ein feines Gesicht von zarter Farbe wie die Haut eines jungen Mädchens, und unter den lichten Brauen blickten ernsthafte Augen hervor von so tiefer Bläue, daß man sie zuerst für schwarz zu halten geneigt war. Dazu die zierlichsten Hände und Füße und eine sanfte, leichtumschleierte Stimme. Gleichwohl hatte ihn Niemand, der nur zwei Worte mit ihm getauscht, im Verdacht der geringsten weiblichen Schwäche, ja die Meisten klagten über einen herben und scharfen Grundzug seines Wesens, und empfindsame Damen erklärten, er sei kalt wie Nordlandseis. Ihn selbst kümmerte es am wenigsten, was man von ihm dachte und sprach. Obwohl er mit Leidenschaft an seinem Künstlerberufe hing und mit reiner Ueberzeugung auf seinem Wege fortging, kam er doch nicht zu einer vollen inneren Ruhe. Eine stille, zornige Schwermuth lag im Grunde seiner Seele, da er das Schicksal der Herzogthümer beständig vor Augen hatte und die Politik der Großmächte für ebenso unwürdig wie verderblich hielt.

Das gab ihm eine schroffe Haltung seinen süddeutschen Kunstgenossen gegenüber, die seine Gesinnung nicht begriffen und der Politik fern zu bleiben pflegten, und nachdem er einige unliebsame Scenen verursacht hatte, da er nach eigensinnigem Schweigen mit bitterer, wilder Empörung ausgebrochen war, hatte er sich ganz zurückgezogen und lebte mit seiner klugen kleinen Frau, die ihn völlig verstand, und zwei schönen Kindern in einer der entlegneren Straßen Münchens nur seiner Kunst und zwei oder drei alten Freunden, denen im Lauf der Zeit auch ich mich gesellen durfte, nachdem zuerst unsere Frauen Gelegenheit gehabt hatten, sich einander zu nähern.

Wie wir Männer zu einander standen, war mir lange fraglich geblieben. Er wußte, daß ich mit seiner Kunstanschauung, die in der Natur einzig und allein die strenge Form und den Adel der Silhouette suchte und den Reiz der Stimmung verschmähte, nicht völlig einverstanden war, wie auch ich es immer als eine Ausnahme empfand, wenn er einmal eine meiner Arbeiten seines Lobes würdigte. Mit Aeußerungen zarterer Gefühle war er überhaupt sparsam, obwohl Niemand ihn der Kälte zeihen konnte, der Zeuge war, wie seine Augen von einem stillen Feuer brannten, wenn er mit Weib und Kindern zu Tische saß, oder Abends an die kleinen Betten trat, dem Knaben zur guten Nacht die Hand zu schütteln wie einem alten Freunde, und dem goldblonden kleinen Mädchen, seinem Ebenbild, sacht über das Haar zu streichen. Daß er die Kinder geküßt hätte, entsinne ich mich nicht je gesehen zu haben.

Indem ich nun so Jahr und Tag neben ihm hin lebte, da wir uns an einem bestimmten Abend der Woche mit unseren Frauen bei der nordischen Theemaschine zusammenfanden, hatte ich mich der alterprobten Lebensweisheit getröstet, auch von diesem seltenen Menschen nicht mehr zu verlangen, als er aus freien Stücken geben wollte, und an die Möglichkeit nicht gedacht, daß unser Verkehr eine wärmere Tonart annehmen könne. Um so freudiger war ich überrascht, als am Weihnachtsabend im zweiten Jahr unserer Bekanntschaft mir das liebenswürdigste Christgeschenk von ihm überbracht wurde, das ich mir nur hätte wünschen können.

Ein Skizzchen von jener alten, wunderlichen Kirche, die auf dem schroffen Vorgebirge von Portovenere den schmalen Thurm mit der weiß und schwarz gestreiften Marmorbekleidung hoch über dem blauen Meer in die Lüfte hebt, ganz von unten gesehen, badende

Knaben um die Klippen, an denen der weiße Gischt hoch aufsprüht, während graue Seevögel hin und wieder streifen.

Ich hatte die kleine Leinwand im Atelier unter anderen seiner Studien nach südlichen Gegenden an der Wand hängen sehen und war oft genug davor stehen geblieben, da sich mir reizende Jugenderinnerungen an diese Stätte knüpften. Wir hatten kein Wort darüber gesprochen. Nun schickte er mir diesen meinen Liebling in einem schlichten dunklen Rähmchen, wie sich's für die Studie schickte, mit einer Karte, auf der nur der bekannte Festgruß: »Vergnügte Feiertage!« geschrieben stand.

Auch als Kind entsinne ich mich nicht durch irgend eine Christbescherung mehr erfreut worden zu sein und schämte mich freilich ein wenig, nicht auch irgend einen glücklichen Einfall, ihn zu erfreuen, gehabt, ja überhaupt nicht einmal daran gedacht zu haben.

Natürlich war mein erster Gang am Morgen des ersten Weihnachtstages zu dem Freunde, der mir die Feiertage so froh gemacht hatte. Denn ich wußte, daß er auf seine Studien mehr als auf seine ausgeführten Bilder Werth legte und sie nur ausnahmsweise an Solche verschenkte, denen er sich traulich nahe fühlte.

Als ich nach zweimaligem Klopfen, ohne das Herein! abzuwarten, das Atelier betrat, nach welchem die Magd mich gewiesen hatte, sah ich auf den ersten Blick, daß ich ungelegen kam. Mein Freund stand am Fenster, die Stirn gegen die Scheibe gedrückt, die Hände auf den Sims gestemmt. Das Geräusch auf der Gasse drunten hatte ihn mein Klopfen überhören lassen. Auf dem niedrigen Sopha, in die Kissen zurückgelehnt, lag seine Frau, ihr Tuch vor die Augen gedrückt. Als die Thüre ging, fuhren Beide in die Höhe und kehrten mir zwei Gesichter zu, die von einer noch frischen Aufregung verstört und geröthet waren.

Ich stammelte eine unbeholfene Entschuldigung, ich sähe, daß ich sie gestört hätte, sie möchten mich ohne Umstände wieder wegschicken. Ludwig aber – ich muß nun doch wenigstens seinen Vornamen nennen – be zwang sich rasch, ging mit ausgestreckten Händen auf mich zu und sagte:

Sie sind es?! Das ist schön, daß Sie sich sehen lassen. Sie treffen uns nicht gerade in froher Feststimmung. Wir haben soeben eine Nachricht erhalten, die uns sehr erschüttert hat. Aber bleiben Sie ja! Gerade in solchen Stunden ist die Nähe eines Freundes doppelt wohlthuend.

Auch die Frau war aufgestanden und hatte mir mit leichtem Zunicken eine Hand geboten. Als ich dieselbe aber ergriff und herzlich drückte, gingen ihr von Neuem die Augen über. Sie wandte sich ab und sagte kaum hörbar:

Verzeihen Sie, ich muß – mich erst wieder sammeln. Ludwig wird Ihnen erklären –

Damit ging sie hinaus, durch eine andere Thür, die in das Eßzimmer führte. Ich konnte nur einen Augenblick den Weihnachtsbaum sehen, der auf dem Tisch in der Mitte stand, und die lieblichen Kindergesichter, die sichtbar betroffen von ihrem Spiel aufblickten und nicht wußten, was sie von den weinenden Augen der Mutter denken sollten. Ich beeilte mich, um die verlegene Stille zwischen uns zu unterbrechen, dem Freunde den Grund meines frühen Besuchs zu erklären. Er schüttelte abwehrend den Kopf. Es sei nicht der Rede werth, ich mache viel zu viel Aufhebens von der Bagatelle. Nein, sagte ich, er dürfe den Werth nicht herabsetzen; ich müsse sonst denken, es sei ihm beim Geben nicht so ums Herz gewesen wie mir beim Empfangen, es als ein Zeichen zu betrachten, daß das letzte Jahr uns einander herzlich nahe gebracht. Da sah er mich mit seinen ehrlichen dunklen Augen ernsthaft an.

Wenn Sie es so meinen, nun ja, ich hatte mir überlegt in diesen letzten Tagen, daß es doch eine gute Sache sei um die Freundschaft zwischen zwei Menschen, die so verschieden geartet sind wie wir. Ich habe oft gefunden: man muß sich nicht allzu ähnlich sehen, um sich auf die Dauer mit einander wohl zu fühlen. Die erste Illusion eines vollkommenen Einverständnisses ist ja ein himmlisches Gefühl. Aber sobald dann kleine Störungen des Einklangs kommen, thun sie um so empfindlicher weh. Wir dagegen haben uns – und er lächelte zum ersten Mal mitten durch seinen Trübsinn – im Zank befreundet, in einem heftigen ästhetischen Disput, wissen Sie noch? Sie machten mir meinen Poussin schlecht, und ich wollte Ihren Menzel nicht so ohne Vorbehalt gelten lassen. Dabei empfand doch Jeder, daß er es mit einem ehrlichen Kerl zu thun hatte, und der keine vergifteten Pfeile abschoß. Und dann waren wir um so froher, über so manches Andere einverstanden zu sein, und mir insbesondere gewährte es immer eine besondere Genugthuung, Ihnen einmal etwas zu Dank gemacht zu haben. Das allerdings sollte Ihnen der kleine Leinwandfetzen sagen; ich sehe mit Vergnügen, daß er seine Schuldigkeit gethan hat.

Er wandte sich wieder dem Fenster zu und schien von Neuem in die Gedanken zu versinken, aus denen mein Eintritt ihn herausgerissen hatte. Ich trat vor die Staffelei, auf der ein großes Bild, ein Waldinneres mit einem Tempelchen, das sich in einem Weiher spiegelte, nur erst in flüchtiger Untermalung zu sehen war. Aber gerade seine Art, zu entwerfen, zog mich an, während seine letzte Hand oft eine gewisse Härte und allzu peinliche Deutlichkeit in die großempfundenen Formen brachte.

Doch nachdem ich mit ein paar Naturlauten meiner Freude an dem Werk Ausdruck gegeben und gemerkt hatte, daß in diesem Augenblick selbst seine Arbeit ihm sehr gleichgültig war, griff ich nach meinem Hut und näherte mich ihm, um Abschied zu nehmen.

Voglio levarvi l'incomodo! sagte ich.

Er kehrte sich aber rasch nach mir um und faßte mich am Arm.

Nein, sagte er, bleiben Sie. Warum wollen Sie gehen mit dem stillen Verdacht, ich hätte mir diesen ersten Feiertag ausgesucht, um mich mit meiner lieben Frau zu zanken? Gestehen Sie nur, das haben Sie gedacht. Warum auch nicht? In den glücklichsten Ehen giebt es unglückliche Stunden, wo man wie durch einen plötzlichen Erdstoß, durch irgend ein Mißverständniß oder ein thörichtes Wort aus seinem Frieden aufgeschreckt wird und glaubt, ein Abgrund thue sich zwischen Menschen auf, die sich für unzertrennlich gehalten. Aber nichts dergleichen hat die Thränen verschuldet, die Sie in Helenens Augen gesehen haben. Im Gegentheil: das Einzige, was etwa noch zwischen uns stand, auch nur wie eine Feder leicht oder wie ein kleiner Wolkenschatten am Sommerhimmel – heut' ist es geschwunden. Es ist eine alte, wunderliche Geschichte; wollen Sie sie hören? Kommen Sie – und er nahm mir den Hut ab und führte mich zu dem Sopha in der Ecke, wo seine Frau so eben gesessen hatte – ich tauge in dieser Stunde ohnehin nicht zu einem ordentlichen Gespräch über andere Dinge, und es ist mir eine Erleichterung, mir das Alles zurückzurufen, einem Freunde, der mich noch nicht genug kennt, dieses Jugendabenteuer zu beichten und zu sehen, was er für ein Gesicht dazu macht. Ich selbst habe es mir bis heute nicht recht vergeben können, daß ich keine glänzendere Rolle dabei gespielt habe. Und doch – am Ende ist's so am besten gewesen. Helene wenigstens war immer der Meinung. Und was wir heut' erfahren haben, hat ihrem feinen weiblichen Urtheil Recht gegeben.

Aber zünden Sie sich eine Cigarre an. Ich fürchte, meine Beichte zieht sich etwas in die Länge. Meine Frau wollte mit den Kindern indessen zu den Großeltern gehen, wohin ich erst zu Mittag nachkomme. Wenn Sie nichts Besseres zu thun haben –

Ich drückte ihm die Hand und versicherte ihm, daß ich vollkommen frei sei. Er ging dann noch eine Weile stumm und mit gesenktem Haupt in dem großen Gemach auf und ab, bückte sich zu dem eisernen Ofen hin, um frische Kohlen aufzuschütten, und sagte endlich:

Ich will versuchen, beim Anfang anzufangen, der ein bischen weit zurückliegt, obwohl gute Erzähler in medias res gehen. Nun, ich mache keine Ansprüche darauf, Ihnen ins Handwerk zu pfuschen.

*

Also ich war, als dies Abenteuer sich ereignete, ein hoffnungsvoller Akademieschüler von achtzehn Jahren, dem Jeder, der ihm auf der Straße begegnete, ein paar Jahre mehr gab. Nicht sowohl wegen eines verfrühten Bartwuchses, als wegen der finstern Miene, mit der ich in die Welt blickte, einer gewissen »stolzen und unzufriedenen« Manier, mit der ich die Lippe rümpfte und den dicken gelben Haarbusch von der Stirne zurückwarf. Zur Unzufriedenheit hatte ich wohl einigen Grund, zum Stolz keinen. Ich lebte in engen Verhältnissen, da meine gute Mutter nach dem Tode des Vaters mit der Pension einer Gymnasialprofessorswittwe zwei Söhne und sich selbst durchzubringen hatte. Der jüngere machte ihr die geringste Sorge. Er war schon im funfzehnten Jahr, da er die häusliche Noth erkannte, als Setzerlehrling in eine große Buchdruckerei eingetreten und brauchte nur wenig Zuschuß von der Mutter, bei der er wohnen blieb. Der ältere aber, der Stolz der Familie, meine Wenigkeit, schien sich selbst zu hohen Dingen berufen und knirschte in den Zügel, den seine Armuth ihm täglich fühlbar machte.

Wie es sich gefügt hatte, daß mein Vater aus seiner holsteinischen Heimath nach Berlin verzogen und dort an einem Gymnasium angestellt worden war, wüßte ich in der That nicht zu sagen. Wir beiden Brüder waren noch in den unteren Klassen, als er starb, und seitdem wiederholte ich mir täglich, was meine gute Mutter mir am Tage des Begräbnisses gesagt hatte, daß ich ihr Stab und ihre Stütze sein müsse und auch dem jüngern Bruder stets mit gutem Beispiel vorangehen.

Ich war ein etwas windiger Patron gewesen, nicht der fleißigste Schüler und zu dummen Streichen nur allzu leicht zu verführen. Aber ich hing mit aller Leidenschaft meines dreizehnjährigen Herzens an dieser liebevollen, sanften Frau und wurde von dem Tag an in meinem Innersten verwandelt. Schon damals spukte mir der Künstler im Kopf, und mein Vater, der mich für ein kleines Genie hielt, hatte mich in meinen malerischen Liebhabereien selbst auf Kosten meiner Fortschritte in den Schulfächern gewähren lassen, mir aber immer vorgehalten, ich müsse auf jeden Fall das Gymnasium durchmachen, da nichts kläglicher sei, als ein Mensch, der nur die Hand und nicht den Kopf geschult habe. Auch Rafael hätte die Schule von Athen nicht malen können, wenn er von klein auf nichts gethan hätte, als Akte zeichnen und Farben verquisten.

Hieran hielt auch die Mutter unverbrüchlich fest, und ich betrachtete es als meine heilige Pflicht, jetzt, da der väterliche Pädagog mich nicht mehr überwachen konnte, mich selbst im Zaume zu halten. Ich brachte es auch wirklich dahin, in kurzer Zeit alles Versäumte nachzuholen und mich zu einem Musterschüler aufzuschwingen. Meine Zeichenhefte ließ ich im tiefsten Winkel meines Kastens liegen, ja, aus einer Art von verbissenem Trotz gegen das Schicksal benützte ich nicht einmal die Ferien zum Kritzeln und Tuschen, sondern ließ lieber die Hände im Schooß ruhen, während die Augen sich an irgend etwas Hübsches festsaugten, das die Hände früher mit heißer Begierde nachzuzeichnen versucht haben würden.

Im Innern war mir nicht eben wohl dabei, trotz der guten Censuren, die mir meine liebe Mutter mit zärtlicher Umarmung dankte. Aber ich hatte wenigstens den einen heimlichen Trost, daß ich mir als ein tragischer Charakter, ein früh zum Mann gereifter Juvenil vorkam und auf die Kindereien meiner Kameraden mit überlegenem Lächeln herabsah.

Ueberdies machte ich schon seit der Obertertia Verse – irgend ein Nothventil mußte ich dem zurückgedrängten Künstlertriebe doch öffnen – und die schwermüthigen Sarcasmen im Heine'schen Stil, die ich in reinliche Hefte eintrug, erhöhten mein Selbstgefühl nicht wenig. Freilich war ich zu entschuldigen, daß ich mit mir selbst auf so intimem Fuße lebte und mich für einen ganz famosen Gesellen hielt, da ich sonst keinen Freund hatte.

Mein Bruder besuchte eine Realschule und hatte Verkehr mit seinen eigenen Schulkameraden, die kein Herz zu mir fassen konnten. In meiner eigenen Klasse, deren Primus ich bald geworden war, wurde ich mehr beneidet als geliebt, was mir weder lieb noch leid war. Und so stieg ich die Leiter bis zur Prima sehr einsam hinauf, immer Allen voran, ohne rechte Freude an irgend etwas außer den Griechen, deren edle Form und Seelenhoheit mich von früh an bezauberten, im Übrigen fest entschlossen, sobald ich dem »Stall,« entronnen, auch dem Homer und Sophokles den Rücken zu kehren und mich auf der grünen Weide der Kunst ohne Halfter herumzutummeln.

In der Oberprima jedoch machte ich die Bekanntschaft eines Kameraden, der sich so lebhaft an mich anschloß, daß ich wider Willen aus meiner gewohnten Zurückhaltung herausgelockt wurde. Es war ein gewisser Jost, Sohn eines Freiherrn von T., der aus einem der kleinen mitteldeutschen Fürstenthümer vor kurzem nach Berlin übergesiedelt war, um an die Erziehung seiner beiden Kinder, dieses Sohnes und einer jüngern Tochter, bequemer und gründlicher die letzte Hand anlegen zu können. Er hatte es aber, da er ein eifriger Landwirth war und den Staub der großen Stadt verabscheute, nicht lange in seinem städtischen Quartier ausgehalten, sondern ein Landhaus in Schöneberg mit einem großen Garten gemiethet, von wo aus Sohn und Tochter jeden Morgen zu ihren Studien in die Stadt fuhren, der Sohn ins Gymnasium, bei dessen Rector er auch den Mittagstisch hatte, die Tochter, die vier Jahre jünger war, zu einer Pensionsvorsteherin, die sie an den Stunden der höheren Töchter theilnehmen ließ und sie behütete, bis der Wagen am Nachmittage die Geschwister wieder abholte.

Der »Junker«, wie seine Mitschüler meinen Freund Jost alsbald nannten, war schon neunzehn Jahre alt, zwei Jahre älter als ich, ein höchst gutartiger, aber nicht sehr begabter Junge, der sich mit Vorliebe auf den untersten Bänken aufhielt, doch außer mit dem großen Znmpt und Buttmann mit aller Welt auf gutem Fuße stand, sogar mit seinen Lehrern, die seinen biedern Charakter schätzten und es mit seinen Leistungen nicht zu genau nahmen, da sie wußten, daß der alte Freiherr ihn gleich nach dem Examen ins Militär eintreten lassen und späterhin ihm seine Güter übergeben wollte. Schon jetzt durfte er an Sonn- und Feiertagen seine Reitübungen fortsetzen, was ihm in unseren Augen eine gewisse Würde und Bedeutung verlieh, die alle noch so argen

Böcke in seinen lateinischen Exercitien aufwog. Auch flüsterte man sich in die Ohren, daß er schon eine kleine, ganz regelrechte Liebschaft mit einer hübschen Handschuhnäherin unterhielt, über die er selbst sich nie das leiseste Wort entschlüpfen ließ.

Gleich in der ersten Freiviertelstunde, die wir unten im Hof zu verschlendern pflegten, hatte mein Junker sich mir genähert und sich gleichsam verpflichtet gefühlt, mir als dem Primus sich vorzustellen. Auf den ersten Blick hatten wir nichts mit einander gemein, als daß wir Beide die Größten und Stärksten unserer Klasse waren. Bald aber erkannte ich, nachdem ich ihn zuerst wegen eines gräulichen cum mit dem Indicativ sehr gering taxirt hatte, daß er in Bezug auf andere Dinge unseren knabenhaften Kameraden weit überlegen war, und obwohl ich von all den noblen Passionen, die er sich erlauben durfte, durch meine Armuth ferngehalten wurde, bewunderte ich doch heimlich die Sicherheit seines Auftretens und daß er mit seinen neunzehn Jahren sich schon als einen ganzen Mann fühlte, wie ich mit meinen siebzehn freilich auch mir herausnahm. Vor mir voraus hatte er nur den Anflug eines dunkelbraunen Bärtchens, das seine Oberlippe zierte.

Schon am Abend dieses ersten Schultages mußte er zu Hause von mir gesprochen haben. Denn am andern Morgen, als wir uns wieder begrüßten, sagte er mir, es würde seine Eltern freuen, wenn ich sie einmal besuchen wollte. Vielleicht am nächsten Sonntag. Es sei sehr hübsch draußen in ihrem Garten. Er habe auch einen Zimmerstutzen, mit dem wir nach der Scheibe schießen könnten. Um zwei Uhr sei ihre Eßstunde. Ich sollte aber nur recht früh kommen und recht lange bleiben.

Ich entsinne mich noch heut, daß mir diese Einladung einen Schrecken verursachte. Zunächst weil ich sofort bedachte, daß es meiner Mutter nicht lieb sein würde, die sich den Sonntagnachmittag immer zu einem besondern Fest machte. Sie hatte dann ihre beiden Söhne recht behaglich an ihrem bescheidenen Tisch, auf dem Sonntags auch ein Braten nicht fehlte, und Nachmittags gingen wir zusammen spazieren, hörten irgendwo ein billiges Gartenconcert, oder tranken sonstwo an einem Vergnügungsort unsern Kaffee. Nun, sie konnte wohl einmal eine Ausnahme machen. Aber schlimmer stand es um einen andern Punkt. Es war im Frühjahr, mein Winteranzug sehr abgetragen und nachgerade ausgewachsen, für die Sommergarderobe noch nicht gesorgt. Wie sollte ich mich in einem freiherrlichen Hause anständig präsentiren, da schon die Schultoilette des Junkers so viel eleganter war, als meine Sonntagskleidung in ihrer besten Zeit!

Ich nahm daher die Einladung nicht sofort an, sondern erwiderte, ich müsse erst die Mutter befragen, die, wie ich glaubte, gerade für den nächsten Sonntag selbst Gäste geladen habe – eine Nothlüge, über die ich tief erröthete, da sich nie ein Tischgast in unseren dürftigen vier Pfählen blicken ließ; nur dann und wann bot die Mutter ein paar guten Freundinnen eine Tasse Kaffee an.

Als ich aber am Abend dies unerwartete Ereigniß zu Hause erzählte, sehr beiläufig, mit dem Zusatz, ich mache mir gar nichts daraus und sei entschlossen, mit diesen Aristokraten keinerlei Verkehr anzuknüpfen, wurde mir von meiner Mutter aufs Eifrigste widersprochen.

Ich dürfe keinesfalls die Einladung ablehnen, man könne nie wissen, was eine solche Verbindung mit den höheren Kreisen für wichtige Folgen haben möchte, zunächst schon für meine gesellschaftliche Bildung, und was meine Kleidung betreffe, für die solle gesorgt werden, es sei ohnehin Zeit, daß ich mich etwas feiner machte, mit siebzehn Jahren sei man kein Knabe mehr – und was das liebe, thörichte Mutterherz ihr sonst noch alles auf die Lippen gab.

Um es kurz zu machen: am nächsten Sonntag gegen Mittag wanderte ich wirklich in einem funkelnagelneuen Anzug, der freilich verrieth, daß er aus dem Atelier eines sehr kleinbürgerlichen Schneidermeisters hervorgegangen war, die Schöneberger Chaussee entlang, wunderlich aufgeregt von der Erwartung alles dessen, was mir beim Eintritt in die vornehme Welt bevorstand.

Sie entsinnen sich, lieber Freund, damals war die Villenstadt, die heut mit der Pferdebahn in einer kleinen halben Stunde erreicht wird, noch ein unansehnliches Dorf, das seine Berechtigung zum Dasein hauptsächlich darauf stützte, daß es die Hauptstadt Preußens mit Milch und Gemüse versorgte. Ein paar Wirthschaften bescheidenen Zuschnitts füllten sich an Sonntagen mit kleinen Leuten, die dort ihr Weißbier tranken und kegelten, während andere grüne Winkel hinter morschen Zäunen die noch Anspruchsloseren einluden, durch die Inschrift über der Gitterthür: »Hier können Familien Kaffee kochen!« – wozu sie freilich alles Erforderliche mitbringen mußten. Ich war selten jene Straße gegangen, da meine gute Mutter schlecht zu Fuß war und über den Thiergarten nicht hinauskam. Aber auch heute achtete ich kaum auf die Scenerie zur Rechten und Linken, sondern suchte mit den

Augen weit voraus die freiherrliche Villa, die mein Freund mir genau beschrieben hatte, falls ich die Hausnummer vergessen sollte.

Sie war wirklich nicht zu verfehlen. Denn unter allen Nachbarhäusern zeichnete sie sich durch ihre Lage hinter einem sanft ansteigenden Blumengarten aus, von der Landstraße durch ein hohes Eisengitter geschieden, von prachtvollen Ulmen und Ahornbäumen überragt, die über den Park an der Rückseite des einstöckigen Hauses ihre noch hellgrünen Wipfel erhoben. Wir waren im ersten Frühling, das Laub seit wenigen Tagen aufgesprossen, alle Aeste von Nester bauenden Spatzen und Finken belebt und die schönste junge Aprilsonne noch schüchtern über das alles ergossen.

Als ich eintrat, sah ich an einem der Beete einen großen Mann in einem grauen Arbeitsrock trotz des Sonntags beschäftigt, ein paar frisch eingepflanzte hochstämmige Rosen zu begießen, und wollte mit einem kurzen Kopfnicken an ihm vorbei.

Da richtete er sich auf, schob die Mütze zurück, die ihm tief in die Stirn gerutscht war, und sagte in einem freundlichen sonoren Baß:

Wohin wollen Sie, junger Freund?

Zu dem Herrn Baron! erwiderte ich, kurz angebunden, ohne den Schritt anzuhalten.

Den können Sie näher haben, er steht vor Ihnen, und Sie sind ohne Zweifel Herr Ludwig R., der Freund unseres Sohnes. Seien Sie mir herzlich willkommen!

Sie können denken, daß ich ein wenig betroffen war, doch wahrlich nicht unliebsam. Ich hatte mir Jost's Vater als einen steifen, hochmüthigen Aristokraten vorgestellt, der sich gnädig zu mir herablassen, meine Toilette mustern und mir den letzten Platz an seinem Tisch anweisen würde. Im Hinausgehen hatte ich mich mit dem ganzen Stolze meiner Armuth umgürtet und mir gelobt, mich nöthigenfalls als einen hoffnungsvollen Marquis Posa einzuführen. Das war nun sehr überflüssig. Dieser stolze Freiherr trug einen schlechteren Rock als ich und empfing mich auf dem Fuß vollkommener Gleichheit. Durch die ersten Worte hatte er den starren Demokraten in mir entwaffnet.

Er hatte ein gutes Gesicht mit großen, regelmäßigen Zügen, das schwarze Haar schon etwas mit Grau gemischt, einen mächtigen Kopf auf breiten Schultern, um den starken offenen Hals ein schwarzseidenes Tuch geknüpft, so nachlässig, wie Alles an seiner Kleidung. Und doch schämte ich mich, daß ich ihn für den Gärtner hatte halten können. Denn Blick und Geberde, Alles an ihm kündigte den geborenen Edelmann an.

Verzeihen Sie, sagte er, ohne mich erst lange zu mustern, ich habe hier noch ein bischen zu thun. Dem Gärtner habe ich Urlaub gegeben, heut zu seiner Familie zu gehen, die in der Stadt wohnt, aber die Pflanzen, zumal die frisch eingesetzten, dürfen darum nicht Durst leiden, und übrigens bin ich ein passionirter Gärtner. Haben Sie auch Interesse für die Natur, oder nur für Ihre Bücher? Nun, um so besser, so kommen Sie mit mir und sehen Sie, was ich seit vorgestern geschafft habe; freilich können Sie diesen Rosenflor nur erst auf mein ehrliches Gesicht hin bewundern, aber wenn Sie uns öfter das Vergnügen machen, werden Sie hoffentlich finden, daß weit und breit keine schöneren Theerosen und Marschall Niel gezogen werden, als auf diesem kleinen Fleck.

Er führte mich nun herum, und ich durfte ihm helfen, das Wasser in die Gießkanne zu füllen aus einem großen, in den Boden eingelassenen Faß, das in einem schattigen Winkel unter Hollunderbüschen versteckt lag. Mir war unendlich wohl dabei, mit dem trefflichen Herrn gleich auf dem traulichsten Fuß verkehren zu dürfen, und ich fühlte erst wieder meine frühere Befangenheit, als er seine großen, mit kleinen schwarzen Härchen bedeckten Hände an einem blauseidenen Taschen-tuch abwischte und sagte:

So! Nun haben wir unser Mittagessen verdient, nun will ich Sie zu meiner Frau führen.

*

Indem wir uns aber umwandten, um nach dem Hause zurückzugehen, sah ich in der Glasthür, die sich nach der Gartenterrasse öffnete, eine Dame stehen, die uns schon eine Zeitlang zugeschaut zu haben schien. Der Freiherr winkte ihr mit gutmüthigem Lächeln zu und rief: Wir kommen, wir kommen! Dann nahm er mich unter den Arm und fragte nach meiner Mutter, wie es ihr gehe, ob sie mich heut auch nicht zu sehr entbehre und ich sie, er wisse, daß ich ein guter Sohn sei. Aber es liege ihm eben darum viel daran, daß ich mit seinem Jost fernerhin gute Freundschaft hielte, der sonst sich nicht immer die beste Gesellschaft ausgesucht und jetzt zum erstenmal ein penchant für einen Kameraden gezeigt habe, der ihm in Allem außer den Jahren überlegen sei.

Ich hatte nicht Zeit, viel darauf zu antworten, denn schon stand ich vor der Baronin, machte meine etwas linkische Verbeugung und berührte unbeholfen die kleine Hand, die sie mir entgegenstreckte. Dabei stellte ich sofort die Betrachtung an, daß ein ungleicheres Paar schwer zu denken sei, als diese Frau neben diesem Manne. Sie war kaum von mittlerer Größe und erschien noch kleiner durch eine fast schon übermäßige Fülle, die aber die Raschheit und Zierlichkeit ihrer Bewegungen nicht hinderte. Ein sehr hübscher Kopf mit reichem aschblondem Haar saß auf den runden Schultern, von einer Spitzenhaube mit einem koketten blauen Bande eingefaßt, die Züge des noch beinahe faltenlosen Gesichtes klein und spitz, rosig angehaucht, wie die eines jungen Mädchens, so daß man keinen Augenblick zweifelte, mit sechzehn Jahren müsse sie für einen completten Engel gegolten haben. Noch jetzt hatten die hellblauen Augen und der lächelnde Mund mit dem Grübchen in der linken Wange etwas ungemein Seraphisches, und eine zarte Kinderstimme vollendete, wenn man die Augen schloß, die Illusion. Ich weiß aber nicht, wie es kam: trotz meiner geringen Erfahrung und Menschenkenntniß war mir diese charmante kleine Frau, die mich mit gewinnendem Lächeln und größter Herzlichkeit begrüßte, nicht halb so sympathisch wie ihr rauhhaariger, ungefüger Gemahl, der sich neben ihr ausnahm wie ein riesiger Neufundländer neben einem dicken, weißen Schooßhündchen.

Er verschwand dann hastig – er hatte noch die Kleider zu wechseln – und die Baronin führte mich unter dem anmuthigsten Geplauder in den Gartensaal, wo mich Kunstschwärmer die Menge schöner Bilder an den Wänden zunächst so in Beschlag nahm, daß ich nur einsilbige und zerstreute Antworten gab.

Sie bemerkte es, und ich entschuldigte mich verwirrt. O, sagte sie, Sie wollen Maler werden, da sind Ihnen alte Bilder natürlich interessanter als neue Menschen! Und nun führte sie mich in dem großen Gemach, dessen Wände mit pompejanischem Roth und einigen gelblichen Ornamenten decorirt waren, von Bild zu Bild und freute sich an meiner Bewunderung. Es waren da u. A. ein paar alte Italiener, wohl von geringerem Werth, mir aber sehr merkwürdig. Sie hätten auf ihrem Schloß zu Hause eine ganze Galerie, aber nur diese wenigen mitgebracht, die immer in ihrem Wohnzimmer gehangen hätten. Auch allerlei curiose alte Möbel fielen mir auf, deren Geschichte sie mir erzählte, und ehe ich's dachte, war ich auch mit ihr auf so unbefangenem Fuß, als hätte ich sie jahrelang gekannt, und selbst der altgegründete Reichthum, der sich in Allem, was sie umgab, offenbarte, imponirte mir nicht im Mindesten.

Da ging die Thür eines der beiden Seitenzimmer auf, und mein Schulfreund trat ein, seine Schwester am Arm führend. Er entschuldigte seine Verspätung, er habe einen Ritt gemacht, und sein Gaul, der alle Pfützen durchtrabt, ihn so zugerichtet, daß er sich von Kopf bis Fuß habe umkleiden müssen.

Und hier habe ich die Ehre, Herrn Ludwig R., Primus omnium und Rafael in spe, meiner kleinen Schwester *Dorette*, Freifräulein von T., vorzustellen!

Sie werden sich wundern, daß mir alle diese Einzelheiten bis auf die ipsissima verba noch gegenwärtig sind. Was aber in unserem Leben Epoche macht, gräbt sich in unser Gedächtniß mit unauslöschlichen Zügen ein und klingt uns zuweilen im Ohre nach wie die Kinderlieder, die uns die Mutter vorgesungen.

So ist mir auch der erste Eindruck völlig gegenwärtig, den das Freifräulein auf mich machte und der in jedem Sinn eine Enttäuschung war. Die »kleine« Schwester, die erst im October, wie ihr Bruder mir erzählt hatte, sechzehn Jahre alt werden sollte, war eine große junge Person, kaum einen halben Kopf kleiner als ihr Bruder, und hatte vom Backfisch nichts als die noch etwas steifen Bewegungen und die leichtgerötheten Hände, die übrigens schön geformt waren. Das Kopfnicken, mit dem sie mich etwas gar zu nachlässig begrüßte, zeigte, daß sie sich ihrer Stellung dem jungen Proletarier gegenüber wohl bewußt war. Ich hatte sie mir sehr hübsch gedacht. Doch auf den ersten Blick gefiel mir weder ihre Gestalt, die mir zu wenig zart und schmiegsam erschien, noch ihr Gesicht, das dem ihres Vaters glich. Nur war ihre Haut statt der braunen Farbe des Freiherrn von so matter Blässe, weiß wie ein Lilienblatt ohne den geringsten rosigen Schimmer, so daß sie den lebhaftesten Contrast zu ihrem schwarzen Haar und den sammetbraunen Augen bildete. Doch konnte Niemand dabei an eine bleichsüchtige Anlage denken; die vollen, fast immer streng geschlossenen Lippen waren von gesunder Röthe, und die auffallend kleinen Ohren zeigten ebenfalls nicht die fahle Wachsfarbe, wie bei blutarmen jungen Mädchen.

Der Junker hatte mein Erstaunen wohl bemerkt und neckte seine Schwester damit, daß sie für ein Schulmädel schon imponirend genug aus-sehe, um einen sonst sehr unerschrockenen Primaner außer

Fassung zu bringen. Sie wandte sich mit einem trotzigen Achselzucken von uns ab und trat, ohne die Mutter zu begrüßen, vor die offene Glasthüre. Dort blieb sie, uns beharrlich den Rücken zukehrend, stehen, bis sich die Thür des anderen Zimmers öffnete und der Freiherr wieder eintrat, jetzt in einem sauberen dunklen Anzug, doch wie ein Landedelmann, der keinen Werth darauf legt, mit der Mode fortzugehen. Die Tochter hatte sich rasch nach ihm umgewendet und war ihm durch das ganze Zimmer entgegengeeilt. Er empfing sie mit ausgebreiteten Armen und küßte sie auf die Stirn. Zugleich trat ein alter Bedienter in einer dunkelgrünen Livree herein und meldete, daß die Tafel servirt sei.

Die Baronin nahm meinen Arm und führte mich durch das Zimmer ihres Gemahls, der mit der Tochter folgte, in das Eßzimmer; Jost bildete den Nachtrab. Es war ein mäßig großer Raum, nach dem Park zu gelegen, in dessen Mitte der gedeckte Tisch stand. Ich sehe ihn noch vor mir mit dem blendend weißen Damastgedeck, dem Service von altem Meißener Porzellan, den silbernen Bestecken und dem Rococoaufsatz in der Mitte, ebenfalls aus der altberühmten sächsischen Fabrik, eine Diana vorstellend, von Hunden und erlegtem Wild umgeben, eine zierliche Fruchtschale in die Höhe haltend, die mit Südfrüchten angefüllt war. Dem Sohn der Lehrerswittwe, der nie eine silberne Gabel in der Hand gehalten hatte, erschien dies Alles wie ein fürstlicher Prunk. Aber die einfachen Speisen, die seine gute Mutter selbst aus der kleinen Küche hereintrug, schmeckten ihm besser als das freiherrliche Diner, bei dem er sich beständig in einer stillen Unruhe befand, ob er nicht etwas thue oder äußere, was gegen die aristokratische Sitte verstoße.

An den Wänden des Zimmers hingen einige der schönen Landseer'schen Thierstücke, der Kampf der beiden Hirsche, der schreiende Hirsch im Röhricht, jene Scene im Hof eines ländlichen Schlosses, wo der Page, auf seinen Spieß gestützt, die Jagdbeute am Boden betrachtet. Ich studirte diese Blätter, die ich zum erstenmale sah, mit meinen jungen Maleraugen und wünschte heimlich, mich dort zu befinden, in der freien Wildniß lieber, als hier an dem gastlichen Tische, wo man sich alle Mühe gab, mir zu zeigen, wie gut man es mit mir meine.

Besonders die Frau vom Hause. Sie führte fast allein die Unterhaltung, fragte nach meiner Mutter, meinem Bruder, meinen Studien und

Liebhabereien. Ich saß zu ihrer Rechten, neben mir Jost, dann das Freifräulein, und der Papa zwischen Tochter und Mutter. Der Baron warf dann und wann ein paar Worte dazwischen, immer mit dem gütigen Lächeln, das sein dunkelfarbiges Gesicht so anziehend machte. Mein Schulkamerad aß schweigsam mit erstaunlichem Appetit. Auch seine Schwester zierte sich nicht, ihren gesunden jungen Hunger zu stillen, wobei es sehr hübsch anzusehen war, wie sie mit Messer und Gabel hantierte. Zum erstenmal beobachtete ich's bei ihr, daß man die Gabel nicht in die rechte Hand nehmen dürfe, wie ich's zu Hause gewohnt war, und eine Schamröthe stieg mir ins Gesicht, daß ich mir diesen Verstoß gegen die feine Sitte hatte zu Schulden kommen lassen. Doch schien es Niemand bemerkt zu haben.

Die Stimme des Freifräuleins hatte ich noch nicht gehört. Ihr Vater, der sie zuweilen mit zärtlichen Blicken betrachtete, neckte sie mit gewissen kleinen Vorfällen, die mir unbekannt waren. Sie antwortete aber nur mit Achselzucken oder Nicken und Schütteln des Kopfes, wobei ihr weißes Gesicht sich manchmal leicht röthete. Gewöhnlich sah sie still auf ihren Teller, die breiten Lider halb über die dunklen Augensterne gesenkt, und schon in jener ersten Stunde fiel mir auf, daß ihr Blick sich nie auf die Mutter richtete.

Ich hatte während des Essens ein so ausführliches Verhör bestanden, mein ganzes Leben und die Pläne für meine Zukunft beichten müssen, daß ich nur wenige Bissen zu genießen Zeit behielt und endlich halb gesättigt vom Tisch aufstand, dafür aber, obwohl ich an dem rothen Wein nur genippt hatte, in einer Art Rausch, als wäre mir die ungewohnte Liebenswürdigkeit dieses vornehmen Paars zu Kopf gestiegen. So kam es mir sehr gelegen, daß Freund Jost vorschlug, wir Drei – seine Schwester hatte er zur Gesegneten Mahlzeit in den Arm genommen und herzhaft geküßt – sollten in den Park hinaus, während Papa und Mama ihre Siesta hielten.

Das Fräulein antwortete wieder nur mit ihrem kurzen Kopfnicken, setzte einen großen Gartenhut auf, der einen reizenden Schatten über ihre blassen Wangen warf, und wir wandelten, Jost als galanter Cavalier seine Schwester führend, ich an ihrer andern Seite, in den Garten hinaus, dessen Wege etwas verwahrlost und noch vom Blätter- abfall des Winters überrieselt waren. In dieser Verwilderung aber gefiel er mir um so besser.

Da ich aber schon damals nicht sprechen konnte, wenn meine Augen an irgend etwas Schönem der Kunst oder Natur sich weideten, und auch die Geschwister in ihre Gedanken versunken waren, blieben wir alle Drei stumm, bis wir zu einem langgestreckten Weiher kamen, der ziemlich am Ende des Parks unter hohen Ulmen und Eschen lag, so träumerisch selbst am hellen Nachmittag von ihrem zarten Laube beschattet, daß mir ein Ausruf der Bewunderung entfuhr und ich stehen blieb, das schöne Bild recht in mich aufzunehmen.

Gefällt Ihnen mein See? sagte das Fräulein, ihren Arm aus dem des Bruders ziehend. Es war das erstemal, daß ich ihre Stimme hörte, die einen dunklen, gar nicht recht jugendlichen Klang hatte. Es ist die schönste Stelle im ganzen Park, setzte sie hinzu, finden Sie nicht auch? Ich möchte ihn wohl malen, versetzte ich, aber erst, wenn die Zweige dichter geworden sind. Es muß schön sein, wenn der Mond hinter den Wipfeln heraufkommt. Jetzt freilich könnte ich mich noch nicht an etwas so Schweres wagen.

Kommen Sie zu meiner Bank, sagte sie und ging voran nach einer Blutbuche, die freilich nur noch einen dürftigen Rest ihrer Blätter vom vorigen Jahr behalten hatte. Sie stand dicht am Ufer, an einem Pfahl nicht weit davon war ein kleiner Kahn angebunden, eine Bank aus schlichten Brettern und Pflöcken daneben aufgeschlagen. Wir setzten uns alle Drei und schauten, wieder schweigsam, auf die glatte schwärzliche Wasserfläche, die mit dunkelrothem und gelbem Laube bestreut war.

Jost zog eine Cigarrentasche hervor und hielt sie mir hin. Ich dankte, denn ich hatte mir diesen Luxus, wie manchen andern, gewissenhaft versagt; von meinem schmalen Taschengeld hätte ich ihn nicht bestreiten können. Der Junker aber blies mit dem Selbstgefühl eines Neulings, der bereits in alle Künste alter Raucher eingeweiht ist, die schönsten blauen Ringe in die Luft, behaglich zurückgelehnt und den Arm hinter dem Rücken seiner Schwester auf die Lehne der Bank gelegt.

Ich saß auf der andern Seite des Freifräuleins und studirte, während ich das Landschaftsbild vor mir zu betrachten schien, verstohlen ihr Profil, so daß ich wie ein ertappter Verbrecher zusammenfuhr, als ich Jost plötzlich sagen hörte: Du solltest Dorette porträtiren! – Auch sie wurde einen Augenblick dunkelroth, sagte aber kein Wort und blieb regungslos sitzen.

Er zeichnet nämlich in den Stunden die Lehrer und auch den und jenen von den Kameraden, der eine besondere Rase hat, erklärte Jost seiner Schwester, immer mit wenigen Strichen, aber zum Lachen ähnlich. Hole doch dein Buch heraus, Ludwig. Du trägst es ja immer in der Tasche.

Das war nun freilich die Wahrheit. Obwohl ich mein Gelübde, auf der Schule keine Zeit mit Zeichnen zu verlieren, all die Jahre hindurch getreulich hielt, konnte ich mir das unschuldige Vergnügen doch nicht versagen, in ein schmales Taschenbuch oder an den Rand der Schulhefte Caricaturen oder ganz ernstlich gemeinte kleine Porträts zu kritzeln. Ich hatte darin eine große Gewandtheit erlangt, und die Professoren sahen mir durch die Finger, da ich etliche von ihnen so respectabel abconterfeit hatte, daß sie, als sie mich darüber betrafen, die Bildchen sich ausbaten, um sie ihren Frauen zu zeigen.

Da überwand endlich ein stiller Ehrgeiz, zu zeigen, was ich könne, und der Wunsch, das merkwürdige Mädchengesicht recht nach Lust betrachten zu dürfen, meine Schüchternheit. Wenn das Fräulein nichts dagegen hat – stammelte ich und zog mein Buch aus der Brusttasche. Sie nickte kaum merklich und saß nun wie eine Statue. Ich aber machte mich ohne Zögern ans Werk.

Aber ich kann Ihnen ja zeigen, was ich damals zu Stande brachte. Ich habe das ungeschickte kleine Skizzchen sorgfältig aufgehoben; es ist das einzige Bild, das ich von ihr besitze, obwohl ich sie später noch ein paarmal zeichnen durfte, weit besser und ausgeführter, aber zum Geschenk für Andere. Dieses erste Abbild ihrer noch halb kindlichen und doch schon so ernsthaft gespannten Züge nahm ich an jenem Tage wieder an mich, ohne es auch nur den Eltern zeigen zu wollen, unter dem Vorgeben, es sei mißglückt und ich schämte mich, von meinem Talent eine so schwache Probe vorzuweisen. Es ist auch eine sehr fragwürdige Jugendsünde, aber in seiner dürftigen künstlerischen Form um so treuer und mir heute unschätzbar.

*

Er stand auf und ging nach einem geschnitzten Schränkchen, das auf einer altertümlichen Kommode stand. Ich wußte, daß er dort in einem verschlossenen Fach allerlei Reliquien verwahrte, Reisetagebücher und Briefe seiner Mutter, kleine antike Schmucksachen, die er bei einer Ausgrabung in Pompeji an sich zu bringen gewußt hatte.

Da lag auch ein kleines, schwarz eingerahmtes Bildchen, das ich schon einmal, als er die Lade zufällig herauszog, flüchtig gesehen, aber nicht weiter beachtet hatte. Nun brachte er mir's, und man kann denken, mit welchem Antheil ich es jetzt betrachtete.

Es war allerdings das Werk einer noch ungeübten Hand, in harten Umrissen und mit wenigen Schattenstrichen schraffirt. Aber in aller Unbehülflichkeit hatte das Mädchengesicht, das, ein wenig vorgeneigt, mit halb gesenktem Blick vor sich hin starrte, die feste schmale Nase mit den energischen Flügeln, der sehr hübsche, trotzig gepreßte Mund und die gerade ansteigende Stirn unter dem dichten, schlichten Scheitel einen Reiz, der mich nicht losließ. Die nur leicht angedeutete Gestalt saß nachlässig zurückgelehnt, die Hände im Schooß ruhend, auf der roh gezimmerten Bank, der Strohhut war auf den Rücken geglitten und wurde von dem breiten Bande vorn am Halse festgehalten, was der ganzen Figur etwas anmuthig Unbefangenes, Unbelauschtes gab. Unten in der Ecke stand das Datum geschrieben: 29. April 1846.

Sollte man glauben, daß dies einen noch nicht sechzehnjährigen Backfisch vorstellt? fragte mein Freund, der sich wieder neben mich gesetzt hatte, ohne das Bildchen zu betrachten, Und nun hätten Sie erst sehen sollen, wie sie sich trug und geberdete, wie eine kleine Prinzessin, die sich von Jugend auf ihrem Gefolge überlegen fühlt. Und wie sie nun erst wurde, schon im nächsten Jahr, noch ehe sie die siebzehn erreicht hatte, eine vollendete junge Dame – und doch wieder ohne all die kleinen Affectationen, die junge Aristokratinnen für guten Ton und die Blüte der gesellschaftlichen Tournüre halten. Wenn ich es jetzt mit einem Wort bezeichnen sollte: sie war ein Wesen im großen Stil, der sich schon in jenem unreifen Alter ankündigte. Alles Kleine, Gekünstelte, Unwahre erschien neben ihr doppelt armselig. Wenn man diesen stolzen Mund ansah, hätte man schwören mögen, daß er nie eine conventionelle Phrase, geschweige eine offenbare Lüge über die Lippen zu bringen vermocht hätte.

Damals kannte ich noch so Wenige ihres Geschlechts, daß ich von dem Eindruck, den sie mir machte, mir kaum Rechenschaft zu geben vermochte. Nur das fühlte ich, daß sie anders war als alle Anderen, und nicht einmal ganz zu ihrem Vortheil. Als Ideal eines jungen Mädchens, eines so jungen zumal, schwebte mir immer etwas Lachendes, Rosiges, Muthwilliges vor, von keines Gedankens Blässe angekränkelt. So hatte ich es auch in den Novellen und Romanen, die mir einstweilen die eigene Erfahrung ersetzen mußten, dargestellt gefunden. Hier saß nun ein Wesen vor mir, das von all diesen lieblichen Eigenschaften nicht eine besaß und mir daher mehr räthselhaft als anziehend erschien. Ich vollendete auch meine Zeichnung mühsamer als sonst. Die Feinheit des Profils war nicht so im Fluge zu treffen, und endlich, da wir eine gute Stunde einsilbig neben einander gesessen und Jost mehrmals »es wird sehr gut« gebrummt hatte, fuhr ich mit dem Gummi rasch über den Umriß hin und sprang auf, indem ich unmuthig erklärte, es sei mißrathen, ich bäte um Entschuldigung, daß ich sie so lange vergebens bemüht habe.

Jost wollte die Zeichnung durchaus haben; ich hatte aber das Buch schon wieder eingesteckt und sagte, ich müsse nun nach Hause. Sie selbst stand ohne ein Zeichen des Unwillens oder der Enttäuschung auf und lief uns voraus, dem Hause zu, wo ich mich von den Eltern verabschiedete. Ich mußte versprechen, bald wiederzukommen, man trug mir Grüße an die Mutter auf, der Freiherr begleitete mich mit Jost bis an die Gitterthür und drückte mir treuherzig die Hand, indem er mir nochmals dankte, daß ich mit seinem Wildfang von Sohn so gute Freundschaft hielte.

Ich wanderte der Stadt zu wie im Traum, nichts hörend und sehend von den vielen Spaziergängern, gegen deren Strom ich zu schwimmen hatte. Die Mutter war allein, ihrer Gewohnheit nach mit einer Hand-arbeit be schäftigt, da sie ganz allein die Garderobe ihrer beiden großen Söhne im Stand hielt. Sie brannte darauf, zu hören, wie es mir bei meinem ersten Eintritt in die große Welt zu Muth gewesen sei, fragte mich nach hundert Einzelheiten, die mir entgangen waren, und verrieth mit keinem Seufzer, daß sie mich entbehrt hatte. Doch empfand ich es als ein Unrecht, das ich ihr angethan, und um sie ein wenig zu entschädigen, schlug ich ihr vor, einen Gang in den Thiergarten mit mir zu machen.

Sie war gleich bereit, in sichtlicher Freude, umarmte mich, und wir gingen. Ich blieb jedoch schweigsam und stand nur einsilbig Rede auf ihre Fragen. Ich konnte ihr doch nicht sagen, wie beklommen mir ums Herz gewesen war, als ich in unsere enge, so höchst bescheiden eingerichtete Wohnung zurückgekehrt war aus dem reichen Behagen und der künstlerischen Ausstattung der Villa. Zum erstenmal fiel mir auch auf, daß der schwarze Hut meiner lieben Mutter, ihr sehr sauberer, aber ganz unmoderner Anzug neben dem Sonntagsstaat der meisten uns begegnenden Frauen fast ärmlich erschienen und schon neben der Kammerjungfer der Baronin sich nicht hätten sehen lassen dürfen, geschweige neben dem Spitzenkleide ihrer Herrin selbst. Sie ahnte das natürlich nicht und ging mit heiteren Blicken neben ihrem großen Sohne hin, der ihr in den neuen Kleidern so vornehm erschien, daß er den Vergleich mit jedem Junker aushalten konnte. Wir trafen zufällig auch meinen Bruder mit einem seiner Freunde und beschlossen den Tag bei einem Glas Kalteschale und erträglicher Musik in den Zelten. Als ich dann auf meinem stillen Stübchen bei der Lampe saß und mir die Erlebnisse dieses Tages zurückrief, schüttelte ich den Druck, den ich bei der Vergleichung der beiden Welten empfunden, mit einem kräftigen Entschluß von mir ab. Meine arme liebe Mutter gefiel mir doch tausendmal besser als alle Freifrauen der Welt, meinen Bruder, den Setzergehülfen mit den etwas schwärzlichen Fingern und den plumpen Manieren, hätte ich um ein Dutzend Junker nicht vertauscht, und nur einen Vater, wie der Freiherr, zu haben, schien mir ein Vorzug zu sein, zumal ich den meinen nicht mehr hatte. Aber eine Schwester wie das Freifräulein? Darauf hatte ich nicht gleich eine Antwort. Ich zog mein Zeichenbuch heraus und fing so still für mich an, das ausgewischte Profil von Neuem zu zeichnen, und seltsam, aus dem Gedächtniß glückte es weit besser als nach dem Leben. In wenigen Minuten hatte ich den Umriß wieder hergestellt, so sprechend ähnlich, daß ich mit großer Befriedigung mein Werk betrachtete. Ich schattirte es nun noch, wie Sie es da sehen, lös'te das Blatt sorgfältig aus dem Buche heraus und verwahrte es in einer verschlossenen Mappe, in der ich auch meine Verse vor jedem unbefugten Blick versteckt hielt. Warum ich so heimlich damit verfuhr, statt die junge Dame wenigstens der Mutter in effigie vorzustellen, kam mir selbst nicht zum Bewußtsein.

Doch ich merke, daß ich Ihre Geduld ungebührlich in Anspruch nehme, indem ich all diese unbedeutenden Erinnerungen vor Ihnen auskrame, die nur für mich Werth haben können. Fürchten Sie nicht, daß ich in demselben Stil fortfahren werde, Ihnen die Geschichte meiner ersten Liebe zu beichten. Denn daß es sich um nichts Geringeres handelt, haben Sie längst errathen. Ich glaube zwar nicht, daß mein Langen und Bangen in schwebender Pein, wenn man es ausführlich schilderte, sich ganz so ausnehmen würde wie die meisten Primanerromane, und zwar nicht sowohl weil der Liebhaber ein so besonders genaturter Jüngling gewesen wäre, als wegen des jungen weiblichen Charakterkopfs, der in der Geschichte mitspielt. Werden Sie glauben, daß während des ganzen Jahres, daß ich noch als Pennal mit ihr verkehrte und nach und nach allsonntäglich stundenlang im Park oder Garten mich mit ihr tummelte, kaum jemals ein Spaß zwischen uns jenes helle Lachen hervorrief, das so jungen Paaren sonst so leicht aus der Kehle dringt? Zwar war auch ich nicht vom scherzhaftesten Temperament. Aber ich war kein Pedant und glaubte einem jungen Mädchen gegenüber mich zu einer möglichst heiteren Laune zwingen zu müssen. Ich gab also allerlei lustige Geschichten zum besten, über die meine Mutter herzhaft gelacht hatte. Das seltsame Fräulein sah mich nur wie betroffen an, und als ich fragte, ob sie ihr nicht drollig erschienen, erwiderte sie ganz ernsthaft: O gewiß. Ich wundere mich nur, daß gerade Sie Geschmack daran finden.

Gerade ich! Was hatte sie sich für einen Begriff von mir gemacht, dem diese harmlosen Schnurren widersprachen?

Ich fragte sie darum. Sie wollte aber nicht mit der Sprache heraus. Da ich nun sah, daß mir meine Herablassung zu ihrem vermeintlichen Backfischstandpunkt nicht gedankt würde, änderte ich die Tonart und erzählte ihr allerlei von meinen geliebten Griechen und Römern, zumal von den Dichtern, die ich gelesen hatte. Da hätten Sie sehen sollen, mit welcher Andacht sie mir zuhörte, wie ihre Augen leuchteten oder sich völlig schlossen, wie um einen schönen Traum, der ihr vorüberzog, nicht durch die gemeine Wirklichkeit um sie her zu stören. Den Bruder langweilten solche Gespräche. Er hörte von Sophokles und Aeschylos schon in der Schule mehr, als ihm lieb war, und so ließ er uns oft allein, um im hintersten Theil des Parks nach der Scheibe zu schießen oder, tiefsinnig im Grase ruhend, auf die Meerschaumpfeife zu starren, die anzurauchen sein Ehrgeiz war. Wir indeß saßen auf der Bank unter der Blutbuche, die nun dichten, dunklen Schatten bot, und ich las dem Freifräulein, während sie an einer Stickerei arbeitete, meine Uebersetzungen aus dem rasenden Ajax vor, die mein guter Director gelobt hatte, oder erzählte ihr die Fabel des Orestes, die ihr besonders zu Gemüthe ging, so stark, daß sie bei der Ermordung der Klytämnestra aufstand und eine gute Weile mich allein ließ, da sie mich ihre hervorstürzenden Thränen nicht sehen lassen wollte.

Ich dachte mir nichts Anderes dabei, als daß ihr tiefes und starkes Gemüth, das bei der oberflächlichen Abrichtung in ihrer Pension keine

Nahrung fand, durch diesen Einblick in eine fremde, gewaltige Welt allzu heftig erschüttert würde. Als ich aber andeutete, wir sollten diese Unterhaltungen vielleicht lieber einstellen, ich fürchtete, sie möchten ihr schwere Träume bringen, schüttelte sie den Kopf. Im Wachen kommen mir oft noch viel schwerere! sagte sie finster vor sich hin.

Seitdem beherrschte sie sich, und ich sah keine Thräne mehr. Aber sie hielt darauf, daß ich ihr jedesmal etwas von diesen Dingen erzählen mußte, und als ich ihr zum nächsten Weihnachten das Buch Gustav Schwab's schenkte, in welchem er »die schönsten Geschichten und Sagen des klassischen Alterthums« so glücklich für junge Leser vorgetragen hat, drückte sie mir mit solcher Wärme die Hand wie nie zuvor, da ich gewöhnlich beim Kommen und Gehen nur ein paar kühle Fingerspitzen in der meinigen gefühlt hatte.

Sie wissen nun schon, daß ich der stehende Sonntagsgast in der Villa geworden war. Meine Mutter hatte sich nicht nur ohne Klage darein gefunden, sondern es über ihr selbstloses Herz gebracht, es als ein besonderes Glück zu rühmen, daß ihr Sohn eine so bevorzugte Stellung in dieser vornehmen Familie gewonnen hatte. So brachte sie mein eigenes Gewissen zum Schweigen, und ich bildete mir endlich selber ein, ich sei es meiner Erziehung schuldig, nicht immer an der Schürze meiner Mutter zu hängen, sondern im Umgang mit einer so hochgebildeten, weltgewandten Dame, wie die Baronin, meine Manieren zu verfeinern und so viel »Welt« mir anzueignen, wie für einen jungen Menschen, der Künstler werden will, nöthiger sei, als für einen Buchdrucker oder selbst für einen Gymnasiallehrer.

So fand ich es ganz in der Ordnung, daß man mich draußen in der Villa verhätschelte, bewunderte, meine Talente aus ihrem schüchternen Dunkel hervorzog; daß ich – ohne Jost im Geringsten eifersüchtig zu machen, da er ebenfalls zu mir hinaufsah – von der Freifrau der Goldsohn genannt wurde und sie selbst in Briefen und Gedichten die Goldmama nennen mußte.

Seltsam aber: so ein recht söhnliches Herz konnte ich bei alledem nicht zu ihr fassen. Ich bezeigte ihr eine Art ritterlicher Verehrung, und sie cajolirte mich wie eine mittelalterliche Edeldame einen Pagen, der seiner heimlich angebeteten Herrin eine lyrische Huldigung widmet. Es war gewiß von beiden Seiten nichts Arges dabei. Ich ahmte einfach nach, was ich von den wenigen fremden Herren, die dann und wann in der Villa vorsprachen, ja von ihrem eigenen Mann und Sohn dieser noch immer jugendlich sich geberdenden Frau an kleinen Galanterien darbringen sah. Hätte ich mein Herz aufs Gewissen gefragt, so wäre die Antwort gewesen, daß es sich sehr kühl verhielt gegen diese Goldmama.

Keinen geringen Antheil hieran hatte die offenbare Kälte, die zwischen ihr und ihrer Tochter herrschte. Ich zerbrach mir den Kopf, wie es zugehen möge, daß das Freifräulein, das mit solcher Inbrunst am Vater hing, sich kaum die Mühe gab, ihre vollkommene Gleichgültigkeit, ja Abneigung, gegen diese freundliche, immer lächelnde Mama zu verbergen, die ihr nie ein böses Wort sagte, jeden ihrer Wünsche befriedigte, wenn sie ihr auch freilich nicht mit der rechten mütterlichen Herzenswärme begegnete, sondern den Sohn vorzog, der ihre Caressen mit humoristischer Courtoisie erwiderte. Die Tochter dagegen ging mit halb geschlossenen Augen an ihr vorbei, richtete nie das Wort an sie und beantwortete ihre Fragen nicht unartig, aber mit möglichster Kürze. Keiner im Hause schien darin etwas Auffallendes zu sehen. Der Papa neckte sie zuweilen mit ihrer Verschlossenheit und nannte sie sein stilles Wässerchen. Der Bruder prophezeite ihr, die Zunge werde ihr schon gelös't werden, wenn sie erst auf Bälle gehen und mit zwanzig jungen Herren geistreiche Gespräche führen müsse. Für mich war gerade diese ihre nachdenkliche Stille ein Reiz und eine Tugend mehr an ihr.

Denn Sie müssen nicht glauben, daß ihr seltsames Wesen auch nur einen Hauch von mattherziger Sentimentalität oder Unfrische gehabt hätte. Eine starke Willenskraft, sogar ein Ueberschwang von jugendlichem Feuer kündigte sich in hundert kleinen Zügen an, und in diesen kräftig aufgeblühten Gliedern kreiste ein so übermüthiges Blut, daß sie es nur schwer zu bezwingen vermochte, hatte sie ihm einmal die Zügel schießen lassen. Ihr liebstes Vergnügen war, wenn es recht stürmte, gegen den Wind zu laufen, so behende, daß wir sie nur selten wieder einholen konnten. Sie sei eine kecke Turnerin gewesen in ihrer früheren Zeit und schwimme noch jetzt mit Leidenschaft wie eine Seejungfer, vertraute mir Jost. Als der Winter gekommen war und auf dem Weiher die schönste Eisbahn hergestellt hatte, konnte sie nicht satt werden, Schlittschuh zu laufen, am liebsten beim unholdesten Eiswind. Ich hatte diese edle Kunst vernachlässigt, da es mich zu viel Zeit gekostet hätte, während des Semesters die entfernten Gelegenheiten dazu aufzusuchen. Kaum hörte sie, daß es so mit mir stand, so drang

sie darauf, jeden Sonnabend – denn ich kam jetzt gewöhnlich schon am Vorabend des Sonntags und übernachtete oben im Zimmer meines Freundes, um den ganzen folgenden Tag draußen zu bleiben – sobald ich die Eltern begrüßt hatte, mir Unterricht im Eislaufen zu geben. Die Goldmama schenkte mir natürlich sofort ein Paar Schlittschuhe bester Qualität, und nun wurde ich von den Geschwistern in die Mitte genommen und machte mit großem Ehrgeiz meine Schule durch. Wie glücklich war ich, daß sie sich mit mir beschäftigte! Welche Wonne durchrieselte mich, wenn sie meine Hand faßte und meine unsicheren Schritte leitete! Und wie konnte sie sogar hell auflachen, wenn ich mit absichtlicher Unbeholfenheit allerlei drollige Fallversuche machte und meine lange Figur doch noch glücklich wieder ins Gleichgewicht brachte! Sie war in solchen Stunden wie ausgetauscht, jeder Schatten des Trübsinns von ihrem Gesicht verschwunden, ihre Augen glänzten, ihr Haar unter dem polnischen Mützchen flatterte im Wind, und die weißen Zähne blitzten in der grauen Dämmerung so munter, daß mir das Herz aufflammte und ich alle Vernunft zusammennehmen mußte, die Arme nicht um ihre schlanke Gestalt zu schlingen und ihr zuzuflüstern, daß ich wie ein Wahnsinniger in sie verliebt sei.
Aber jede Regung eines so verwegenen Gelüstes schwand, sobald wir wieder statt der glatten Eisfläche die rauhe Erde unter den Füßen hatten. Auch mit ihrem Muthwillen war's dann plötzlich vorbei. Wir kehrten entweder stumm ins Haus zurück, oder sie erzählte von etwas, das sie gelesen hatte, und ich athmete auf wie Jemand, der einer halsbrechenden Gefahr entgangen war, überzeugt, daß sie mich mit einem einzigen stolzen Wort und empörten Blick zurückgeschleudert haben würde, wenn ich gewagt hätte, die Schranke zwischen uns zu überspringen.
Ich war so fest wie von meinem Leben überzeugt, daß ich ihr nicht näher stand, als jeder andere Schulkamerad ihres Bruders gethan hätte, der als Musterknabe, als sittliches Vorbild für den Leichtfuß von Junker ein erwünschter Umgang gewesen wäre. Zuweilen sogar wollte mir's scheinen, als betrachte sie mich mit einer Art mitleidiger Gering-schätzung, und zwar immer dann, wenn ich der Mama auf meine Pagenmanier den Hof machte. Sie ließ es mich dann empfinden, indem sie an einem solchen Tage ein Gespräch mit mir absichtlich vermied. Aber sie zürnte nicht lange. Ich war ihr zu unbedeutend, dachte ich, um mein Thun oder Lassen allzu tragisch zu nehmen.

Daß eine gesellschaftliche Kluft zwischen uns sei, war das Letzte, woran ich dachte. Sie kennen meine demokratische Erziehung, und wir standen damals vor den Märzereignissen, in einer Stimmung aller jungen Gemüther, die mich die Freiherrnkrone auf der Visitenkarte meines guten Jost nicht mit dem geringsten Respect betrachten ließ. Dennoch entsinne ich mich, daß ich in meinen lyrischen Herzensergießungen die Kälte, mit der mir das Freifräulein begegnete, auf ihren Standeshochmuth schob und von einer Revolution träumte, welche den armen Lehrerssohn der blaublütigen Geliebten gleich stellen würde. Zu anderen Stunden klagte ich ohne solche Thorheiten mein Herzeleid, daß ich meine Lieb' und Treue an ein Marmorbild verschwendete, in dessen Adern »ewig niemals« warmes Leben sich regen werde, eine Nixe, die nur im Winterfrost Verlangen nach der Berührung einer warmen Menschenhand empfinde, und was der lyrischen Invectiven mehr waren.

Und diese hoffnungslosen Gefühle hatten schon nach wenigen Monaten eine solche Macht über mich gewonnen, daß ich nicht bloß die Rücksichten gegen meine gute Mutter völlig vergaß, sondern auch meinen Ehrgeiz, in der Klasse mir nicht den geringsten Tadel zuzuziehen. Ich lebte, sann, hoffte und harrte nur von einem Sonntag zum andern. Was dazwischen lag, hatte allen Werth für mich verloren. Meine Lehrer wunderten sich, daß plötzlich, so dicht vor dem Ende, mein rühmlicher Eifer erkaltete. Sie schoben jedoch die beklagenswerthe Veränderung auf den Schulekel, der selbst ihre trefflichsten Zöglinge zuweilen kurz vor dem Austritt aus dem Gymnasium befällt. Und der überfließende Gnadenschatz, den ich neun Jahre hindurch angehäuft, kam mir auch noch zu guter Letzt zu Statten; ich bestand das Abiturientenexamen mit allen Ehren, während es an einem Haar hing, daß Junker Jost trotz des allseitigen guten Willens, ihm jeden Stein des Anstoßes aus dem Wege zu räumen, dennoch unsanft durchgefallen wäre.

*

Das war um Ostern 1847. Ich hatte kurz vorher mein achtzehntes Jahr vollendet, Jost feierte einige Monate später seinen zwanzigsten Geburtstag, trat, sobald er den lateinischen »Stall« hinter sich hatte, in einen viel ersehnteren ein, indem er sich bei einem Husarenregiment als Einjähriger meldete, und ich hatte nichts Eiligeres zu thun, als mich dem Director der Akademie zur Eintrittsprüfung vorzustellen. Obwohl ich so viele schöne Zeit versäumt hatte und an Fertigkeit der Hand hinter manchem Jüngern weit zurückstand, war doch mein Auge während der Schuljahre nicht ungeübt geblieben und die Leidenschaft für meinen wahren Beruf so groß, daß ich ohne sonderliche Schwierigkeiten die Aufnahme in die unterste Klasse erlangte.

Zum erstenmal seit Jahr und Tag fühlte ich mich wieder von einem vollen Glücksgefühl durchströmt. Ich hatte irgendwo gelesen, nach Spinoza's Ausspruch könne keine Leidenschaft durch Vernunftgründe, sondern nur durch eine andere, stärkere Leidenschaft bezwungen werden. Nun gab ich mich der Hoffnung hin, die unselige Liebe zu dem unnahbar stolzen Mädchen werde erlöschen, wenn ich Tag für Tag fleißig hinter meinem Reißbrett hockte und nach der damaligen unsinnigen Methode die schönen griechischen Götter und Göttinnen in Gyps nachzuzeichnen mich mühte, deren Würde und Höhe das heiße Blut abzukühlen wie geschaffen schienen.

Ich sollte bald merken, daß ich von diesen himmlischen Mächten vergebens Heilung meines Fiebers gehofft hatte.

Zwar gewann ich es über mich, in den Sommermonaten meine Besuche in der Villa auf sehr wenige Sonntage einzuschränken, unter dem Vorwand, ich hätte allzu viel versäumt und müsse auch die freien Tage nützen, um mit meinen jüngeren Kameraden Schritt zu halten. Auch ließ ich mich nie mehr verführen, vom Sonnabend auf den Sonntag draußen zu bleiben. So lange unter einem Dach mit meiner heimlichen Flamme zu hausen, hätte meine Glut wieder hoch angeschürt. Ich kam jetzt gewöhnlich am Sonntag Nachmittag und blieb bis zur Dämmerung, jedesmal mit zärtlichem Schmollen von der Goldmama ausgescholten, daß ich sie vernachlässigte, von dem Freifräulein mit dem gleichen kühlfreundschaftlichen Gesicht empfangen. Jost fand meine Zurückhaltung nicht auffallend, da er selbst jetzt ganz seinen neuen Pflichten lebte und dem schönen Gaul, den zu reiten ihm ein unsägliches Vergnügen machte. Der Freiherr war mir unverändert zugethan. Doch glaubte ich auch bei ihm keinen sonderlichen Kummer darüber zu bemerken, daß der Freund seines Sohnes sich jetzt seltener blicken ließ, da von einem sittlichen Einfluß auf den jungen Husaren doch keine Rede mehr sein konnte.

Meine liebe Mutter war sichtbar froh, mich nun wiederzuhaben. In der letzten Zeit hatte sie doch Mühe gehabt, ihre Eifersucht auf die gefährliche Goldmama zu verbergen. Wir führten unser altes trauliches

Leben zu Dreien, gingen fleißig spazieren, und ich dachte wirklich das Schlimmste überstanden zu haben.

Als aber die erste Glückseligkeit meiner jungen Künstlerfreiheit ihren Zauber verloren hatte, die Blätter von den Bäumen fielen und die Abende länger wurden, so daß das Zeichnen bei der trüben kleinen Lampe nur nothdürftig von Statten ging, fing ich an zu spüren, an einer wunderlichen Unruhe und Mißzufriedenheit, daß ich zu früh Victoria gerufen und gewähnt hatte, den reizenden Feind aus dem Felde geschlagen zu haben.

So war ich bald wieder schwach genug, in alter Weise jede Gelegenheit, mich draußen sehen zu lassen, begierig zu ergreifen; es trug mir nichts ein als neue Nahrung für meine Leidenschaft und immer tiefere Hoffnungslosigkeit.

Zu ihrem Geburtstag im November hatte ich eine Federzeichnung gemacht, den blinden alten Oedipus, von seiner Tochter geführt, meine erste, noch sehr kindliche Composition. Ohne daß ich mir's vorgesetzt, sah der alte König dem Freiherrn so ähnlich, wie die Uebersetzung eines deutschen Urtextes ins Griechische nur immer konnte, und Antigone unterschied sich von dem Freifräulein nur durch das Gewand und die antike Haartracht. Als ich ihr das Blatt mit meinem erröthend gestammelten Glückwunsch überreichte, – ich traf sie glücklicherweise allein in dem Gartensaal, wo sie den Blumentisch ordnete – betrachtete sie es erst lange, ohne ein Wort zu sagen. Dann gab sie mir die Hand.

Es ist schön, sagte sie. Sie machen große Fortschritte. Ich danke Ihnen. Sie haben mir eine großeFreude gemacht.

Die Anderen kamen dazu, ich wurde sehr gelobt; von den Aehnlichkeiten, die, wie ich gefürchtet, mich verrathen würden, sagte Niemand ein Wort. Ich sollte zu Tische bleiben, mehrere junge Freundinnen des Geburtstagskindes wurden erwartet, ich entschuldigte mich, da es ein Wochentag war, ich dürfe die Akademie nicht versäumen, und hatte auf dem langen Heimweg Zeit genug, mich einmal übers andere einen Schwächling und jämmerlichen Thoren zu schelten, daß ich noch immer in den Fesseln eines hoffärtigen Mädchens schmachtete, das so offenbar nichts von mir wissen wollte. Nur diese Weihnachten noch überstanden, dann sollte es für immer aus sein, schwor ich mir zu. Für alle Gastfreundschaft, die ich in diesem Hause genossen, mußte ich mich noch einmal erkenntlich zeigen, auf meine bescheidene Weise, da ich zu kostbaren Geschenken zu arm war. Ich hatte mir ausgedacht, wenn ich den Hausherrn für seine Gattin, diese für ihren Mann zeichnete und die beiden Geschwister für einander, würde ich meine Dankesschuld einigermaßen abtragen und mir damit zugleich ein bleibendes Andenken stiften, das, wenn ich den Verkehr nun abbräche, doch zuweilen ein Bedauern, mich verloren zu haben, hervorrufen müßte.

Ich hatte schon so viel gelernt, daß die Zeichnungen nicht mehr an meine naiven Profilskizzen von der Schule her erinnnerten, sondern einen künstlerischen Anstrich hatten und mit kräftiger Schattenwirkung auch an einer Wand eingerahmt sich sehen lassen konnten. Ueberdies wußte Keiner von dem, was ihm selber zugedacht war, ich hatte mir Jeden heimlich sitzen lassen, Dorette wieder unter der Blutbuche, die Entwürfe eilfertig zu Stande gebracht und zu Hause die Zeichnungen sorgfältig ausgeführt. Es sollte eine vierfache Ueberraschung werden.

Jost, dessen ich draußen nur selten habhaft wurde, da der Dienst ihn in der Stadt festhielt, wollte mir drei Tage vor Weihnachten noch einmal in meinem Zimmer sitzen, das ich jetzt zu einem kleinen Atelier eingerichtet hatte. Er trat auch wirklich am Vormittag bei mir ein, von einem Ritt in der scharfen Decemberluft geröthet, in der kleidsamen Uniform, deren Schnüre und Knöpfe mir noch eine Stunde lang zu schaffen machen sollten.

Sofort merkte ich an seinem Blick und Gruß, daß seine offene, fröhliche Seele von irgend einer Sorge verdüstert war.

Ich fragte ihn scherzend, ob er gestern Nacht gespielt und eine Unsumme verloren habe, ob sein Pferd krank oder seine Liebste ihm untreu geworden sei.

Er erwiderte nichts, setzte sich finster auf den Platz, den er für die Zeichnung einnehmen mußte, und schwieg wohl eine Viertelstunde. Dann stand er plötzlich auf und begann in dem kleinen Zimmer auf und ab zu gehen.

Höre, sagte er, ich muß von einer Sache mit dir reden, die mir sehr fatal ist. Sage mir aufrichtig, als mein Freund und ehrenhafter Mensch, wie ich dich kenne, wie steht es zwischen dir und Dorette?

Ich fühlte, daß ich bis in die Stirn erröthete. Zum Glück saß ich gegen das Fenster gekehrt, und auch ihm fiel es nicht ein, einen prüfenden Blick auf mein Gesicht zu werfen.

Was meinst du? versetzte ich so unbefangen, wie mein stark pochendes Herz es mir erlaubte. Wie soll es zwischen mir und deiner Schwester stehen? Du weißt ja selbst, daß wir bisher gute Kameradschaft gehalten haben, soweit das zwischen einer hoffähigen jungen Dame und einem Sohne armer, aber ehrlicher Eltern möglich ist. Seit du dich draußen so rar machst, bin auch ich seltener in ihrer Gesellschaft gewesen, und mit dem neuen Jahr wird es wahrscheinlich mit der Goldsohnschaft überhaupt ein Ende nehmen. Wir denken daran, von Berlin wegzuziehen, irgend wohin, wo das Leben billiger ist und ich doch Gelegenheit habe, bei einem Maler in die Lehre zu gehen.

Ich warf das so hin, weil es einmal als ein flüchtiger Plan zwischen mir und der Mutter aufgetaucht war, ohne daß wir ernstlich daran dachten. Es sollte meinen Rückzug aus dem unseligen Verhältniß maskiren.

Wenn es so steht, sagte er, so bin ich beruhigt. Denn, unter uns, Ludwig, es wäre nicht so fortgegangen.

Warum nicht? fragte ich und stand nun ebenfalls auf. Was hast du mir vorzuwerfen? du, oder deine Eltern, oder deine –

O, nicht das Geringste! Es ist nur natürlich, daß es mit der Zeit so kommen mußte. Du warst ja der einzige junge Mensch, den sie zu sehen bekam, und wie sie nun einmal ist gerade weil du ihr nie die Cour gemacht hast, sondern sie wie ein reifes Frauenzimmer von allerlei ernsthaften Dingen, Sophokles und Consorten, unterhalten hast – das mußte am Ende Eindruck auf sie machen. Aber wenn ihr jetzt getrennt werdet, wird bald Gras darüber gewachsen sein. Ich wollte nur wissen, wie es mit dir stünde, ob du nicht etwa selbst angebrannt wärst. In diesem Fall hätte ich dich freundschaftlich warnen müssen. An etwas Ernsthaftes zwischen euch kann ja kein Gedanke sein, zumal, da ich ganz bestimmt weiß, daß die Eltern andere Absichten mit ihr haben. Wenn du nun weiterzeichnen willst –

Verzeih, sagte ich, ohne zu beachten, daß er sich wieder gesetzt hatte, du mußt mir nun doch noch etwas mehr Aufklärungen geben. Wie kommst du überhaupt auf den abenteuerlichen Gedanken, daß deine Schwester auch nur das geringste wärmere Interesse für mich fühle? Mir hat sie immer nur die äußerste Gleichgültigkeit gezeigt, nicht anders, als ob sie einem sechzigjährigen Hausfreund sich gegenübersähe.

Hm, machte er, du kennst sie nicht. Niemand kennt sie, und ich selbst habe mich täuschen lassen von ihrer kaltblütigen Miene. Auch glaube ich nicht, daß sie sich je vergessen und, wenn sie wirklich eine Passion für Jemand hätte, sich's merken lassen würde. Aber daß du ihr nicht so gleichgültig bist, wie du meinst, dafür habe ich untrügliche Beweise. Deine Zeichnung von Oedipus und Antigone hat sie sich einrahmen lassen und über ihr Bett gehängt. Den Bleistift, den du neulich bei uns vergessen hast, fand ich auf ihrem Schreibtisch, und als ich vorgestern unerwartet hinauskam und in mein Zimmer trat, finde ich sie ganz vertieft in die Betrachtung deines Daguerreotyps, das du mir zum Geburtstag geschenkt hast. Ich machte einen Scherz daraus, bereute es aber gleich, denn ich sah, daß sie todtenblaß geworden war und nur mühsam Contenance bewahren konnte. Am Ende ist sie doch auch ein junges Ding von Fleisch und Blut, und wenn die Sache überhaupt möglich wäre – mir könnte nichts lieber sein, als dich zum Schwager zu haben. Aber du wirst selber einsehen –

O gewiß! unterbrach ich ihn; es wäre ja eine Tollheit, daran zu denken – und ich versichere dich, du kannst ganz ruhig sein – ich habe ihr nie auch nur das leiseste Wort gesagt, aus dem sie hätte entnehmen können – nein, Jost, sei ganz unbesorgt – und wenn du dich jetzt etwas mehr nach rechts drehen wolltest –

So sprudelte ich heraus und nahm hastig die Arbeit wieder auf, um nur einer weiteren Auseinandersetzung vorzubeugen. War es denn möglich? Ich hatte für Kälte gehalten, was nur mädchenhafter Stolz war, um ihr wahres Gefühl zu verbergen! Was galt es mir jetzt, ob es eine Tollheit war, irgend welche Hoffnungen zu nähren! Ich fühlte nur eins: wenn es so war, wie er glaubte, so war kein Abgrund zwischen uns so tief, keine gesellschaftliche Kluft so breit, daß mir nicht hätten Flügel wachsen sollen, mich darüber hinwegzuschwingen.

Sie können denken, was aus der Zeichnung wurde. Zum Glück besann sich mein Modell, daß wegen einer Verabredung mit Kameraden die Sitzung abgebrochen werden mußte. Wir schüttelten uns die Hände und schieden – auf Wiedersehen in der Villa am heiligen Abend.

*

Kaum war ich allein, so überließ ich mich dem unsinnigsten Freudentaumel, Lachen und Weinen, Jauchzen und Herumtanzen in meinen engen vier Wänden, wie ein armer Sünder in seinem Gefängniß, dem seine Begnadigung und die nahe Freilassung ange-kündigt worden ist. Es litt mich auch nicht in dieser Enge.

Ich lief zur Mutter und umarmte die gute, ahnungslose Frau so zärtlich wie lange nicht, daß sie mich ganz erschrocken ansah, ob ich etwa süßen Weines voll sei. Ehe sie mich noch ins Gebet nehmen konnte, war ich schon auf der Straße, und erst nachdem ich mich müde gelaufen hatte, konnte ich es über mich gewinnen, die Lage vernünftiger ins Auge zu fassen.

Das Eine stand mir über allen Zweifel fest: ich konnte nun nicht dies Haus meiden, ehe ich unumstößliche Gewißheit erlangt hatte, ob ich wirklich das Herz dieses Mädchens besaß. War das der Fall, so gehörte mein ganzes Leben ihr, so mußte ich Alles daran setzen, sie mir zu erringen. Und warum sollte es »eine Tollheit« sein? Hatte ich nicht die sichere Gewißheit in mir, ein Künstler zu sein, dessen Talent sich Bahn brechen, in kürzerer Zeit ihn unabhängig machen müsse, als es in jedem andern Beruf der Fall gewesen wäre? Und wenn sie eine junge Baronesse war, galt nicht auch das Genie für einen Adelsbrief und führte zu den obersten Stufen des Lebens hinan, zu der Menschheit Höh'n, nach dem tröstlichen Dichterwort? Vielleicht wären die Eltern nicht gleich einverstanden; Jost hatte so eine Andeutung gemacht. Aber kannte ich nicht den festen Willen meiner Geliebten und durfte vertrauen, daß sie sich durch keine Einschüchterungen irre machen ließ, ihrem Herzen zu folgen?

Ich will Sie nicht langweilen, lieber Freund, mit alle dem, was ich in jenen drei Tagen anfing, um meine Ungeduld zu beschwichtigen. Genug, obwohl die Mutter mir wehmüthig nachblickte, als ich ihr sagte, ich würde den heiligen Abend nicht bei ihr zubringen können, machte ich mich in überschwänglicher Wonne auf den Weg und tröstete mich damit, wie glücklich auch die liebevolle Mutterseele sein würde, wenn sie hinterher erführe, welch ein Glücksstern an diesem Abend ihrem Liebling aufgegangen sei.

Unterm Arm trug ich ein Packet, worin die vier Porträts eingewickelt waren, sämmtlich in geschmackvollen flachen Rähmchen von gepreßtem Papier. In der Tasche aber hatte ich noch ein heimliches Angebinde: einen kleinen goldenen Ring mit einem blauen Türkis, für den ich meine letzten dürftigen Sparpfennige hingegeben hatte. Alle Augenblicke fühlte ich darnach, ob er auch noch vorhanden sei. Und dann dachte ich an Alles, was ich sagen wollte, wenn ich ihn herausholte, und was sie wohl antworten würde, und so scharf der Wind mir entgegenblies, so heiß war mir's unterm Hut und so frühlingswarm im Herzen, daß ich laut vor mich hin sang und von den wenigen Vorübergehenden auf dem langen dunklen Weg wahrscheinlich für einen liederlichen Burschen gehalten wurde, der ein ansehnliches Geldgeschenk zu Weihnachten bereits so früh am heiligen Abend in einer Kneipe durchgebracht hätte.

*

Als ich draußen ankam, war's etwa fünf Uhr, am Himmel zogen schwere bleigraue Schneewolken hin, nur die beschneiten Büsche und Bäume verbreiteten ein bleiches Zwielicht, denn die Laterne auf der Chaussee vor der Villa hatte der Wind ausgeweht. Ich fand im Hausflur den alten Diener, dem ich meine Bescherung übergab. Er sollte, da er allein Zutritt zu der Weihnachtsstube hatte, die Bilder, die durch Inschriften bezeichnet waren, auf ihre Plätze legen. Der Herr Baron sei in die Stadt gefahren, einen Gast abzuholen, die Frau Baronin noch mit dem Aufbau beschäftigt. Die jungen Herrschaften würde ich im Park beim Weiher finden, da sie noch Schlittschuh liefen.

Ich betrat mit klopfendem Herzen die wohlbekannten Wege. Wie oft war ich hier in hoffnungslosen Gedanken neben ihr gegangen, und heute –! Auch daß ich den Bruder bei ihr treffen sollte, machte mich in meinem Vorsatz nicht wankend. Was ich ihr zu sagen hatte, konnte – sollte ja alle Welt erfahren! Ich fühlte mir Muth, mitten in einem großen, dichtgedrängten Saal vor sie hinzutreten und ihr mein Herz zu Füßen zu legen, nicht verzagter und zögernder, als man seiner Tänzerin ein Cotillonsträußchen darbringt.

Aber sie war allein.

Schon von weitem durch die entlaubten Zweige sah ich sie auf dem Bänkchen unter der kahlen Blutbuche sitzen in ihrer pelzverbrämten Jacke und dem pol nischen Mützchen. Sie schien nichts zu spüren von der eisigen Luft und dem schauerlichen Wind, der in den starren Binsen am Ufer rauschte. So tief war sie in ihre Gedanken versunken, daß sie meinen Schritt überhörte und erst in die Höhe fuhr, als ich dicht herangekommen war und »Guten Abend, Fräulein Dorette!« sagte.

Sie sind es?! sagte sie und ließ gleich wieder die Augen sinken. Jost ist eben hinaufgegangen; er hatte sich müde gelaufen. Auch ich – die Bahn ist verdorben durch die vielen welken Blätter – aber wenn Sie es versuchen wollen –

Ich schüttelte den Kopf – das Herz schlug mir bis zum Halse hinauf – stillschweigend setzte ich mich neben sie, sagte mühsam ein paar

Worte über das Wetter, das umzuschlagen Miene mache, dann schwiegen wir Beide.

Der Schnee gab gerade so viel Licht, daß ich ihr Gesicht sehen konnte, auf dem eine unsägliche Traurigkeit lag. Sie hielt die Schlittschuhe im Schooß, ihre Glieder durchfuhr es zuweilen wie ein Krampf, daß die Eisen leise gegen einander klirrten.

Liebe Dorette, sagte ich endlich, Ihnen ist nicht wohl. Sie sind nicht so froh, wie selbst große Kinder am heiligen Abend zu sein pflegen. Was sitzen Sie hier in der bösen Schneeluft? Kommen Sie ins Haus hinein, Sie werden sich erkälten.

Sie regte sich nicht, als hätte sie nicht gehört, was ich so nah an ihrem Ohr gesagt hatte. Stumm und starr blickte sie auf den zerstampften grauen Schnee zu ihren Füßen nieder. Da sah ich, wie zwei große, schwere Tropfen aus ihren schwarzen Wimpern vordrangen und langsam über ihr weißes Gesicht rollten.

Liebe, theure Dorette, rief ich, Sie leiden, Sie haben einen großen Kummer! O, wenn ich Ihnen helfen könnte – ich gäbe mein Leben darum! Wollen Sie sich mir nicht anvertrauen? Wissen Sie nicht, daß Sie keinen bessern, zuverlässigeren Freund haben als mich?

Sie machte eine Bewegung, wie wenn sie aufstehen wollte, aber ihre Glieder waren wie gelähmt.

Ich bitte, hauchte sie, kümmern Sie sich nicht um mich. Sie meinen es gewiß gut, aber helfen können Sie mir nicht – Niemand kann mir helfen – gehen Sie, lassen Sie mich hier – es ist besser so – ich werde mich schon zurechtfinden –

Aber indem sie dies sagte, brach ihr die Stimme. Ein Strom von heißen Thränen stürzte ihr aus den Augen, die Schlittschuhe glitten ihr von den Knieen, und beide Hände vors Gesicht drückend, schluchzte sie fassungslos auf in so herzbrechendem Jammer, wie ein Kind, das sich in einem wilden Walde verirrt hat und auf der Stelle sterben zu müssen meint.

Da hielt ich nicht länger an mich. Ich schlang den Arm um ihre Schulter, und selbst der Thränen mich kaum erwehrend, raunte ich ihr in ausbrechender Leidenschaft Alles zu, was ich tausendmal in Gedanken an sie hingeredet hatte, alle meine Liebe und Qual, und daß, was sie auch an verschwiegenem Kummer zu tragen hätte, ihre Schmerzen mit meinen sich nicht messen könnten, wenn ich auf jede Hoffnung verzichten müßte.

Ich hatte sie während dieses stürmischen Bekenntnisses nicht anzusehen gewagt. Ich fühlte nur, daß das Zucken ihres jungen Leibes sich beruhigte und ihre Hände wieder herabsanken. Als ich endlich schwieg und in banger Spannung sie anblickte, sah ich, daß sie mit einem seltsam ekstatischen Ausdruck die Augen weit geöffnet hatte, aus denen keine Thränen mehr vordrangen, während ihre Wangen wie gebadet schimmerten.

Ist das Alles wahr? Sagen Sie das nicht bloß, um mich zu trösten? hauchte sie.

Ich wiederholte jetzt, nur feuriger und freudiger, was ich soeben halb beklommen mir von der Seele gewälzt hatte.

Da wandte sie sich plötzlich zu mir um, sah mir voll ins Gesicht und reichte mir die Hand.

Ich danke Ihnen, Ludwig, sagte sie. Ich glaube Ihnen Alles, ich weiß, Sie können nicht lügen. Auch ich kann es nicht, und wenn ich auch meinen Mund bezwinge, daß er nicht verräth, wie ich fühle, meine Augen kann ich nicht beherrschen. Haben Sie nicht längst darin gelesen, daß ich Ihnen gut bin? Ich schämte mich manchmal, wenn ich dachte, Sie müßten es mir angesehen haben, und ich wußte doch nicht, wie Sie zu mir gesinnt waren. Schon seit lange trage ich es in mir. Es thut mir so wohl, daß ich es endlich frei heraussagen darf. O, ich war so unglücklich – und nun dies große, große Glück – ist es denn möglich?

Ein Schauer überlief sie wieder. Sie zog ihre Hand zurück und schloß die Augen, ihr Kopf lag an meinem Arm, ihre Lippen waren halb geöffnet und athmeten durstig die feuchte Nachtluft ein – warum konnte ich mir nicht ein Herz fassen, meine Lippen auf diesen Mund zu drücken, den ich in meinen verwegenen Träumen so oft geküßt hatte?

Nicht einmal das Du wollte mir über die Lippen. Ich drückte sie nur fester an mich.

Sie litt es eine Weile und schmiegte sich an meine Schulter, während ihre Brust noch immer dann und wann von einem Nachzittern des heftigen Weinens erschüttert wurde. Dann machte sie sich sanft von mir los und richtete sich auf dem Bänkchen gerade in die Höhe.

Wir müssen uns fassen, Ludwig, sagte sie. Wir haben nicht viel Zeit, uns auszusprechen. Mein Gott, wenn ich das gedacht hätte, wie ich hier so trostlos saß und glaubte, ich sei das unglücklichste Wesen auf der

Welt und mir wäre wohler, ich läge da unten im Weiher unter dem dunklen Eise! Jetzt – es ist zwar Alles, wie es war, aber ich weiß doch, daß ich einen Freund habe, der mich nicht verlassen wird, bei dem ich Hülfe und Schutz finden kann, wenn ich allein mir nicht mehr zu helfen weiß. Denn das ist doch Ihr Wille, Ludwig? Sie werden mir doch beistehen in meinem Unglück?

Muß ich Ihnen das noch betheuern, geliebte Dorette? rief ich. Wenn es nur Ihnen so ernst damit ist wie mir, daß nichts uns trennen soll aber Sie sprechen nur von einem Freunde! Soll ich Ihnen nicht *mehr* sein, nicht Alles, was ein Mann einem Weibe sein kann? Wollen Sie nicht meine Frau werden?

Ich werde keinem andern Mann meine Hand reichen! erwiderte sie mit so bestimmtem Ton, wie wenn sie das Ja vor dem Altar ausspräche. Man will mich mit einem Andern verheirathen, die Mama hat es mir heute deutlich zu verstehen gegeben und gelächelt, als ich antwortete, ich würde nie die Frau eines Mannes werden, den ich nicht liebte. Sie denkt, sie bringe mich doch noch zu ihrem Willen. Aber sie kennt mich nicht. O Ludwig, wenn ich Ihnen Alles sagen dürfte! Es giebt nichts Schlimmeres, als mit Jemand verheirathet zu sein, den man nicht recht von Herzen liebt. Nur das kann ich Ihnen sagen: auch mein guter Papa wird nicht so geliebt, wie er es verdient. Daher ist alles Unheil gekommen. Nein, das will ich nie erleben! Wenn ich nicht wüßte, daß ich nie einen Menschen lieber haben werde als Sie, würde ich Ihr Geständniß nicht erwidert haben. Es wird noch einen Kampf kosten. Auch der Papa, der mich so lieb hat, wird gegen uns sein. Er thut immer, was die Mama will, wenn es ihn auch zuweilen hart ankommt. Selbst wenn ich ihm sage, daß es das Unglück meines Lebens sein würde, wird er mich nur beklagen, aber nicht den Muth haben, mich offen zu beschützen. Aber das Alles kann mich nicht irre machen. Ich habe Ihnen mein Herz und meine Treue gelobt, daran ist nicht zu rütteln und zu rühren. Wenn Sie nur fest bleiben –

Ich ergoß mich in glühenden Betheuerungen meines Muthes, meiner Sündhaftigkeit. Ich sagte ihr, daß ich schon in wenigen Jahren so weit zu sein hoffte, um einen eigenen Herd gründen zu können. Ich fürchtete nur, mein bescheidenes Loos möchte ihr allzu dürftig erscheinen, um es mit mir zu theilen.

Sie schüttelte den Kopf.

Ich weiß, daß Reichthum nicht glücklich macht. Und ich bin jung, das sind Sie ja auch. Wir können warten, wenn wir nur Beide das Ziel fest im Auge behalten. Ihre liebe Mutter war auch glücklich, obwohl sie oft mit Sorgen zu kämpfen hatte. Und wenn meine Eltern sehen, wie ernst es uns ist –

In diesem Augenblick hörten wir die Stimme der Kammerjungfer, die nach dem Fräulein rief. Sie zog ruhig die Hand zurück, die wieder in der meinen gelegen hatte, stand auf und erwiderte laut: Ich komme! Dann zu mir gewendet: Ich muß zur Mutter. Ich glaube, sie hat keine Ahnung und wird mir eine Scene machen, wenn ich es ihr sage. Das ist nun nicht zu ändern. Gleich jetzt muß sie es erfahren, damit sie sich selbst und Dem, den sie heut erwartet, keine falschen Hoffnungen macht. Es ist ein Baron Z., seine Güter grenzen au die unseren. Ich kenne ihn von klein auf und habe ihn immer gehaßt, da er mich noch wie ein Spielzeug behandelte, als ich schon ein großes Mädchen war. Und noch Etwas ist's, weßhalb ich ihn hassen muß; das aber kann ich nicht sagen. Und nun kommt er und denkt, er brauche die Hand nur nach mir auszustrecken, so könne er mich haben und sein Leben lang mit mir spielen. Aber er soll sehen, daß ich ein freies Geschöpf bin, keine Sache!

Wir schritten neben einander hin, ohne uns an der Hand zu halten. Die Kammerjungfer hatte uns erwartet, sie war mir sehr gewogen, und wir konnten ihrer Verschwiegenheit sicher sein. Aber wie bei dieser ganzen wundersamen Verlobung hatten wir auch jetzt kaum den Gedanken an eine zärtliche Berührung.

Wissen Sie, was die Mama mir gedroht hat? fuhr sie fort. Ich würde Hofdame bei der alten Fürstin werden müssen, wenn ich eigensinnig genug wäre, mich gegen eine so vortheilhafte Partie zu sträuben. Sie ahnen nicht, was das bedeutet. Die alte Fürstin ist eine allgemein beliebte, ehrwürdige Dame; Viele würden mich beneiden, wenn ich in ihre Nähe käme. Aber ich kann nicht vergessen, was mir einmal ein liebenswürdiges Hoffräulein gesagt hat, als ich noch sehr jung war und die schönen Kleider bewunderte, die ihr die Fürstin geschenkt hatte. »Das ist wie das silberbeschlagene Geschirr, mit dem man die Pferde bei Hof herausputzt. Glauben Sie, liebes Kind, gleich nach den Hofpferden, die einen anstrengenden Dienst haben und immer im Carrière laufen müssen, kommen die Hofdamen.« Nein, Ludwig, lieber in einer Hütte leben und frei sein, als an einem Hofe glänzen und sich nicht selbst angehören. Das werde ich den Eltern geradeheraus erklären. Und Sie werden Ihnen auch noch heute sagen, was wir mit einander abgeredet haben. Mag dann kommen, was kommen will – wir brauchen uns unserer Liebe und Treue vor Niemand zu schämen!

Sie nickte mir, da wir das Haus betraten, noch einmal mit einem lieblich-ernsten Lächeln zu und ging dann in das Wohnzimmer, wo die Mutter, wie Fanny gesagt hatte, sie erwartete.

*

Ich stieg in der wunderlichsten Verfassung die Treppe hinauf zu dem oberen Stock, wo Freund Jost sein Zimmer hatte.

In die selige Gewißheit, daß sie mein war, mischte sich ein banges Gefühl. So hatte ich es nicht gemeint, daß wir gleich heute, wenn wir unter uns Zweien einig geworden wären, vor die Familie hintreten und uns als ein Brautpaar erklären sollten. Trotz all meines Selbstgefühls kam ich mir in der Rolle eines Verlobten der Tochter dieses Hauses doch ein wenig fragwürdig vor. Ich hatte gedacht, die nächsten Jahre in aller Stille mein Glück zu genießen und erst mit meiner Werbung hervorzutreten, wenn ich irgend einen nennenswerthen Erfolg aufzuweisen gehabt hätte. Aber wie sollte ich es übers Herz bringen, meiner so entschlossenen, furchtlosen Geliebten gegenüber zaghafter und vorsichtiger zu erscheinen als sie, die so viel Jüngere?

Den Bruder ins Vertrauen zu ziehen, fiel mir nicht ein. Nach dem, was ich vor einigen Tagen von ihm gehört hatte, konnte ich nicht hoffen, an ihm einen Bundesgenossen zu haben. Ich fand ihn oben in dem niedern, aber sehr großen Zimmer neben dem seinigen, das so manchesmal mich beherbergt hatte. Es war heute festlich beleuchtet durch zwei große Lampen, das Bett frisch überzogen, aber statt der wollenen Decke, unter der ich zu schlafen pflegte, mit einer grün-seidenen versehen.

Wir erwarten heut noch Baron Z., sagte Jost, indem er fortfuhr, allerlei im Zimmer zu ordnen, ein Kistchen mit Cigarren auf den Tisch zu stellen und den Ofen zu schüren. Ich habe dir wohl schon von ihm erzählt. Ein Gutsnachbar von uns, ein famoser Jäger und Reiter und ein sehr gemächlicher Kamerad, obwohl er ein Dutzend Jahre älter ist als ich. Ich denke, er bleibt über die Feiertage bei uns. Wenn du, wie ich hoffe, heut nicht mehr in die Stadt zurückkehrst, mußt du schon so gut sein, für diesmal mit einem Lager auf meinem Schlafsopha vorlieb zu nehmen. Du wirst's nicht bereuen, altes Haus. Ich braue uns hernach einen excellenten Grog, und wir machen vielleicht noch ein Spielchen oder schwatzen, bis uns die Augen zufallen.

Ich hatte keine Zeit, etwas zu erwidern, denn schon trat der Bediente ins Zimmer mit der Botschaft, die Frau Baronin lasse mich bitten, einen Augenblick zu ihr hinunter zu kommen.

Als ich in das kleine Boudoir trat, in welchem ich der Goldmama so oft stundenlang unter vier Augen Gesellschaft geleistet, wenn sie unwohl war, ihr meine Gedichte vorgelesen oder Piquet mit ihr gespielt hatte, stand sie vor ihrem alterthümlichen Schreibsecretär mit dem runden Verschluß, von dessen oberem Bord das große, mit Rosen bemalte Potpourrigefäß herabsah, während eine Lampe mit breitem rosa Schirm eine sanfte Däm merung über die seidenen Möbel und das kleine Sopha in der Ecke verbreitete. Ich hatte ein strengblickendes Gesicht erwartet. Statt dessen ging sie mir mit ihrem holdseligsten Lächeln entgegen, nickte mir heiter zu, daß die Bänder ihres Häubchens auf ihren runden Schultern tanzten, und hob nur, wie schalkhaft drohend, den kleinen weißen Zeigefinger, als ich mich in wortloser Befangenheit vor ihr verbeugte.

Was fangen Sie für abenteuerliche Geschichten an, theurer Goldsohn! sagte sie ganz gleichmüthig. Dorette hat mir Alles gebeichtet. Wenn ich nicht wüßte, daß Sie ein Poet sind, lieber Ludwig, und meine Tochter eine überspannte kleine Person, würde ich ordentlich erschrocken sein. Kommen Sie, setzen Sie sich zu mir und lassen Sie uns vernünftig mit einander plaudern, wie es so einer prosaischen Goldmama von Herzen kommt, wenn ihre großen Kinder ein bischen Schelte verdient haben.

Ich blieb ruhig stehen. Daß sie aus dem, was mir und meiner Geliebten heiliger Ernst war, eine Kinderei machen wollte, empörte mich im tiefsten Herzen und gab mir plötzlich meine ganze Kaltblütigkeit wieder.

Verzeihen Sie, Frau Baronin, sagte ich, es war unrecht von mir, daß ich Ihrer Tochter nicht zuvorkam und Ihnen selbst das Geständniß machte. Sie mußten es natürlich zuerst erfahren, und von mir. Ich bitte Sie aber, zu glauben, daß meine Gefühle für Ihre Tochter mehr sind als eine poetische Anwandlung, daß es mein tiefster Ernst ist, was ich ihr gestanden habe, und daß mein ganzes Leben dafür zeugen wird. Wenn es zu kühn war, zu hoffen, sie würde meine Neigung erwidern –

Aber, liebster Ludwig, unterbrach sie mich, immer noch mit demselben rosigen Lächeln, darum handelt es sich ja gar nicht. Daß ihr jungen Kinder einander gern habt, ist ja nur zu natürlich. Dorette kennt kaum einen andern jungen Mann, als den Freund ihres Bruders, und unser Goldsohn hat ja auch noch ein jungfräuliches Herz, und darum gerade ist er mir so theuer geworden. Glauben Sie denn, wenn Sie mir in Versen von einer hoffnungslosen ersten Liebe vorgeschwärmt haben, ich hätte nicht errathen, wem diese unschuldigen Flammen galten? Ich habe nichts dazu gesagt, weil die Verse viel zu hübsch waren, um daran eine philisterhafte Kritik zu üben, und wenn das Alles nur im Reich der Träume bleibt, ist es ja auch sehr unschädlich und kann den jungen Dichter davor bewahren, allerlei viel gefährlicheren Verführungen zu erliegen. Aber Sie haben zu viel Verstand, lieber Freund, um nicht einzusehen, daß zwischen Ihrer Poesie und der Prosa des Lebens eine hohe Mauer aufgerichtet ist, die Ihre Flammen nicht überspringen dürfen. Und darum wollen wir, was heut vorgefallen, unter uns lassen, nicht wahr? Und mein Goldsohn wird mir versprechen, daß er in Zukunft seine poetische Phantasie im Zaum halten werde, damit sie ihm nicht wieder solche thörichten Streiche spiele.

Sie hielt mir beide Hände hin und erwartete offenbar, daß ich sie reuig ergreifen und ein feierliches Gelübde, mich bessern zu wollen, ablegen würde. Ich sah aber finster zu Boden.

Haben Sie Ihrer Tochter dasselbe gesagt, Frau Baronin, und was hat Sie Ihnen geantwortet?

Dorette? versetzte sie mit einem Seufzer. Sie kennen ja das wunderliche Kind. Sie ist so verschlossen, nicht einmal die eigene Mutter hat den Schlüssel zu ihrem eigensinnigen Herzen. Aber sie wird sich fügen müssen, wenn Sie mit gutem Beispiel vorangehen, und das werden Sie Ihrer guten alten Goldmama, die Ihnen so zärtlich zugethan ist, nicht verweigern. Sehen Sie mich an, Ludwig, und gestehen Sie, daß Sie, obwohl Sie schon so ein großer Mensch sind, doch noch einen rechten Pagenstreich begangen haben.

Da ermannte ich mich und sah ihr fest ins Gesicht.

Frau Baronin, sagte ich, ich müßte mich selbst verachten und verdiente auch Ihren und Ihres Herrn Gemahls unversöhnlichen Zorn, wenn ich in dieser Lebensfrage wie ein leichtfertiger Knabe gehandelt hätte. Niemals habe ich mich ernstlicher geprüft, als da ich mich entschloß, Ihrer Tochter endlich zu gestehen, was seit Jahr und Tag so unerschütterlich fest in mir steht, wie der Glaube an irgend etwas Hohes und Heiliges. Es ist nicht gütig von Ihnen, daß Sie mich eines Knabenstreiches fähig halten, wo es Wohl und Weh eines Ihrer Angehörigen betrifft, Sie mögen sonst davon denken wie Sie wollen! Wenn ich es denn ausdrücklich betheuern soll: ich kann mir kein anderes Lebensglück denken, als an der Seite Ihrer Tochter, und da Sie immer noch ungläubig dazu lächeln, werde ich, sobald der Herr Baron zurückkehrt, ihn um eine Unterredung bitten und ihm offen und ehrlich meine Bitte vortragen, sobald ich in der Lage sein werde, eine Frau ernähren zu können, um die Hand seiner Tochter bei ihm anhalten zu dürfen.

Es war eine Weile still in dem Gemach. Ich konnte deutlich hören, daß die kleine Frau mir gegenüber mühsam athmete, wie Jemand, der den Ausbruch einer heftigen Erregung zurückzudrängen sucht. Auch ihr Gesicht hatte sich verändert. Das verbindliche Lächeln war einer kalten, fast feindseligen Miene gewichen.

Wenn Sie in diesem Tone sprechen, sagte sie endlich leise, so muß ich Ihnen leider erkären, daß es Ihnen nicht wohl ansteht, für eine Freundschaft, die Sie in diesem Hause genossen haben, sich auf solche Weise erkenntlich zu zeigen. Zu Ihrer Entschuldigung will ich glauben, daß Ihre Unkenntniß der Welt und Ihr lebhaftes Naturell Sie verblendet und fortgerissen haben. An der Sache selbst wird dadurch nichts geändert, und Sie täuschen sich sehr, wenn Sie glauben, von meinem Mann einen andern Bescheid zu erhalten als von mir. Sie sind ein talentvoller junger Mensch ohne Vermögen, Namen, Aussichten, und werden es vielleicht, wenn Sie Glück haben, in zehn Jahren zu einer geachteten bürgerlichen Stellung gebracht haben. Hielten wir schon so weit, so würde ich wahrscheinlich alle anderen Rücksichten beiseite setzen und, falls ich mich überzeugte, daß es auch bei meinem Kinde mehr als eine flüchtige Phantasie des Herzens wäre, meine Einwilligung nicht versagen. Mein Mann aber, wie ich ihn kenne, würde auch dann wohl nicht vergessen, was er seinem alten Hause schuldig zu sein glaubt, und nimmermehr seine Zustimmung geben, daß seine einzige Tochter die Gattin des Malers Ludwig R. würde. Sie sehen daher, daß Sie das Uebel nur ärger machen würden, wenn Sie ihm als Weihnachtsgeschenk Ihr Geständniß entgegenbrächten.

Ich werde dennoch thun, was ich für meine Pflicht halte, sagte ich trotzig und wandte mich nach der Thür, um der Versuchung zu entgehen, all das Bittre heraussagen, was mir auf der Zunge lag. Da hörte ich sie erwidern, mit einer so bösen, schneidenden Stimme, wie ich sie nie von ihr vernommen, und mit einem so völlig verwandelten Ausdruck des Gesichts, daß ich in diesem Augenblick begriff, warum ihre Tochter kein Herz zu dieser Frau fassen konnte:

Das werden Sie nicht thun, Ludwig. Ich verbiete es Ihnen und habe wohl noch so viel Autorität, daß Sie mir gehorchen werden. Ich selbst werde mit meinem Manne reden und seine Antwort Ihnen schriftlich mittheilen. Ich hatte mich darauf gefreut, den heutigen Abend mit meinen drei großen Kindern traulich zu verleben. Die Freude haben Sie mir nun verdorben. Ihnen selbst, so unzurechnungsfähig Sie in diesem Augenblicke sind, wird es einleuchten, daß Ihre Gegenwart für heute Niemand, selbst Ihrer Mitschuldigen nicht, erwünscht sein kann. Aber auch für die nächsten Tage möchte ich bitten, daß Sie sich fern halten und erwarten, welche Botschaft Ihnen zukommen werde. Wenn ich nicht zurückdächte an alle herzlichen Beziehungen, die seit so lange Sie mit uns verbunden haben, würde ich auf die Hoffnung, Sie wiederzusehen, überhaupt verzichten. Aber Sie sind jung, und ich bin großmüthig. Nur das Eine fordere ich von Ihnen, daß Sie heute keinen Versuch mehr machen, das thörichte Kind zu sprechen und in seiner Halsstarrigkeit zu bestärken. Versprechen Sie mir das, Ludwig. Es wäre sonst für immer zwischen uns aus und zu Ende.

Sie hatte die letzten Worte minder heftig an mich hingeredet und streckte mir jetzt noch einmal die Hand entgegen. Ich schlug aber wieder nicht ein.

Ich verspreche es, Frau Baronin! sagte ich kalt, verneigte mich und ging aus dem Zimmer.

*

Draußen im Flur schwankte ich an dem Bedienten vorbei, der mir zuflüsterte, er habe die Bilder bereits auf dem Weihnachtstisch untergebracht, und Hut und Mantel vom Haken reißend, stürmte ich in die Nacht hinaus. So also hatte der Tag geendet, der meine liebsten, kühnsten Hoffnungen erfüllen sollte! Nicht daß ich mich in dem thörichten Wahn gewiegt hätte, man werde mich sogleich mit offenen Armen als einen erwünschten Schwiegersohn ans Herz drücken. Eine Bedenkzeit für die Eltern, eine Probezeit für uns hatte ich sicher erwartet. Daß aber diese Frau, die mich wie eine zweite Mutter zu lieben tausendmal versichert hatte, kein Wort des Verstehens, des

Vertröstens für mich über die Lippen brachte, den schweren Ernst meines ehrlichen Herzens so geflissentlich verkannte und zu einer kindischen Tändelei machen wollte, was mich im Tiefsten durchglühte – das öffnete mir auf einmal die Augen über den sittlichen Unwerth dieser glatten, lächelnden, herzlosen vornehmen Dame, der ich zum Schooßpoeten, zum jugendlichen Anbeter gerade gut genug gewesen war und die mir in dem Augenblick, wo ich ein Menschenherz von ihr verlangte, eine kalte steinerne Larve gezeigt hatte.

Aber auch gegen mich selbst wüthete ich, über meine eigene Schwachherzigkeit und gute, dumme Einfalt war ich empört, daß ich mir jenes Versprechen hatte ablisten lassen, statt auf Biegen oder Brechen heute noch vor den Freiherrn hinzutreten, heute noch mich mit meiner Geliebten zu verständigen, wie wir uns betragen wollten, um jedem Widerstand die Stirn zu bieten. Ich fühlte nach dem Ring in meiner Tasche, den ich nun wieder heimtrug, da ich zu feige gewesen war, ihn meiner Braut öffentlich an den Finger zu stecken. Mir war's, als wäre das kleine Reifchen glühend geworden und verbrennte mir die Fingerspitzen. Was mußte sie von mir denken, da ich mich hatte aus dem Hause treiben lassen wie ein böser Bube, der sich ungebeten in das Fest hatte einschleichen wollen? Und Jost – und der unbekannte Zukünftige, der erwartet wurde und meine Zeichnungen sehen und ohne Zweifel unter vier Augen hören würde, was der dreiste Akademieschüler sich erfrecht und wofür er den Laufpaß erhalten habe?

Das Alles brannte, wogte, tobte in meinem Gehirn, ich stürzte die dunkle Straße entlang, wie von bösen Geistern gejagt, rathlos, was ich beginnen, wie ich der brennenden Schmach nur die geringste Linderung schaffen sollte. Auf einmal hörte ich einen Wagen heranrollen, und wie ich aufsah, erblickte ich beim Licht einer röthlich flackernden Chausseelaterne die wohlbekannte Kalesche des Freiherrn und im Fond neben ihm, aus einem grauen Jagdpelz auftauchend, einen Fremden, dessen Anblick mir einen Stich durchs Herz gab.

Ein breites, stark geröthetes Gesicht, dem die junkerliche Brutalität aus jedem Zuge vorbrach, starke dunkle Brauen, eine nicht geringe Nase, und wie er im Vorbeifahren lachte, daß ihm die großen weißen Zähne unter dem in zwei Spitzen gedrehten Bart blitzten! Das also war Der, dem sie geopfert werden sollte, weil es eine standesgemäße Partie war, während der Proletariersohn, den man als einen ganz ungefährlichen, ganz unmöglichen sonderbaren Schwärmer so lange im Hause geduldet hatte, nun, da es ernst wurde, seinen Abschied bekam!

Ich war wie angewurzelt stehen geblieben und hatte dem vorübersausenden Wagen nachgestarrt. Es hatte zu schneien begonnen, die Flocken fielen dicht und weich auf mich herab; wenn eine Schneelawine mich hier auf der Stelle verschüttet und begraben hätte, wäre ich ihr sehr dankbar gewesen. Doch rüttelte ich mich endlich auf und schritt langsam meines Weges weiter. Eine Betäubung war über mich gekommen, daß ich völlig gedankenlos in das weiße Wirbeln und Wehen vor meinen Augen blickte und mit einer Art Wollust beobachtete, wie mein Herz mehr und mehr erkaltete und Reue und Zorn, Scham und Gram nach und nach einer tiefen Lebensmüdigkeit unterlagen. Ich schritt durch die hellen Straßen, in denen das weihnachtliche Gewühl mich umgab, wie ein Nachtwandler oder ein armes Gespenst, das sich wieder in die Oberwelt verirrt hat. Nach Hause zu kommen, meiner Mutter gegenüberzutreten, die mich nicht erwartete, fühlte ich einen starken Widerwillen. Aber die Erschöpfung meiner Glieder war zu groß nach all den Aufregungen, als daß ich das Herumirren in den naßkalten Straßen lange ausgehalten hätte. Ehe ich es mich versah, hatte ich unser Haus erreicht und mich wie ein Schwerkranker die drei steilen Treppen hinaufgeschleppt.

In unserem Wohnzimmer, wo das bescheidene Weihnachtsbäumchen stand, das morgen für mich Abtrünnigen noch einmal angezündet werden sollte, fand ich nur meine gute Mutter. Der Bruder war nach der häuslichen Bescherung noch zu einer befreundeten Familie gegangen, deren Haupt sein Pathe war und ihn wenigstens auf eine Stunde unter den Seinigen sehen wollte. Ich hatte mir eine recht wahrscheinliche Geschichte ausgedacht, weßhalb ich nun doch nicht in der Villa geblieben war. Aber das Mutterauge ließ sich nicht täuschen. Und ehe ich noch Zeit gehabt hatte, mein Märchen vorzutragen, hatte sie mir schon auf den Kopf zugesagt, daß ich etwas sehr Bitteres erlebt haben müsse, und mit ihren ängstlichen Bitten und Fragen mir das ganze klägliche Geheimniß abgelockt.

Ich sehe uns noch, wie wir neben dem Tannenbäumchen und den kleinen Geschenken, die ich erst morgen in Empfang nehmen sollte, einander gegenüber saßen, ich in verbissenem Ingrimm, nachdem ich mit den stärksten Ausdrücken meinem Herzen Luft gemacht hatte, sie mit ihren lieben, sanften, vergrämten Augen an meinen hängend, während sie mir verstohlen die geballte Faust streichelte, die ich auf dem Knie liegen hatte. Ja, sie hatte ein Mutterherz, echter und unschätzbarer als jenes vergoldete, und ich fühlte, wie die Wärme aus diesem Herzen zu mir hinströmte und das Eis um meine Brust aufthaute, daß ich, ermattet von allem Wüthen und Toben, nach und nach in eine weiche Wehmuth verfiel und endlich in Thränen ausbrach. Sie rückte eilig ihren Stuhl neben den meinen und schlang den Arm um mich, und obwohl ich mich schämte, daß ich mich so kindisch geberdete, thaten mir meine Thränen und ihr liebevolles Streicheln doch wohl. Leider aber – in der besten Meinung, mir zu Hülfe zu kommen – verdarb sie es plötzlich wieder, indem sie mich schüchtern zu überzeugen versuchte, so schmerzlich diese Erfahrung sei, so sei es doch eine wohlthätige Fügung, daß ich sie schon jetzt und nicht erst später gemacht, ehe ich noch mehr von meinem Herzblut an diesen trügerischen Traum verschwendet hätte.

Ich entzog mich ungeberdig ihrem Arm und fuhr in die Höhe. Ich wußte ja, daß sie gegen die Freifrau eine heimliche Abneigung gehegt hatte, aber wie sie daran zweifeln konnte, daß die Tochter mich glücklich machen würde, begriff ich nicht, da ich immer nur das Freundlichste über meine Geliebte von ihr gehört hatte, seit sie einmal den Besuch der beiden Damen erhalten und erwidert hatte.

Ich starrte sie erschrocken an. Wenn ich auch von ihr nicht verstanden wurde –

Aber sie hielt den Blick tapfer aus. Sie sagte, da sie einmal im Zuge war, Alles heraus, was sie seit Monaten, da sie meine wachsende Neigung mit banger Sorge beobachtet hatte, schon so manchesmal auf der Zunge gehabt hatte. Nicht wie eine knabenhafte Thorheit behandelte sie die Sache, sondern gerade, weil sie den vollen Ernst meiner leidenschaftlichen Seele kannte, war es ihr nun bei allem Mitempfinden meines Schmerzes eine Beruhigung, daß mir die Augen geöffnet worden waren, daß ich wußte, ich hätte diesen Menschen zu viel von meiner eigenen hochherzigen Gesinnung geliehen, und die Schranke zwischen uns werde niemals eingerissen werden.

Ich hörte ihr zu, ohne ein einziges Wort zu erwidern. Jeder Dritte hätte ihr das Zeugniß geben müssen, daß Alles, was sie vorbrachte, die reinste Vernunft und vom gütigsten Herzen in die sanfteste Form gekleidet war. Ich aber hörte aus Allem nur heraus, daß auch sie es beklagen würde, wenn noch irgend eine Hoffnung bliebe, meine

Geliebte zu gewinnen, und mein thörichtes, verliebtes Herz verstockte sich auch gegen die treueste Mutterliebe.

Es ist gut, sagte ich, da sie endlich mit ihren Bitten und Ermahnungen, den Kopf oben zu behalten, zum Schluß gekommen war; du wirst gewiß Recht haben; wenn es mir noch nicht ganz einleuchtet, ist wohl mein dummer Kopf daran schuld, auf den heut so Manches eingestürmt ist, daß er nicht einsieht, was gewiß so klar ist, wie zweimal zwei vier. Ich will zu Bett gehen, du entschuldigst mich wohl, ich könnte dir nur eine trübselige Gesellschaft leisten.

Damit zündete ich mein Lämpchen an, gab der Mutter eine Hand, ohne mir meine Weihnachtsbescherung anzusehen oder die gütige Geberin zu umarmen, und verschloß mich in meinem Zimmer.

*

Es war noch nicht viel über neun Uhr; um diese Zeit saß ich sonst an meinem Tischchen neben der Staffelei und schmiedete Verse, las in meinem Werther oder sonst einem Poeten, der meinem Liebeskummer Nahrung bot, und betrachtete dazwischen das kleine Bild, das ich damals, vor fast zwei Jahren, gezeichnet hatte. Heute war ich zu all solchem löblichen Thun verdorben. Eine unbezwingliche Lähmung aller Glieder und Gedanken warf mich aufs Bett, und in wenigen Secunden war ich fest eingeschlafen.

Ich erwachte aber lange, ehe es Tag geworden war, und jetzt, da die Sinne sich wieder erfrischt hatten, kehrte mir auch das Bewußtsein meiner hoffnungslosen Lage mit scharfer, schmerzlicher Klarheit zurück. Ich sah mich und das geliebte Mädchen in einer kalten, uner bittlichen Welt nur auf uns allein angewiesen, von Denen nicht verstanden, auf deren Mitgefühl wir das heiligste Naturrecht hätten haben sollen; was blieb uns übrig, als dieser Welt den Rücken zu kehren und ihr zu zeigen, daß man sich sehr in uns geirrt habe, wenn man unserer tiefsten Empfindung spotten zu dürfen glaubte. Man wollte uns das Recht nicht einräumen, für und mit einander zu leben; das Recht, mit einander zu sterben, sollte man uns nicht streitig machen.

Daß Dorette ganz so dachte wie ich, bezweifelte ich keinen Augenblick. Ein Bedenken machte mir's nur, ob ich befugt sei, über mein Leben zu verfügen, ohne die Frau, der ich es verdankte, um Erlaubniß zu fragen. Ich sagte mir, daß ich sie jedenfalls schwer kränken und unheilbar betrüben würde, wenn ich ihr den Sohn raubte, an dem sie mit so zärtlicher Liebe hing, auf den sie all ihre stolzesten Hoffnungen gebaut hatte. Aber ich arges Kind war an jenem Morgen zu sehr gegen meine einzige und beste Freundin aufgebracht, um nicht mit allerlei Sophismen die Stimme meines Gewissens zu übertäuben. Auch sie hatte mir nicht zugetraut, daß ich Manns genug sein würde, über alle socialen Hindernisse hinweg mein Lebensglück zu erringen. Wenn ich bei ihr keine Stütze fand, von ihr so kaltherzig verkannt und im Stich gelassen wurde, so bleibe mir freilich kein anderer Ausweg, als wenigstens meine Liebste vor dem drohenden Unheil zu retten und mich mit ihr in jene Sicherheit zu bringen, vor der feige Menschen freilich zurückschrecken, die aber zwei edlen Liebenden von jeher als die seligste Zuflucht erschienen sei!

In diesem Sinne schrieb ich rasender Thor einen langen Abschiedsbrief an die Mutter, voll hochtönender Worte, in denen ich mir ungemein erhaben vorkam. Einen zweiten, sehr kurzen und schneidend kalten an die Freifrau – ein Meisterstück vornehmer Ironie, wie ich glaubte. Beide Briefe versiegelte ich und steckte sie zu mir. Sie sollten aus meiner Brusttasche gezogen werden, wenn man uns vermißte und endlich am Bänkchen unter der Blutbuche die beiden Opfer einer grausamen Familienpolitik in ihrem Blute liegen fände.

Dann machte ich mich noch vor dem Frühstück auf den Weg, um von einem jungen Kunstgenossen einen Revolver zu leihen, um den ich ihn schon öfters beneidet hatte, da ich durch die Schießübungen Jost's Freude an schönen Waffen gewonnen hatte. Ich fand den Freund nicht, er war über die Feiertage zu seinen Eltern in eine Provinzstadt gereift. Da ich aber unter seinen Sachen Bescheid wußte, konnte ich mich des Revolvers leicht bemächtigen, sah, daß alle sechs Läufe geladen waren, und sagte seiner Hausfrau, der ich wohlbekannt war, mein Freund habe mir erlaubt, die Waffe an mich zu nehmen, da ich ihrer »zu einer vorhabenden Reise« – ich citierte meinen Werther wörtlich mit einem gewissen schaurigen Behagen – vielleicht nöthig haben würde.

Wie ich es anzufangen hätte, mein Vorhaben auszuführen, hatte ich genau überlegt. Ich wollte am Nachmittag, während die Eltern noch ihre Siesta hielten, verstohlen mich in den Park schleichen, meine Geliebte herausrufen lassen und, wenn sie mir zu der Blutbuche gefolgt wäre, ihr dort meinen Entschluß mittheilen.

Daß sie ihn billigen und sofort entschlossen sein würde, auf der vorhabenden Reise mich zu begleiten, bezweifelte ich keinen Augenblick.

So kehrte ich zur Mutter zurück, begrüßte sie herzlich, ohne unser gestriges Gespräch mit einer Silbe zu berühren, frühstückte mit ihr und dem Bruder und betrug mich gegen beide mit einer gewissen wehmüthigen Feierlichkeit, an der die gute Frau kein Arg nahm, da sie im Stillen hoffte, über Nacht sei mir guter Rath gekommen und ich hätte mit weiser Resignation eingesehen, daß mir nichts übrig bleibe, als männlich zu verzichten.

Ich zog mich dann in mein Zimmer zurück und begann, meine Papiere zu ordnen, eine Art Testament aufzusetzen, worin ich von dem kleinen Malerkram, den ich besaß, einige Andenken für meine paar guten Freunde in der Akademie bestimmte, und alles Andere der Mutter überließ, die ich nochmals um Verzeihung bat. Zuletzt nahm ich die Mappe mit meinen Versen vor, legte sie in chronologischer Ordnung zusammen und kam mir bei dieser Redaction letzter Hand ebenso beklagenswerth wie interessant vor. Da noch eine Stunde bis zum letzten Mittagessen mit den Meinigen, meinem Henkersmahl, übrig blieb, wußte ich die Zeit mit nichts Besserem auszufüllen als mit einem langen »Abschied an das Leben« in Octaven, die mir so leicht aus der Feder flossen, daß ich die Welt sehr bedauerte, ein solches Talent in der ersten Blüte verlieren zu sollen, und etwas vor mich hin seufzte, was beinahe wie das berühmte Qualis artifex morior! klang.

Ich war eben damit beschäftigt, diesen meinen Scheidegruß reinlich abzuschreiben, nicht ohne eine bescheidene Hoffnung, das ganze Heft werde als mein Vermächtniß posthum, wenn auch nur für Freunde, gedruckt ans Licht treten, da hörte ich im Flur eine kräftige männliche Stimme nach mir fragen und gleich darauf an meine Thür klopfen.

Herein trat ein großer, breitschultriger Mann in einem schönen grauen Pelz, mit einem freundlichen, lebhaft geröcheten Gesicht und cavaliermäßigem Anstande, ging rasch auf mich zu und sagte, indem er mir die breite Hand entgegenstreckte, er freue sich sehr, meine Bekanntschaft zu machen, er habe die Ehre, sich selbst vorzustellen: Baron Z., der Name werde mir nicht ganz unbekannt sein, und da die Freunde unserer Freunde auch unsere Freunde seien, so hoffe er – das Alles im treuherzigsten Tone, als ob er sicher darauf rechne, mir sehr willkommen zu sein.

Er hätte sich mir nicht zu nennen brauchen, das Gesicht, das ich gestern Abend im Wagen neben dem Freiherrn gesehen, war mir unvergeßlich eingeprägt. Nur erschien es mir heute am hellen Tage nicht so abstoßend hochmüthig, obwohl die beiden Spitzen des Schnurrbarts noch herausfordernd-junkerlicher in die Luft starrten und die großen Zähne mit ihrem Glanz etwas Impertinentes hatten. Dafür leuchtete eine gewisse ironische Gutmüthigkeit aus den kleinen grauen Augen, die mich so weit entwaffnete, daß ich die Hand meines Todfeindes nicht abweisen konnte. Er schüttelte die meine mit einem herzhaften Druck, schien meine Verwirrung nicht zu bemerken und begann, nachdem er den schweren Pelz und die Reisemütze auf mein Sofa geworfen, sich an den Wänden umzusehen.

Das also ist ihr Privatatelier! sagte er und betrachtete die Zeichnungen, mit denen ich die Wände decorirt hatte. Hören Sie, Sie haben ja ein ganz erstaunliches Talent und sind noch so jung. Ich kann Ihnen sagen, ich habe nie ähnlichere Porträts gesehen als die vier, die Sie Ihren Freunden draußen in der Villa zu Weihnachten beschert haben. Geschmeichelt haben Sie den Damen freilich nicht; das werden Sie auch noch lernen; zumal der guten Baronin hätten Sie ein paar kleine Fältchen schenken können, ohne Ihrer Kunst etwas zu vergeben. Warum sind Sie aber nicht geblieben, um den Dank und die Complimente gleich auf frischer That einzukassiren? Man war allgemein sehr betroffen, Sie nicht an der Bescherung theilnehmen zu sehen. Freilich, Sie hatten als guter Sohn das Verlangen, Ihre Mutter am heiligen Abend nicht allein zu lassen. Aber als der »Goldsohn«, zu dem Sie nun einmal avancirt sind, müssen Sie uns heute jedenfalls entschädigen. Ich komme in höherem Auftrag, Sie für den Mittag zu uns hinauszubringen, todt oder lebendig. Wir sind schon ein bischen spät daran. Aber wenn wir die Pferde auslaufen lassen – mit Ihrer Frau Mama habe ich schon gesprochen und Ihnen Urlaub ausgewirkt. Also weichen Sie der Gewalt und machen sich geschwind fertig. Der Wagen wartet unten am Hause.

Während er sprach, offenbar ohne eine Antwort zu erwarten, hatte ich Zeit gehabt, mich zu fassen, auch meinen Haß gegen diesen herrischen, so von oben herab über mich verfügenden Menschen neu in mir anzuschüren. Ich bemerkte ruhig, die Frau Baronin habe mir selbst erklärt, sie rechne heut nicht auf meinen Besuch, ich würde deßhalb zu Hause bleiben, da ich auch noch zu thun hätte.

Aber wenn ich Ihnen sage, daß ich gerade von der Goldmama den bestimmten Auftrag habe und mich draußen ohne Sie nicht wieder sehen lassen darf! rief er und griff wieder nach seinem Pelz. Sie scheinen nicht gut aufgelegt, Ihr Kopf glüht, kein Wunder bei der Temperatur in Ihrem Zimmer. Die Fahrt wird Sie erfrischen, und draußen werden Sie erfahren, daß Sie die Baronin mißverstanden haben. Also machen Sie keine Umstände, daß wir uns den Zorn der Köchin nicht zuziehen, wenn sie mit dem Anrichten auf uns warten muß.

Ich sah nun wohl, daß kein Entrinnen war. Auch war ich in Betreff des Räthsels, wie sich diese gewaltsame Freundlichkeit mit meinem gestrigen Abenteuer reimen lasse, zu einer sehr plausiblen Erklärung gelangt. Offenbar hatte meine Dorette gestern Abend den Gast so abweisend empfangen, daß die Mutter für gut befunden, ihren künftigen Eidam in das Geheimniß einzuweihen: es handle sich um eine pure Kinderei, um eine ganz unschuldige sogenannte erste Liebe zu einem unreifen jungen Menschen, dem man aber schon die Wege gewiesen habe. Er solle sich nicht daran kehren, dergleichen Sentimentalitäten verschwänden von selbst, wenn man sie nicht beachte. Darauf hatte er wahrscheinlich lachend erwidert, er möchte seinen Nebenbuhler doch kennen lernen. Das Klügste werde sein, die ganze Sache zu behandeln comme non avenue und dem jungen Heißsporn zu zeigen, daß man den Vergleich mit ihm wohl noch aushalten könne. Auch der Vater hatte das sehr zweckmäßig gefunden, und nun sollte ich hinausgeschleppt werden, um vor den Augen meiner Geliebten zu sehen, daß es geradezu lächerlich wäre, wenn ich neben einem solchen Bewerber mir nur noch die geringsten Hoffnungen machte.

Gut denn! knirschte ich bei mir selbst, Sie sollen Ihren Willen haben, mein Herr Baron! Aber ich werde zeigen, daß ich Ihren schadenfrohen Absichten ein Schnippchen schlagen kann. Hinaus wollte ich ja. Wenn dieser hochmüthige Freier mich selbst zu meiner Geliebten begleiten will, kann ich ihm das Vergnügen gönnen. Nach Tisch aber – wenn ich ausgeführt habe, was ich mir vorgesetzt – wird er seine Miene wohl ändern, und das heuchlerische Lächeln auf dem Gesicht der Frau Schwiegermama wird ebenfalls nicht Stand halten.

Wie ich sie haßte und verachtete in diesem Augenblick, auch meinen guten Jost, der offenbar mit im Complott war!

Aber »ich lerne mich verstellen, denn du bist ein großer Meister, und ich lerne leicht!« sagte ich mit Tasso, zwang mich zu einem verbindlichen Lächeln, umarmte noch hastig meine arme Mutter, die ich nicht wiederzusehen dachte, und folgte meinem harmlos plaudernden Entführer zum Wagen hinab.

*

Es war ein herrlicher Wintertag, auf dem Schnee, der über Nacht gefallen, lag die schönste Weihnachtssonne, und der windstille Frost hatte zahllose Menschen hinausgelockt, die ihre neuen Mäntel und Hüte spazieren führten. In dem rasch dahinsausenden offenen Wagen jedoch, nur in einen dünnen Mantel gehüllt, in dessen Tasche ich zuweilen nach meinem Revolver fühlte, fror mich trotz der hitzigen Feindschaft, mit der ich meinen Nachbar von der Seite ansah, vielleicht auch bei dem Gedanken, daß ich diese goldene Sonne heut zum letztenmal schaute. Kaum merkte das mein Begleiter, so ließ er sich vom Kutscher eine große wollene Decke reichen, die auf dem Bock zusammengefaltet gelegen, und wickelte mich trotz meines Widerstrebens bis an die Brust hinauf darin ein. Er hatte mir eine Cigarre angeboten, die ich abgelehnt hatte, und dampfte nun selbst sehr behaglich neben mir, während er von allerlei Dingen plauderte, die mich hätten interessiren können, wären sie aus einem andern Munde gekommen. Er hatte große Reisen gemacht und überall Museen und Galerien mit dem Auge eines Kunstfreundes betrachtet. Ich blieb einsilbig, im Stillen nur bemüht, mich gegen seine franke und fröhliche Art zur Wehre zu setzen, um ihn ja nicht liebenswürdig zu finden.

Als wir bei der Villa anlangten, schlug es gerade Zwei vom Dorfkirchthurm. Der Baron sprang aus dem Wagen, klopfte die Hälse der dampfenden Pferde, die sich so wacker gehalten hatten, und wollte mich unter den Arm nehmen, um mich wie einen überwundenen Feind im Triumph ins Haus zu führen. Ich entzog mich ihm aber mit einiger Schroffheit und folgte ihm, meine würdigste Miene aufsetzend, hinein. Im Gartensaal fanden wir die Familie unser wartend, nur Dorette fehlte noch. Ein verlorener Sohn, der sich endlich nach Hause gefunden, kann nicht herzlicher begrüßt werden. Eine Flut der zärtlichsten Vorwürfe wegen meiner gestrigen Flucht mußte ich über mich ergehen lassen, die innigsten Händedrücke und Lobsprüche für meine Zeichnungen hinnehmen und hatte Mühe, den Grimm und Ekel hinunterzuwürgen, mit dem mich all diese heuchlerische Güte und Liebe erfüllte. Am schwersten wurde mir's, mich für die Geschenke zu bedanken, die auf dem Weihnachtstische mir zugedacht waren: eine große Mahagonikassette mit den kostbarsten Farben, bunten Stiften, Pinseln und verschiedenen Paletten, ein in rothe Juchten gebundenes Buch, auf dessen Deckel ›Poesie‹ in Goldbuchstaben geprägt stand, ein silberner Federhalter, dessen Knauf ein amethystenes Petschaft mit meinem Namen enthielt, – lauter Herrlichkeiten, die allen Werth für mich verloren hatten. Doch schien Niemand über meine steife, wortkarge Haltung verwundert, was mich in dem Argwohn bestärkte, man spiele eine Komödie mit mir und verlange nichts weiter, als daß ich gute Miene dazu mache.

Kurz ehe zu Tische gegangen wurde, erschien meine Geliebte. Sie grüßte mich mit ihrem gewöhnlichen kurzen Kopfnicken, sagte aber kein Wort, auch nicht einen Dank für das Bild ihres Bruders, das ich ihr geschenkt, sondern trat ans Fenster, in dessen Eisblumen sie eine kleine freie Stelle hauchte, um dann unverwandt in den Garten hinanszuschauen. Sie war mir nie so anbetungswürdig erschienen, die Einzige in dem ganzen Kreise, die es verschmähte, zu heucheln und in der verabredeten Komödie mitzuspielen.

Der Baron bot der Herrin des Hauses den Arm, sie zu Tische zu führen, der Freiherr legte die Hand auf Jost's Schulter, mir blieb nichts übrig, als dem Freifräulein mein Geleit anzutragen – mit sehr getheilter Empfindung. Daß man sie mir überließ, bestätigte mir aufs Neue, wie völlig ungefährlich ich Allen vorkam. So hatte man mir auch den Platz zu ihrer Rechten gelassen, den ich sonst einzunehmen pflegte, während mein Nebenbuhler an ihrer Linken saß.

Der war während des ganzen Mittags in der besten Laune und führte mit der Mama das Gespräch fast ganz allein, sich an den Freiherrn nur wendend, wenn auf Jagd oder Landwirthschaft die Rede kam. In Rußland hatte er Wolfs- und Bärenjagden mitgemacht, die er sehr anschaulich schilderte und, wie ich ihm wider Willen zugestehen mußte, ohne Prahlerei. So erzählte er auch von den Stiergefechten, die er in Spanien mitangesehen hatte, mit ehrlichem Abscheu gegen die Barbarei dieser Volksschauspiele. So oft er sich an mich wandte, geschah es immer mit ausgesuchter Höflichkeit, wie an eine bedeutende Person, deren Meinung zu erfahren ihm wichtig sein müsse. Ich gab immer nur kurze und zerstreute Antworten. Je weniger ich ihm meine Achtung versagen konnte, desto unausstehlicher wurde mir dieser behagliche, selbstbewußte Weltmann, hinter dem ich mit meiner geringen Lebenserfahrung und dürftigen äußern Lage so weit zurückstand. Daß die junge Dame, die zwischen uns saß, trotz alledem, wenn sie uns Beide verglich, zu meinen Gunsten entscheiden müsse, war ich gleichwohl überzeugt. Ich hatte mich nie für einen Adonis gehalten. Aber dieser ungefüge Mensch mit dem breiten rothen Gesicht, dem kurzgeschorenen Kopf und dem ungeheuren Appetit, der auch den Wein gläserweise in den großen Mund mit den derben Eberzähnen hineingoß, konnte einem edlen jungen Fräulein, das die Züge meiner Antigone trug, auf keine Weise gefährlich werden, geschweige als ein erwünschter Ehemann erscheinen. Auch sprach sie während des Essens nicht eine Silbe zu ihm, sondern blickte stumm und steinern auf ihren Teller.

Als wir uns erhoben hatten und zum Kaffee in den pompejanischen Salon gegangen waren, kam Jost auf mich zu und schalt mich freundschaftlich aus über meine mürrische Laune. Sie hätten Z. so viel von meinem Talent der Unterhaltung erzählt, er werde sich sehr enttäuscht gefunden haben. Ich bemerkte, daß mir das höchst gleichgültig sei. Sich ehrlich zu geben, wie einem zu Muthe sei, dünke mich löblicher, als die gesellschaftliche Lüge oder gar eine kaltherzige Komödie unter Menschen, die sich früher für unsere Freunde ausgegeben hätten.

Ich dachte ihm damit einen wohlverdienten Stich beigebracht zu haben. Das verdutzte Gesicht aber, das der junge Husar mir machte, konnte mich belehren, daß er von dem Familiencomplott nichts wußte. Doch war ich zu gereizt und erbittert, um ein begütigendes Wort zu finden. Jedenfalls war er auf der Seite dieses zukünftigen Schwagers; das genügte, um ihn aufzugeben.

Der Schnee glänzte zu den hohen Fenstern herein, über dem stillen Garten lag eine rosige Dämmerung. Nachdem die Herren geraucht hatten, fragte der Baron, ob Jost nicht Lust hätte, einen Ritt mit ihm zu machen. Er habe seinen Bedienten zu Pferde herausbestellt, der Tag sei schön, und nach dem trefflichen Burgunder, den sie getrunken, werde ihnen eine Erfrischung wohlthun. Jost war mit Freuden bereit, sah aber verlegen auf mich.

Wenn unser junger Künstler mit von der Partie sein möchte, bemerkte Z., so wäre wohl auch ein drittes Pferd aufzutreiben. – Er sagte das ohne Ironie.

Da empfand ich wieder mein Proletarierthum und erwiderte, während mir das Blut ins Gesicht stieg, ich hätte leider keine Gelegenheit gehabt, diese edle Kunst zu lernen. Nun, so lassen wir Sie, bis wir zurückkehren, den Damen! versetzte der Baron. Er verabschiedete sich herzlich von seinen Wirthen, die ihn bis an das Gitterthor begleiteten, um die beiden Herren zu Pferde steigen zu sehen. Alle waren in der heitersten Stimmung, und Dorette's Schweigen und meine Verdrossenheit blieben völlig unbeachtet.

Als die Reiter davongesprengt waren – ich hatte dem Baron das Zeugniß nicht versagen können, daß er sich zu Pferde besser ausnahm, als auf seinen eigenen breiten Füßen – äußerte meine Geliebte, sie wolle noch ein wenig in den Park gehen, sie habe Kopfweh und es sei heiß im Zimmer.

Thu das! sagte der Vater und küßte sie auf die Stirn. Ludwig kann dir ja Gesellschaft leisten, wenn du nicht lieber allein sein willst.

Sie antwortete nicht. Die Mama warf ihrem Mann einen mißbilligenden Blick zu, doch da er ihn nicht beachtete, schärfte sie der Tochter nur ein, nicht zu lange draußen zu bleiben. Wir nahmen unsere Hüte und Mäntel und schritten langsam neben einander in den öden Park hinein.

Das Blut tobte mir so stark gegen die Kehle, daß ich keines Wortes mächtig war. Ich fühlte nur nach der kleinen Waffe in meiner Manteltasche und wiederholte mir im Stillen Alles, was mich dazu gedrängt hatte, diese ultima ratio als den einzigen rettenden Ausweg zu erkennen. Die Scenerie stimmte auch trefflich zu einem so romantischen letzten Kapitel unseres Liebesromans. Die Natur ringsum schien in einen Schlaf versunken, aus dem sie nie wieder erwachen könne, und ihr tiefer Friede lud uns ein, uns gleichfalls so kühl und sanft zu betten, wie dort die Pflanzen und Sträucher unter ihrem fleckenlosen Leichentuch. Selbst die Krähen saßen regungslos auf ihren Aesten und blinzelten kaum zu uns herab.

So waren wir, ohne ein Wort zu sprechen, an den Weiher gekommen, von wo man die Villa selbst durch die kahlen Zweige hindurch nicht mehr sehen konnte.

Da stand sie plötzlich still.

Sie haben ihn nun gesehen, sagte sie, mit einer durch das lange Schweigen etwas rauh gewordenen Stimme. Sie werden begreifen, daß ich nie und nimmer die Frau eines solchen Menschen werden kann.

Jeder Blutstropfen in mir empört sich, wenn ich sein übermüthiges Lachen höre, seinen dreisten, kalten Blick sehen muß, der immer zu sagen scheint: Sträube dich, so viel du willst, du entgehst mir doch nicht! Giebt er sich nur die geringste Mühe, mir weiszumachen, daß er eine Neigung für mich fühle? Er behandelt mich wie ein kleines Mädchen, auf dessen Willen es überhaupt nicht ankomme. Wenn er mich liebte, was ich wenigstens darunter verstehe, wäre er befangen und scheu mir gegenüber, wie Sie es sind, und zweifelte, ob ich seine Liebe erwiedern möchte. Aber er findet es höchst überflüssig, eine solche Liebe auch nur zu erheucheln. Er hat es mit den Eltern abgemacht – das Andere versteht sich von selbst. O, er soll erfahren, daß wir nicht in der Türkei leben, wo die Braut nicht erst gefragt, sondern dem Bräutigam wie eine Sklavin ins Haus geschickt wird, wenn der Preis für sie vereinbart und bezahlt ist. Von ihm freilich finde ich das ganz natürlich, und auch von der Mama wundert mich's nicht. Aber daß auch mein Vater –

Das Wort stockte ihr. Sie brach einen beschneiten dürren Zweig von der Blutbuche und zerknickte ihn in heftiger Erregung.

Sage nichts mehr, nahm ich hastig das Wort. Ich verstehe dich ganz. Ich habe es nicht anders erwartet. Auch wenn er mich nicht mit dem Wagen abgeholt hätte, wäre ich doch gekommen und hätte Mittel und Wege gefunden, mich mit dir zu besprechen. Ich habe Zeit gehabt, diese Nacht Alles zu bedenken. Es giebt nur ein Mittel, uns vor diesem Schicksal zu retten.

Sie sah mich fragend an.

Ich zog die kleine Waffe aus der Tasche und hielt sie ihr hin. Dann, da sie schwieg, redete ich mit fieberhaftem Ungestüm auf sie ein und schilderte ihr, wie groß und herrlich es sein würde, wenn wir auf diese Art den Beweis führten, daß wir keine unmündigen, willenlosen Kinder seien, über die man nach herzlosem Gutdünken verfügen könne. An dieser Stelle, wo wir uns unsere Liebe gestanden, sollten wir sie durch einen freiwilligen Tod besiegeln. Zugleich zeigte ich ihr die beiden Abschiedsbriefe, die ich bei mir trug.

Sie betrachtete die blanke Todeswaffe ohne jedes Grauen, aber auch nicht mit der freudigen Begeisterung, die ich gehofft hatte.

Nein, Ludwig, sagte sie nach einer nachdenklichen Pause, das dürfen wir nicht thun. Es ist Sünde, sich selbst das Leben zu nehmen, das ein göttliches Geschenk ist.

Und gerade jetzt, da wir erst recht zu leben anfangen, da wir wissen, daß wir für einander leben wollen – nein, es wäre nicht nur eine Sünde, sondern eine Thorheit. Ich erkenne darin deine große Liebe zu mir – zum erstenmal nannte sie mich Du – aber es kann nicht sein. Ich kann es auch meinem Vater nicht anthun, der mich so herzlich liebt. Der Gedanke an die Mama würde mich nicht abschrecken, sie hat kein Herz für mich, und ich – ich kann sie weder lieben noch achten. Aber deine eigene gute Mutter, Ludwig – hast du daran gedacht, daß es ihr Tod sein könnte, wenn sie diesen Brief ihres Sohnes erhielte, der ihr Stolz, ihre Stütze ist? Verzeih, aber es war nicht recht von dir, einen solchen Brief zu schreiben.

Weißt du eine bessere Hülfe? sagte ich unwillig, indem ich zaudernd den Revolver wieder einsteckte. Sie nickte.

Höre, was ich mir ausgedacht habe. Daß es mein heiliger Ernst ist, diesen Bräutigam mir nicht aufdringen zu lassen, daß ich nie Jemand anders zum Manne nehmen will als dich, das muß ich ihnen freilich so unzweideutig als möglich zu erkennen geben. Ich will mich deßhalb heute Nacht aus dem Hause schleichen und mich von dir in die Stadt begleiten lassen. Fanny geht mit, ohne sie würde sich's nicht schicken. Ich habe sie schon ins Geheimniß gezogen, sie ist mir sehr anhänglich, mehr als der Mama, und liebt auch dich und beklagt das Schicksal, das uns zu trennen droht. In der Stadt aber habe ich keine bessere Zuflucht, als bei deiner Mutter, die sich gewiß nicht weigern wird, uns wenigstens für diese Nacht bei sich aufzunehmen und mir mit gutem Rath beizustehen. Du freilich darfst nicht unter demselben Dach mit mir wohnen, das wirst du begreifen; aber du findest leicht ein vorläufiges Unterkommen. Morgen früh schreib' ich dann an die Eltern und erkläre ihnen offen, ich würde nur dann zu ihnen zurückkehren, wenn sie mir das feierliche Versprechen gäben, daß von einer Heirath mit Z. nicht mehr die Rede sein solle. Wenn sie meinen Ernst, meinen unbesieglichen Widerwillen sehen, werden sie andere Saiten aufziehen und auch in Betreff unserer Verlobung begreifen, daß ihnen nichts übrig bleibt, als ihren Segen dazu zu geben. Scheint dir das nicht auch das Beste und Einfachste, was wir thun könnten?

Das schien es mir nun freilich durchaus nicht. Nicht nur wegen der Schwierigkeiten seiner Ausführung wollte dieser Plan mir nicht einleuchten, sondern ich ahnte auch, daß er erfolglos bleiben, daß man das entflohene Kind mit Güte oder Gewalt zurückholen und in Zukunft besser bewachen würde. Auch meine Mutter in die unselige Geschichte zu verwickeln, widerstrebte mir. Sonderbarer Widerspruch: sie tödtlich zu betrüben hatte mir kein Bedenken erregt; Unannehmlichkeiten, bei denen sie noch dazu keine moralische Verantwortung hatte, hätte ich ihr um jeden Preis ersparen mögen. Denn Dorette's Eltern mußten ja glauben, wir hätten im Einverständniß mit ihr gehandelt, und es ihr zum Verbrechen machen, daß sie dem thörichten Mädchen, das um Mitternacht bei ihr anklopfte, nicht die Thür verschlossen hätte.

Ich faßte mir ein Herz, meiner Liebsten Alles zu sagen, was gegen ihren Fluchtplan sprach. Noch einmal kam ich auf meinen Vorschlag zurück, der Alles so kurz und bündig erledigen würde. Sie blieb aber unerschütterlich.

Wenn du mir nicht helfen willst, so gehe ich allein. Irgendwo werde ich mit Fanny wohl einen Schlupfwinkel finden. In dem Hause, wo dieser Mensch zu Gast ist und schon als ein Angehöriger der Familie betrachtet wird, kann ich keine Nacht zubringen!

Da mußte ich mich wohl fügen.

Ich versprach, pünktlich um Mitternacht am Gitterthor mich einzufinden. Ein verschlossener Wagen würde gewiß aufzutreiben sein, der uns Drei nach der Stadt brächte. Meiner Mutter wollte ich sofort einen Boten schicken, damit sie uns erwartete und für sie und Fanny Betten bereit hielte. Ich selbst würde in der Wohnung des Freundes übernachten, dem ich den Revolver verdankte.

Als dies Alles mit ihrer eifrigen Zustimmung zwischen uns abgeredet war, zog ich den Ring hervor und bat sie, sich ihn an den Finger stecken zu lassen. Sie streifte rasch ihren Handschuh ab und zog ihrerseits einen alten Siegelring mit ihrem Wappen, den ihr eine Großmutter vererbt hatte, vom Finger, um ihn mir dagegenzugeben. Ich schlang den Arm um sie und zog sie an mich. Aber in einer sonderbaren Sprödigkeit wehrte sie mich zitternd ab, so daß meine Lippen nur ihre Schläfe berühren konnten.

Wir dürfen nicht tändeln wie ein fröhliches Liebespaar, sagte sie mit schwermüthigem Kopfschütteln. Ein Bund ohne den Segen der Eltern ist traurig, wir sehen so viel Kämpfen entgegen; erst wenn wir gesiegt haben, wollen wir uns unserer Liebe freuen. Darauf aber kannst du rechnen, Ludwig, ich gehöre dir im Herzen an, und es wird mir auch kein Opfer sein, geduldig zu warten, bis du im Stande bist, mich zu deiner Frau zu machen. Ich gelobe dir –

Nein, rief ich, da mich ihre selbstvergessene Liebe bis ins Innerste rührte, gelobe mir nichts! Ich bin deiner Liebe und Treue auch ohne Schwüre sicher. Aber damit du siehst, wie ernst es mir mit deinem Glück ist: wenn ich binnen drei Jahren es nicht so weit gebracht habe, dir ein Loos, wie du es verdienst, bieten zu können, so spreche ich dich heute schon von jeder Verpflichtung gegen mich frei. Ich bin dann volljährig und werde hoffentlich auf eigenen Füßen stehen. Weihnachten über drei Jahre sind wir ewig verbunden, oder ich habe jeden Anspruch verscherzt, ein Glück von dir zu hoffen, dessen ich mich nicht werth gezeigt hätte.

Sie gab mir mit einem vollen, innigen Blick die Hand, die ich leidenschaftlich küßte.

Wir wollen auf unsern guten Stern vertrauen! sagte das tapfere, hochherzige Kind. Dann wandte sie sich, um ins Haus zurückzukehren. Um Mitternacht! flüsterte sie mir noch zu, als sie mir an der Schwelle Lebewohl sagte. So schieden wir.

*

Kaum sah ich mich allein, so überfiel mich eine peinliche Niedergeschlagenheit. Ich traue mir zu, daß mein Todesmuth mich nicht verlassen haben würde, wenn es zu diesem Letzten gekommen wäre. Das Wagestück aber, in das ich gewilligt hatte, so lange ihr Blick seine Macht über mich ausübte, erschien mir jetzt, da ich die Vorbereitungen dazu treffen sollte, als eine so abenteuerliche Unternehmung, daß ich einen Augenblick drauf und dran war, sie noch einmal herausrufen zu lassen und zu versuchen, ob sie nicht doch noch davon abzubringen wäre.

Dann betrachtete ich ihren Ring und drückte meine Lippen darauf. Es war, als ob ihm eine Zauberkraft innewohnte. Ich vergaß all meine Bedenken, und das selige Bewußtsein erfüllte mich ganz, daß dies herrliche Mädchen sich mir verlobt hatte und den Kampf mit der ganzen Welt aufnehmen wollte, um mir anzugehören.

So verließ ich den Garten. Es fiel mir nicht schwer, zu gehen, ohne von der Mama mich zu verabschieden. Was war es nur, das die Tochter zu dem harten Wort berechtigte, sie könne ihre Mutter nicht achten? Sollte sie hinter irgend ein Geheimniß gekommen sein, etwa eine Verschuldung gegen den so sehr geliebten Vater, die sie ihr nicht verzeihen konnte? Während ich hastig den Garten verließ, grübelte ich darüber nach, ohne die Lösung zu finden. Draußen aber hatte ich an Wichtigeres zu denken.

Es mochte zwischen Fünf und Sechs sein, bis zur Ausführung unseres Fluchtplans noch sechs ewig lange Stunden. Ich lenkte meine Schritte nach einem armseligen Wirthshaus, das an diesem ersten Feiertag voll war von Dorfleuten und ihren Weibern und Mädchen. Sie saßen in einem entsetzlichen Qualm unten in der Gaststube, Bier und Schnaps trinkend und mit schmutzigen Karten spielend, so daß dort meines Bleibens nicht war. Ich ließ mir eines der kahlen, eiskalten Gastzimmer im oberen Stock aufschließen, ein Licht bringen und eine Tasse Kaffee und bat um Schreibzeug. Denn das Nächste war, daß ich meiner Mutter Nachricht geben mußte.

Das that ich denn auch, in einem kurzen, diplomatischen Stil. Ich bat sie, aufzubleiben, bis ich kommen würde, da ich den Hausschlüssel vergessen hätte. Es könne Ein Uhr werden. Da ich wahrscheinlich Jemand mitbringen würde, der bei uns übernachten müsse, möchte sie im Wohnzimmer ein Lager bereiten. Alles Weitere werde sie mündlich erfahren.

Dies Billet durch einen sichern Boten, der gut bezahlt werden würde, sogleich in die Stadt besorgen zu lassen, band ich dem Wirth auf die Seele. Auch hatte er gerade einem Knecht aufgetragen, den Milchwagen anzuspannen, um neue Trinkvorräthe herauszuschaffen, da der unerwartet zahlreiche Zuspruch seinen Keller zu erschöpfen drohte. Dies also war nach Wunsch besorgt. Auch für einen Wagen, der uns Drei befördern sollte, wußte der Mann Rath. Er führte mich selbst in den Schuppen, wo sein Fuhrwerk stand; da aber die alte Chaise, die er mir mit der Laterne von allen Seiten beleuchtete, einen gar zu morschen und brüchigen Sitz hatte und die Federn nur notdürftig mit Stricken zusammengehalten wurden, entschied ich mich für einen etwas plumpen, aber soliden viersitzigen Schlitten, verabredete mit dem Wirth, an welcher Stelle der Kutscher fünf Minuten vor Zwölf auf mich warten sollte, und stieg, zufrieden mit meinen Anordnungen, wieder in meine feuchtkalte Kammer hinauf.

Ein Feuerchen war in dem kleinen Ofen angemacht worden, das aber so viel Rauch aus allen Ritzen der uralten Kacheln strömte, daß ich froh war, als es nach kurzem Prasseln und Knistern wieder ausging. Nun rannte ich wie ein eingefangenes Raubthier, die Hände in den Taschen, wohl eine Stunde lang in meinem Käfich hin und her, quälte mich ab mit fruchtlosen Versuchen, über das, was die nächste Zeit bringen würde, mir eine klare Vorstellung zu machen, und warf mich endlich, da die Kälte mich schüttelte, im Mantel, wie ich war, auf das schmale Bett, da ich aus Tristram Shandy wußte, daß der Mensch in horizontaler Lage am besten dazu gelangt, das Gleichgewicht seines erschütterten Gemnthes wieder herzustellen.

Dies gelang mir auch nur allzu gründlich. Denn es dauerte nicht lange, so war ich fest eingeschlafen.

Ich hatte einen schweren, aufreibenden Tag hinter mir und die vergangene Nacht nicht hinlänglich Schlaf gefunden. Aber so nothwendig und heilsam diese Selbsthülfe der Natur auch war – ich fuhr doch mit glühender Beschämung aus dem Schlummer auf, als an meine Thür gepocht wurde. Ein betrunkener Gast hatte sich hinauf verirrt und, nach seinem Zimmer suchend, um zu Bett zu gehen, mir diesen Dienst erwiesen. Denn mit wahrem Entsetzen, da es mir durch das Gehirn fuhr, wie leicht ich die Zeit hätte verschlafen können, sah ich auf meiner Uhr, daß nur noch eine halbe Stunde bis Mitternacht blieb.

Ich flog die Stiege hinab, fand den Wirth hinterm Ofen im leeren Gastzimmer eingenickt, den Knecht aber, der uns fahren sollte, im Stall beim Aufschirren der beiden Gäule beschäftigt. Ich schärfte ihm nochmals ein, wo er auf mich warten sollte, und eilte in die bitterkalte, sternfunkelnde Nacht hinaus. Da erst überlegte ich, ob der offene Schlitten auch wohl das richtige Vehikel sein möchte, meine junge Liebe wohlbehalten in Sicherheit zu bringen. Ich kehrte noch einmal um und band dem Knecht auf die Seele, Alles zusammenzuraffen, was an warmen Decken vorräthig sei. Dann eilte ich, mich immer auf der Schattenseite haltend, der hell vom Mond beschienenen Villa zu.

Als ich sie erreicht hatte, stand ich keuchend still, trotz des scharfen Frostes in Schweiß gebadet. Ueber die Straße hinweg betrachtete ich das Haus, das drüben so still und weiß über die schneeglänzenden Büsche des Gartens herübersah. Aus diesem Hause sollte ich seinen theuersten Schatz, sein edelstes Kleinod entwenden, nachdem ich so lange Gastfreundschaft darin genossen. Es wollte mir einen Augenblick als ein ruchloses Verbrechen, ein niedriges Bubenstück erscheinen. Aber diese Regung wurde sofort unterdrückt durch den Gedanken, daß dies Haus genau seinen Bewohnern glich: vornehmeisig aber freundlich nach außen, während Heuchelei und tyrannische

Vergewaltigung des liebenswerthesten jungen Menschenherzens im Innern geübt wurden. Nein, ich konnte und durfte nicht zurück. Das Unheil durfte nicht seinen Gang gehen!

Da hallten vom nahen Kirchthurm zwölf langsame, schwerfällige Schläge durch die todtenstille Luft. In demselben Augenblick sah ich es drüben auf dem Gartenwege hinter dem Gitterthor sich regen, ich that einige Schritte aus meinem Schattenwinkel heraus, um über die Straße zu eilen, das Thor öffnete sich, und heraus trat, in den dicken Pelz gehüllt, die Jagdmütze schief auf dem Kopf – mein Nebenbuhler, der Baron!

*

Daß ich nicht auf der Stelle zur Salzsäule erstarrte, wundert mich heute noch. Wenigstens stockte mir im ersten tödtlichen Schrecken jeder Blutstropfen in den Adern.

Ich stand mitten auf der taghellen Straße: unmöglich zu entfliehen. Aber was nun beginnen?

Ich hatte keine Zeit, das zu überlegen, denn natürlich hatte er mich sofort erkannt und schritt mit der unbefangensten Miene über den knirschenden Schnee gerade auf mich zu.

Guten Abend, junger Freund! sagte er ganz heiter. Treff ich Sie hier noch lustwandelnd? Sie scheinen auch ein Freund von Mondscheinpromenaden, wie ich. Verdammt kaltes Vergnügen übrigens! Man muß sich wenigstens die Nase wärmen. Kann ich Ihnen eine Cigarre anbieten? So erlauben Sie wohl, daß ich mir eine anstecke.

Er that es in aller Ruhe und Gemächlichkeit. Dabei sah der impertinente Mensch mich nicht einmal an, sondern, nachdem er seine Havanah in Brand gesetzt, zu den Sternen hinauf und sagte:

Wir werden noch schönen Frost kriegen. Prächtiges Jagdwetter! Wenn wir jetzt in Rußland wären, würde ich Sie einladen, morgen auf Bären mit mir zu pirschen. Oder betrachten Sie die Natur im Winter wie im Sommer nur mit Maleraugen?

Ich murmelte etwas, dessen Sinn ich selber nicht verstand. Er achtete aber nicht darauf, sondern fuhr fort, indem er mich neben sich gehen ließ, allerlei Gleichgültiges zu plaudern. Seine Kaltblütigkeit machte mich rasend.

Verzeihen Sie, Herr Baron, fuhr ich endlich heraus, ich muß auf das Vergnügen Ihrer Gesellschaft verzichten. Es ist spät, und ich will ins Wirthshaus zurück, ehe dort Alles zu Bette geht. Gute Nacht!
Ich zog den Hut und wollte mich entfernen. Da hörte ich, wie er meinen Namen rief.
Noch auf ein Wort, Herr Ludwig R., sagte er, indem er die Asche der Cigarre ruhig mit seinem kleinen Finger abstrich. Ich sehe da hinten an der Ecke der nächsten Straße einen Schlitten stehen, der offenbar auf Ihre Befehle wartet. Ohne mich weiter in Ihre Dispositionen mischen zu wollen, möchte ich Ihnen nur freundschaftlich rathen, die Pferde nicht einfrieren zu lassen, sondern sie entweder wieder in den Stall zu schicken, oder den Schlitten zur Rückkehr in die Stadt zu benutzen. Ich habe zufällig erfahren, daß Sie noch eine kleine Schlittenpartie in Damengesellschaft geplant haben. Aber Sie werden zugeben, daß die Temperatur dazu nicht die günstigste ist, und verschieben das wohl besser auf ein andermal. Ich rathe Ihnen das ganz wohlmeinend, mein junger Freund.
Er sah mich dabei scharf an, und um seinen Mund zuckte ein ironisches Lächeln.
So war also Alles entdeckt, unser verwegener Plan vereitelt; es galt nur noch, sich mit möglichst guter Manier aus der Verlegenheit zu ziehen.
Sie werden verzeihen, Herr Baron, erwiederte ich, indem ich seinen Blick herausfordernd aushielt, daß ich Ihren guten Rath in meinen persönlichen Angelegenheiten ablehne. Was ich zu thun oder zu lassen gedenke, ist durchaus meine Sache. Und somit habe ich die Ehre –
Ich verbeugte mich und wollte wieder gehen; aber seine rasche Antwort bannte mich fest.
Durchaus nur Ihre Sache? Glauben Sie das wirklich, mein werther Herr? Sollte es nur Ihre persönliche Angelegenheit sein, ob Sie sich wie ein kopfloser Thor und gewissenloser Leichtfuß betragen, während Sie in Ihre dreisten Knabenstreiche die Tochter eines edlen Hauses verwickeln, dem Sie den Dank für so viel unverdiente Güte auf diese sonderbare Art abzutragen wünschen? Da Sie französisch nicht zu verstehen scheinen, muß ich wohl deutsch mit Ihnen reden: ich habe Ihnen in höherem Auftrage mitzutheilen, daß Sie ein für allemal auf die wahnsinnigen Hoffnungen zu verzichten haben, die man leider durch übergroße Liebe und Nachsicht in Ihnen genährt hat. Nicht nur in dieser Nacht wird die Gartenpforte dort für Sie geschlossen bleiben,

sondern auch an allen künftigen Tagen und Abenden. Ist Ihnen das schmerzlich, so will ich Ihnen den Trost mit auf den Weg geben, daß die edlen Menschen, die Sie so schwer zu kränken im Begriff waren, um Ihrer Jugend willen Ihnen vergeben und Ihnen für Ihr künftiges Leben alles Gute wünschen. Und somit wären wir, wie ich denke, fertig mit einander. Gute Nacht, mein werther, noch sehr junger Herr!

Er griff mit schnöder Höflichkeit an die Mütze und wollte mich stehen lassen. So aber sollte er mir nicht entkommen. Erst wollte ich ihm Alles ins Gesicht schleudern, was ich an Gift und Galle gegen ihn im Herzen aufgespeichert hatte.

Das that ich denn auch redlich. Ich war zu stolz, um noch etwas zu leugnen oder auch nur zu beschönigen, vielmehr drehte ich in meiner desperaten Verranntheit den Spieß um, und statt mit einer Armsündermiene mich schuldig zu bekennen, warf ich mich als Ankläger in die Brust und sprudelte Alles heraus, was ein verliebter junger Fant seinem verhaßten Rivalen zu Gemüthe führen möchte. Ich erklärte ihm, daß ich sehr niedrig von einem Freier dächte, der sich hinter die Eltern verschanzen müsse, da die Tochter ihm ihre unüberwindliche Abneigung zu erkennen gegeben. Meine Hoffnungen möchten thöricht sein und für meinen Mangel an Lebenserfahrung zeugen. Die seinigen bewiesen eine unedle Gesinnung, und ich begriffe nicht, wie ein Mann, der sich selbst achte –

In diesem Stil wüthete ich eine gute Weile fort, je länger, je zufriedener mit mir selbst, daß ich es ihm so gründlich zu sagen wagte. Es that mir nur leid, daß meine Geliebte und ihre Eltern nicht zugegen waren. Wie männlich und erhaben wäre ich vor ihnen dagestanden!

Nur machte mich's ein wenig betroffen, daß mein einziger Zuhörer sich so ganz ruhig dabei verhielt und mich gar nicht zu unterbrechen suchte, zumal sein Gesicht keinerlei Zerknirschung und Gewissensrührung verrieth. Als ich endlich, da mir der Athem ausging, mit einem letzten Trumpf geschlossen hatte, fragte er ganz gelassen:

Sind Sie nun fertig, werther Herr? Das ist mir lieb, denn hier im Schnee zu stehen und Ihre Beredsamkeit erdulden zu müssen, ist nicht gerade ein Vergnügen. Lassen Sie sich nun sagen, daß Sie mir aufrichtig leid thun. Ich sehe, Sie sind ernstlich in die junge Dame verliebt, was ich sehr begreiflich finde, da sie wirklich ein seltenes Mädchen ist, wenn auch noch etwas unreif und überspannt, aber ein Edelstein, der nur erst geschliffen und gefaßt werden muß.

Ob ich der rechte Mann dazu bin, muß die Zeit lehren. Daß Sie es vorläufig nicht sind, beweist Ihre – verzeihen Sie – sehr kindliche Philippica und das kleine Romankapitel, das Sie heut Nacht in Scene gesetzt hätten, wenn Ihrer vermeintlichen Complice, der Kammerjungfer, nicht in der elften Stunde das Gewissen geschlagen hätte. Sagen Sie selbst, Sie junger Tollkopf, hätten Sie es verantworten können, wenn Fräulein Dorette sich durch diese Escapade unheilbar compromittirt, diese romantische Liaison mit einem jungen Rafael von der Akademie sie zum Gespräch der ganzen Stadt gemacht hätte? Wie hätten Sie ihr Ersatz bieten wollen für das, was sie unwiederbringlich Ihnen geopfert, noch dazu mit dem Stempel der Lächerlichkeit bezeichnet? Sie haben mir so schöne Epitheta gegeben, mir einen so erbarmungslosen Charakter-Steckbrief geschrieben. Erlauben Sie mir nun, Sie selbst zu fragen, wofür Sie einen Menschen halten, der Alles von einem Weibe annimmt, ohne ihr das Ge ringste dagegen geben zu können. Sie sind noch sehr jung, sonst wäre die Antwort hierauf vernichtend. Und Sie sind so fieberhaft aufgeregt, daß man auf geminderte Zurechnungsfähigkeit plädiren muß, selbst wenn man mit Ihrer ganz speciellen Feindschaft beehrt wird. Also folgen Sie gutem Rath, wickeln Sie sich fest in Ihren Mantel und lassen Sie sich zu Ihrer Frau Mutter heimtransportiren. Sie soll Ihnen eine Tasse Thee geben und Sie ins warme Bett bringen. Morgen früh wachen Sie dann hoffentlich mit gesunden Sinnen auf und gestehen sich selbst, daß der fatale Landjunker, der Ihnen den Weg vertreten hat, ehe Sie den dümmsten und schlimmsten Streich Ihres Lebens machen konnten, doch nicht ein solches Monstrum von Unritterlichkeit und Selbstsucht sein möchte, wie Sie ihn mit Ihrer malerischen Phantasie sich abconterfeit hatten. – –

Ich könnte Ihnen nicht schildern, in welcher Beschämung und tiefen Demüthigung ich diese Worte mit anhörte. Und doch, werden Sie es glauben? anstatt meinen unverantwortlichen Fehler durch offenes Eingeständniß in etwas wenigstens wieder gut zu machen, glaubte ich, es mir schuldig zu sein, noch den Beleidigten zu spielen und nun erst recht den Kopf hochzutragen.

Ich verlangte seine hochmüthige Nachsicht durchaus nicht, erwiderte ich. Ich sähe wohl, man suche mich mit erheuchelter Milde aus dem Wege zu räumen, um dann nur desto leichteres Spiel und freiere Hand zu haben, meiner Verlobten Alles abzuringen, was man von ihr wünsche. Dazu wolle und dürfe ich nicht die Hand bieten. Ich stünde ihm hier nicht als ein ertappter Verbrecher gegenüber, sondern von Macht zu Macht, Mann gegen Mann. Wenn er ein Cavalier und Ehrenmann sei und sich nicht feige hinter einen vermeintlichen Rangunterschied verstecken wolle, so möge er sich mit mir schießen. Ich selbst führte eine Waffe bei mir; doch habe Jost ein paar bessere Pistolen; unverzüglich könnten wir das Schicksal entscheiden lassen, wer von uns sich ferner um das Mädchen bewerben solle, dem dann noch immer die Freiheit der Wahl bliebe.

Damit zog ich meinen Revolver hervor und hielt ihn meinem Gegner hin.

Da fühlte ich mich plötzlich am Arm ergriffen und heftig geschüttelt und erschrak, da ich in das völlig verwandelte, von Zorn und Verachtung glühende Gesicht mir gegenüber blickte.

Sind Sie denn wirklich nicht bloß fieberkrank oder wahnsinnig, sondern ein böser, alberner Knabe, dem ich bisher zu viel Ehre angethan habe, da ich ihm Vernunft redete? Muß man Sie einsperren und Ihnen die Zwangsjacke anlegen, wie einem bösartigen Gesellen, der friedlichen Menschen mit seinen wilden Narrheiten zu schaden droht? Schießen soll ich mich mit Ihnen, Sie Knabe, Ihrer unschuldigen Mutter ihren Sohn rauben, oder für alle Güte und Langmuth, die ich an Ihnen geübt, mir von Ihnen eine Kugel durch den Schädel jagen lassen? Aber sind Sie denn ganz des Teufels, von Großmannssucht und Eitelkeit ins Mark hinein angefressen, daß Sie mir ein solches Ansinnen stellen und meinen Muth zu verdächtigen wagen, wenn ich nicht darauf einginge? Wissen Sie, daß ich mir jetzt große Gewalt anthun muß, um Ihnen nicht den Willen zu thun und Ihnen einen verdienten Denkzettel zu geben? Denn daß ich Ihnen, wenn Sie auch in allen anderen freien Künsten mein Meister sein könnten, in dieser einen überlegen bin, werden Sie mir wohl glauben. Aber ich verzeihe Ihnen auch das und selbst den schnöden Vorwurf, ich würde Zwangsmittel nicht verschmähen, um eine Hand zu erobern, die das Herz nicht freiwillig mir gewährte. Am Ende traue ich mir noch zu, über eine Backfischphantasie den Sieg davonzutragen, wenn ich es ernstlich darauf anlege. Mit Ihnen aber, junger Mensch, bin ich fertig. Ich hoffte, wir würden uns mit gegenseitiger Hochachtung gute Nacht sagen. Jetzt kann ich es zu meinem Bedauern nur mit dem guten Rathe thun, daß

Sie älter werden und vielleicht mit der Zeit die Hochachtung von Ehrenmännern verdienen möchten.

Er schlug den Pelzkragen in die Höhe, warf die Cigarre mit einer verächtlichen Geberde in den Schnee und schritt langsam nach dem Thor der Villa zurück, von dem wir uns eine gute Strecke weit entfernt hatten.

*

Die Lection war hart gewesen, aber Sie werden sich im Stillen sagen, daß sie wohlverdient war. Wie sie auf mich wirkte – ich will nicht versuchen, mir das zurückzurufen. Von allen Erinnerungen sind die Augenblicke, in denen wir eine tiefe Beschämung erfahren haben, die unauslöschlichsten. Aber ich habe auf Ihre geduldige Freundschaft hin überhaupt schon zu viel gesündigt. Was noch zu sagen ist, kann ich desto kürzer fassen.

Einer seltsamen psychologischen Thatsache muß ich noch erwähnen, die Ihnen jedoch schwerlich ein Räthsel sein wird: jenes heilsame Sturzbad, das mich erst betäubte und fast zerschmetterte, dann aber mich zur Einsicht meines Unwerths brachte, hatte noch die Folge, auch die leidenschaftlichen Gefühle, die mich so lange willenlos beherrscht hatten, auf einen Schlag zu bändigen. Als ich am andern Morgen erwachte und mir den gestrigen Tag zurückrief, war mir's, als sähe ich die Gestalt des geliebten Mädchens nur wie durch einen Nebel in weite, unerreichbare Ferne gerückt, ja, ohne das Bildchen da hätte ich manchmal Mühe gehabt, mir ihr Gesicht deutlich vorzustellen. Während ich sonst keine beglückendere Beschäftigung in meinen einsamen Stunden kannte, als an sie zu denken, mir ihre Stimme, ihre Blicke und Geberden zurückzurufen, wehrte ich mich jetzt gegen Alles, was ihr Andenken erneuern konnte. Zugleich mit ihrem Bilde trat ja auch die Erinnerung an das über mich ergangene Strafgericht vor mich hin; die mußte ich mir fern halten, wenn ich wieder Muth zum Leben und einiges Selbstvertrauen gewinnen wollte.

Auch geschah von ihrer Seite nichts, was mich hierin hätte stören können. Ich sagte mir, daß ihr Vater wahrscheinlich in demselben Sinn ihr von mir gesprochen haben würde, wie mein Zuchtmeister zu mir, daß sie mich nun ebenso verachten müsse, wie ich es that. Mein Gegner behauptete unbestritten das Feld, und ich konnte mir nicht verhehlen, daß er trotz seines geschorenen Kopfes und spitzen Bartes jetzt in ihren

Augen ein annehmbarerer Freier sein müsse, als der grüne junge Bursch, der in jener Nacht seine Berechtigung, den Ritter eines verliebten Fräuleins zu machen, so schlecht bewiesen hatte.

Ich hörte und sah also vierzehn Tage lang nichts mehr aus der Villa. Zwischen mir und meiner Mutter bestand ein stillschweigendes Einverständniß, die Abenteuer der Weihnachtsnacht mit keiner Silbe zu berühren. Erst viel später habe ich ihr eine vollständige Beichte abgelegt. Jost begegnete mir nicht, unsere Wege kreuzten sich fast nie. Durch einen Zufall erfuhr ich, daß die freiherrliche Familie das Landhaus verlassen habe und in ihre Heimath zurückgekehrt sei. Tags zuvor war eine Kiste bei mir abgegeben worden, die meine Weihnachtsgeschenke enthielt. Ich öffnete sie nicht, sondern stellte sie in eine Kammer, in der wir allerlei ausgedientes Hausgeräth aufbewahrten. Eine Last fiel mir vom Herzen, als ich die Nachricht von der Abreise erhielt. Nur den Siegelring, mit dem sie sich mir verlobt, irgend wohin zu vergraben, konnte ich mich nicht entschließen. Ich trug ihn in einem Beutelchen beständig bei mir, hütete mich aber wohl, ihn hervorzuholen, sondern ließ ihn die Rolle eines verborgenen Talismans spielen, der mich in meinen guten Vorsätzen bestärken sollte.

Sie wissen, wie es mir nun weiter erging, daß ich erst zwei Jahre auf der Akademie gearbeitet hatte, als jener Freund meines Vaters nach Berlin kam, der reich und kinderlos war und seiner spät erwachten Liebe zur Kunst in Italien zu leben gedachte. Die Mutter willigte mit einem lachenden und einem weinenden Auge ein, mich ihm mitzugeben. Ich selbst begriff, daß ich auf dem langsamen Wege der Schule mich nicht entwickeln könne, wie es meiner innersten Natur entsprach. Auch hatte sich meine künstlerische Neigung mehr und mehr der Landschaft zugewendet, und – Ihren Thiergarten und die Havelufer in Ehren – was hatte mir die märkische Ebene mit ihren Sand- und Kiefernmotiven zu geben?

Drei Jahre verlebte ich an der Seite meines trefflichen Gönners in Rom und wurde dort, was ich eben werden konnte. Aber so offene Augen ich hatte für Alles, was Kunst und Natur einer begeisterten jungen Seele dort offenbaren – römische Elegieen zu erleben, fehlte mir's an Neigung und Talent. Nicht als ob das gebrannte Herz das Feuer gescheut hätte: es war eben rein erloschen, und kein noch so feuriger

Blick aus schwarzen Weiberaugen konnte in der Asche auch nur einen Funken wecken.

Zuweilen nur, gerade in Sirocconächten, tauchte jene böse Winternacht des ersten Weihnachtstages wieder vor mir auf, wie aus einem Nordlandsmärchen, das ich irgendwo gelesen hätte. Und als ich den heiligen Abend in Rom mit guten Bekannten gefeiert hatte, wie man es dort zu thun pflegt, vor einem mit Orangen geschmückten hohen Lorbeerbaum und einer dampfenden Bowle, und dann einsam nach Hause schlenderte, war mir's einen Augenblick, als hörte ich meinen Namen rufen von einer Stimme, deren Klang ich nun drei Jahre lang nicht mehr vernommen hatte.

Drei Jahre! Was hatte ich ihr versprochen? Wollte ich nicht nach drei Jahren, wenn ich bis dahin etwas Rechtes geworden wäre, mich wieder bei ihr einfinden und fragen, ob sie mir ihre Liebe und Treue noch bewahrt hätte?

Aber war ich denn etwas Rechtes geworden? Konnte ich, wenn mein Gönner mich nicht stützte, auf eigenen Füßen stehen und den Anspruch machen, daß man mir das Schicksal einer verwöhnten, vornehmen jungen Dame anvertraute?

Ich wußte freilich, daß sie noch unvermählt war und wirklich sich bequemt hatte, die Stelle eines Hoffräuleins bei der alten Fürstin anzunehmen. Aber wie sie zu mir gesinnt war, davon hatte ich kein Zeichen erhalten. Und wie hätte ich's übers Herz gebracht, sie darum zu befragen?

Ich schlief diese Nacht wenig und ging auch die nächsten Tage in einem dumpfen Trübsinn herum. Mein prophetisches Gemüth hatte Recht gehabt. Am ersten Neujahrstage erhielt ich die lithographirte Anzeige, daß das Freifräulein Dorette die Braut des Baron von Z. geworden sei. Die Aufschrift war von Jost's Hand.

Ich erwiderte die Botschaft durch eine Visitenkarte, auf die ich ein p. f. mit Bleistift gekritzelt hatte. Die Acten über diesen Jugendroman schienen geschlossen.

*

Dann habe ich noch ein Jahr lang das südliche Italien und Sicilien durchstreift, meist an der Seite meines theuren Mäcens, für den ich eine Reihe großer italienischer Landschaften zur Ausschmückung seines Hauses in Kiel auszuführen hatte. Ich ließ mich später hier in München nieder – Berlin war mir verleidet – lernte meine liebe Frau kennen und gründete meinen eigenen Herd, der hinlänglich Wärme ausstrahlt, um alle winterlichen Gespenster aus der Jugendzeit fernzuhalten. Weder von Jost noch von irgend einem andern Mitglied jener Familie erhielt ich mehr ein Lebenszeichen. Ich wußte nur, daß die junge Baronin von Z. beständig auf dem Gut ihres Gatten lebte, ihm ein paar Knaben geboren hatte und in ihrem Kreise sehr geliebt und gefeiert wurde.

Und nun vor ein paar Stunden –

Er hielt inne und stand auf. Ich sah, wie er nach dem Schränkchen ging und eine flache, längliche Schachtel aus einem der Fächer nahm.

Da! sagte er, dieses Christgeschenk hat mir die Morgenpost ins Haus gebracht; nach elf Jahren des tiefsten Verschollen- und Begrabenseins steigen die Geister der alten Tage wieder herauf. Sie begreifen nun, daß Sie mich in einer weichmüthigen Stimmung treffen mußten und daß ich das Bedürfniß fühlte, den Feiertag zu heiligen, indem ich mir die langverschwundenen Leiden und Freuden jener Tage zurückrief.

Er nahm aus der Schachtel einen in Seidenpapier gewickelten Ring, einen einfachen Goldreif mit einem kleinen Türkis, legte ihn aber sofort wieder in seine Hülle zurück. Dann entfaltete er zwei Briefe, einen kurzen, mit Bleistift geschrieben, in großen, unsicheren Zügen, einen längern mit einem Trauerrand, von einer kräftigen Männerhand. Dies Blatt zuerst! sagte er. Es war das Letzte, was diese Hand schreiben sollte. Aber so viele Zeit dazwischen vergangen, seit ich die Handschrift zum erstenmale sah in einem kleinen Billet, das sie mir im Auftrag der Mutter schrieb – beim ersten Anblick wußte ich, von wem es kam und daß es einen Abschied enthielt, noch ehe ich den Ring entdeckt und den andern Brief gelesen hatte.

Er ging ins Nebenzimmer, um mich beim Lesen allein zu lassen und die Thränen, die ihm aus den Augen stürzten, zu verbergen.

Der Brief lautete:

»Ich hatte gehofft, lieber Ludwig, Sie noch einmal zu sehen. Ich hätte Ihnen gern gesagt, daß ich immer mit guten Gedanken mich Ihrer erinnert und es Ihnen nicht nachgetragen habe, daß Sie mich vergessen konnten. Es war besser so. Sie schuldeten Ihr Leben Ihrer Mutter und Ihrer Kunst. Ich freilich – ich habe die drei Jahre still auf Sie gewartet, so hoffnungslos es mir selbst erschien. Als Sie nicht kamen, habe ich dem Manne meine Hand gereicht, der trotz meiner thörichten Jugend an mir nicht irre geworden war. Er hat mich so glücklich gemacht, daß es mir ein bitterer Gedanke ist, ihn jetzt verlassen zu müssen, ihn und meine beiden lieben Knaben, deren jüngerer Ihren Namen trägt. Ich kann nicht weiter, Sie sehen, wie das Fieber meine Hand schüttelt. Leben Sie wohl! Ich höre, Sie sind glücklich verheirathet. Gott schütze Ihre liebe Frau und Ihre Kinder, die Sie von mir grüßen sollen! Ihren Ring, den ich am Finger trug, bis ich den Trauring daran steckte, wird mein Mann Ihnen zurückschicken. Er möge Sie manchmal erinnern an Ihre treue Freundin

Dorette.«

Die letzten Zeilen waren mit offenbar ermattender Hand hingemalt und schwer zu entziffern.

In tiefer Rührung legte ich das Blatt aus der Hand und entfaltete den andern Brief. Von jenem ersten hat sich mir jedes Wort eingeprägt, den, andern kann ich nur seinem wesentlichen Inhalt nach aus dem Gedächtniß wieder zusammenbringen. So ungefähr lautete die Zuschrift des trauernden Wittwers:

»Ich habe erst heut mich dazu aufraffen können, werther Herr, das Vermächtniß meiner geliebten Todten an Sie abzuschicken. Ich muß einige aufklärende Worte hinzufügen. Wenn sie schlecht stilisirt sein sollten, halten Sie es der Erschütterung zu gut, über die ich noch nicht Herr werden kann.

Denn es ist erst eine Woche her, seit sie von uns geschieden ist. Sie hat sich die tödtliche Krankheit, eine Lungenentzündung, zugezogen, da sie ihrer alten Passion für den Eislauf nicht entsagen wollte, obwohl sie sich schon etwas unwohl fühlte. Unser ältester Junge hat diese Leidenschaft von ihr geerbt und quälte sie so lange, bis sie ihm seine Bitte gewährte und ihn auf die Eisbahn begleitete, die der Fluß, der unser Gebiet durchströmt, gerade jetzt so verlockend darbietet. Gleich an demselben Abend mußte sie sich niederlegen; nach drei Tagen bereitete der Arzt mich auf das Entsetzliche vor, und ihr selbst stand es vom ersten Augenblick an fest, daß sie nicht wieder genesen könne.

Am Tag vor ihrem Ende verlangte sie Papier und Bleistift, um an Sie zu schreiben. Was dies mühsam zu Stande gekommene Blatt nicht enthält, sollte ich ergänzen. Sie band mir das auf die Seele.

Ich bin heute noch unfähig, diesen ihren letzten Willen ausführlich zu vollstrecken. Aber einen Punkt muß ich gleich jetzt berühren.

Es lag ihr immer schwer auf dem Herzen, daß sie Ihnen einmal gesagt, sie könne ihre Mutter nicht achten. Zumal seit ihrer Verheirathung sprach sie öfter davon, sie müsse Ihnen eine Aufklärung geben, die jeden Verdacht gegen die Mutter bei Ihnen zerstreute. Am besten wäre dies mündlich geschehen. Es sollte aber nicht dazu kommen. So muß ich es nun thun.

Ein Jahr, nachdem die Familie Berlin verlassen hatte, wagte ich es, mich Dorette wieder zu nähern. Ich wußte, daß sie in ihrer Hofstellung nicht glücklich war, obwohl man sie auf Händen trug, wegen ihrer Anmuth, ihres eigenartigen Geistes sie mit Huldigungen umgab und die alte Hoheit zumal sie wie eine eigene Tochter liebte. Aber Sie wissen, wie jeder Zwang, der ihrer Wahrhaftigkeit auferlegt wurde, sie im Innersten empörte, und ganz sich darzustellen, wie man ist, verstößt gegen die Hofsitte. Daß sie mich nicht mehr haßte wegen der Einmischung in ihr romantisches Vorhaben in jener Weihnachtsmitternacht, wußte ich. Sie hatte es ihrem Vater gestanden, sie sei mir Dank schuldig, daß ich sie vor jenem unbesonnenen Schritt bewahrt hatte. Als ich sie aber fragte, ob sie es noch immer als ein Unglück betrachte, meine Frau zu werden, gestand sie mir, ohne sich zu besinnen, sie habe es ihrem Jugendgeliebten gelobt, drei Jahre auf ihn zu warten. Ehe die nicht abgelaufen, könne sie überhaupt nicht über sich verfügen.

Ich ergab mich in die Wartezeit, so schwer es mir wurde.

Und als die Frist abgelaufen war – ich hatte inzwischen jede Gelegenheit wahrgenommen, ihr Beweise von dem Ernst und der Unerschütterlichkeit meiner Neigung zu geben – trat ich wieder vor sie hin. Ich wußte, ihr Herz hatte sich im Stillen mir zugewendet. Was war es, das sie doch noch zögern machte, da sie nicht mehr erwarten konnte, Sie würden sie an ihr Mädchengelübde erinnern?

Sie sagte mir's selbst, da ich sie darum befragte, oder vielmehr, sie ließ es mich errathen, mit einer so lieblichen Scheu und Befangenheit, daß sie mir womöglich noch tausendmal liebenswürdiger erschien.

Sie haben an sich selbst erfahren, daß meine gute Schwiegermutter die Schwäche hatte, sich von jüngeren Leuten den Hof machen zu lassen. Als sie selbst noch eine reizende junge Frau war, stand sie nicht mit Unrecht im Ruf einer etwas bedenklichen Koketterie.

Etwas Schlimmeres konnte man ihr jedoch nicht nachsagen.

Nun, so lernte ich sie kennen, da ich selbst aus der Pension nach Hause kam, ungefähr in Ihrem Alter. Ich gestehe, daß sie einen großen Eindruck auf mich machte und mein unerfahrenes Herz stark beschäftigte. Zum Glück aber war ich kein sittenloser, frühverdorbener

Jüngling, wenn auch etwas kecker und übermüthiger als der Sohn Ihrer Mutter, und wenn sie nicht doch immer mich in Schranken gehalten hätte, wie es ihr bei ihrem kühlen Temperament nicht schwer wurde – ich schaudere, mir vorzustellen, wohin ich mich hätte verirren können. So aber blieb es bei einem chevaleresken Getändel, an dem auch ihr trefflicher Gatte keinen Anstoß nahm. Desto mehr die kleine, sechsjährige Tochter, die mich immer mit so finsteren Augen maß, daß ich schon damals ein tieferes Interesse für das seltsame Kind empfand. Und nun kam eine Stunde, in der dies Kind einen förmlichen Haß gegen mich faßte.

Ich hatte mich in einer Gesellschaft junger adeliger Taugenichtse zum Spiel verleiten lassen und eine Summe verloren, die weit über meine noch beschränkten Mittel hinausging. Als ich zu meiner Freundin kam, merkte sie an meiner Niedergeschlagenheit, daß ich eine Dummheit begangen haben müsse, und drang in mich, eine offene Beichte abzulegen. Ich gestand ihr Alles, auch was ich thun wolle, um zu dem Gelde zu kommen. Es war eine neue frevelhafte Thorheit. Sie benahm sich wahrhaft mütterlich, bestand darauf, daß ich den Fehler wieder gut machen müsse, indem ich meinem Vater die volle Wahrheit sagte, und nachdem sie mir eine scharfe Strafpredigt gehalten und mir mein Wort abgefordert hatte, nie wieder mich zum Spiel verleiten zu lassen, nahm sie meinen Kopf zwischen die Hände und küßte mich auf die Stirn.

In diesem Augenblick trat ihre junge Tochter ins Zimmer. Sie hat diese Scene nie wieder vergessen können.

Wie verklärte sich aber ihr liebes, ernstes Gesicht, als sie mich an diese alte Geschichte erinnerte und ich ihr redlich bei meiner Ehre versichern konnte, wenn nichts Anderes meinem heißesten Wunsch im Wege stehe, so sei ich der glücklichste aller Menschen.

Ich bin es geworden in einem Maße, wie ich selbst es mir nicht hatte träumen lassen. Aber alles Glück, das man auf Erden genießt, muß man bezahlen. Der Preis, den meines mich nachträglich kostet, ist so hoch, daß ich aus dem Bankerott mich schwerlich je wieder aufraffen werde. Ihnen, werther Herr, der Sie dies edle Herz gekannt und geliebt haben, wird dies nicht wie eine leere Phrase klingen.

Leben Sie wohl!«

Die Geschichte von Herrn Wilibald und dem Frosinchen.

(1889)

Es war schönes Weihnachtswetter in München. Der starre Frost der letzten Tage hatte sich gebrochen, der Schnee knirschte nicht mehr unter den Tritten der hastigen Menge, die sich durch die Straßen bewegte, und der halberloschene Mond, der aus dem bleifarbenen Dunst nur trübe vorblickte, kündete Thauwind für die Feiertage an. Auch die Laternen flackerten nur schwach durch ihre feuchtbeschlagenen Gläser mit röthlichzuckenden Strahlen, die nur in der Höhe einen ungewissen Lichtkreis schufen. Gleichwohl war es unten hell genug, um allen irdischen Geschäften nachzugehen. Die glänzend beleuchteten Schaufenster warfen ihren Schein weit über das Pflaster hinaus, und da der Feierabend eben angebrochen war, brannten auch schon in vielen Häusern die Kerzen an den Weihnachtsbäumen, so daß es an manchen Stellen taghell war und, wer Zeit dazu hatte, das Menschengewühl, das sich in lautloser Geschäftigkeit hin und her trieb, so deutlich wie in einem festlich erleuchteten Ballsaal mustern konnte.

Dazu schien aber Niemand aufgelegt von den Hunderten, die, mit Packeten und Körben beladen, eilig ihres Weges gingen. Sonst hätte eine wunderliche Figur, die langsam mitten auf dem Fahrweg dahinschritt, wohl einiges Aufsehen erregt, wenn nicht gar ein Trüpplein muthwilliger Jugend sich nachgezogen.

Es war das ein kleiner Mann in einem dunkeln, bis auf die Knöchel herabreichenden Radmantel, dessen rechten Zipfel er über die linke Schulter geworfen hatte. Auf dem Kopf trug er einen hohen Cylinderhut, schief aufs linke Ohr gerückt, nicht um sich einen verwogenen Anstrich zu geben, sondern weil er die Hände nicht frei hatte, ihn geradezusetzen. Auch sonst war an ihm nicht Alles in der Richte. Sein Rücken wölbte sich in einer beträchtlichen Krümmung, und die rechte Schulter trat merklich höher hervor als die linke. Von vorn war die Ungestalt nicht allzu auffällig. Man sah nur, daß der Kopf etwas ängstlich zwischen den Schultern steckte, das wohlgebildete Gesicht aber mit den lebhaft glänzenden dunkeln Augen und dem schwachen bräunlichen Bart, unter dem, da der kleine Mann häufig lächelte, die blanken Zähne angenehm vorblitzten, machte einen gewinnenden Eindruck.

So hätte man ihm auch am hellen Tage keine sonderliche Beachtung geschenkt. Was ihn aber an diesem heiligen Abend auffallend machen mußte, wenn nicht Jeder mit sich selbst zu thun gehabt hätte, war die sonderbare Art, mit der er ein großes Schaukelpferd transportirte. Den Kopf mit dem hohen Hut hatte er unter dem Bauch des ungefügen Spielzeugs durchgesteckt, daß ihm der eine Steigbügel über die Achsel herabhing, der Leib des Thieres mit dem Sattelzeug ruhte auf seinem gewölbten Rücken, während er die geschwungenen Wiegenfüße vorn vor der Brust mit den Händen umspannt hatte und so das Gleichgewicht seiner Last auf das Bequemste herstellte.

Er schien sich auf seinen Einfall, das Pferdchen auf diese Weise fortzuschaffen, etwas zu Gute zu thun. Denn er erwiderte den heiteren Blick, mit dem hie und da ein Begegnender ihn streifte, mit einem vergnügten Lächeln und trug trotz der Schwere seiner Bürde den Kopf so hoch und ließ die Augen so stolzzufrieden umherschweifen, wie ein rüstiger Jäger, der eine erlegte Wildsau sich auf den Rücken geladen hat und die vier zusammengeschnürten Läufe vorn mit starker Faust umschlossen hält.

So hatte er, ohne sich zu übereilen, die Straßen durchschritten, in denen sich die Menge um die Kaufläden drängte, und gelangte jetzt auf den freien Platz vor der dunklen Feldherrnhalle, von dem aus die breite Straße mit ihren schnurgeraden Laternenreihen zum Siegesthor hinunterläuft. Hier umgab ihn plötzlich, da in der via triumphalis keine Läden zu finden sind, eine so tiefe Stille und Oede, daß ihm fast feierlich zu Muthe wurde. Ohne die Last von den Schultern zu heben, stand er ein paar Augenblicke still, zog mit einiger Mühe ein Tüchlein aus der tiefversteckten Manteltasche und trocknete sich Stirn und Gesicht, auf denen trotz der Decembernachtluft große Tropfen standen. Der Hut fiel ihm dabei in den Nacken, zum Glück durch den kleinen Sattel aufgehalten. Immerhin kostete es Künste, ihn wieder zu fassen und an seinen Ort zu setzen, worüber es dem kleinen Manne von Neuem schwül wurde. Es störte ihn aber auch dieser Zwischenfall durchaus nicht in seiner guten Laune. Hopla! machte er, wie ein Reitknecht, der in der Rennbahn sein Pferd antreibt, rückte sich's wieder ins Gleichgewicht und schickte sich an, seinen Weg fortzusetzen, der ihn die lange Straße hinab noch eine gute Strecke über das Siegesthor hinausführen sollte.

Da hörte er dicht hinter sich ein helles Lachen und gleich darauf ein Guten Abend, Herr *Wilibald*! von einer feinen Stimme, die ihm gar wohlbekannt war. Sofort blieb er wieder stehen und machte eine halbe Wendung, so hurtig es ihm seine Last erlaubte, um sich nach dem Gesicht umzusehen, das neben ihm in dem Schneezwielicht auftauchte. Ein blasses junges Mädchengesicht mit großen schwärmerischen Augen, soviel sich bei dem unsicheren Laternenschein und unter dem Schleierchen, das bis auf die Spitze der stumpfen kleinen Nase herabreichte, erkennen ließ. Er aber kannte jeden Zug darin. War es ihm doch anderthalb Jahre lang jeden Morgen und Abend begegnet, da es seiner Hausgenossin gehörte. Und doch kam es ihm jetzt fremd vor. Denn der nicht gerade kleine, aber schöngeschweifte Mund, der sich lachend öffnete und die hübschen Zähne sehen ließ, war für gewöhnlich streng geschlossen, oder wurde nur durch ein Lächeln belebt, bei dem die kleine Falte, die sich am linken Mundwinkel eingegraben, kaum verschwand.

Darum sagte Herr Wilibald mit unverhohlenem Erstaunen:

Sie sind es, Fräulein *Frosinchen*? Sie sind ja ungewöhnlich lustig. Was ist Ihnen denn so Amüsantes begegnet?

O, Herr Wilibald, antwortete das Mädchen, das auf einmal wieder ernsthaft geworden war, verzeihen Sie mir's, es war unartig von mir, so grad hinauszulachen, aber mit dem Pferd am Rücken – wenn Sie sich selber sehen könnten – und der Hut, der Ihnen so schief sitzt – Sie müssen mir's nicht in übel nehmen –

Ja so! unterbrach er sie und lachte nun ebenfalls, da auch sie trotz des besten Willens von Neuem anfing, – ich nehm's Ihnen gar nicht übel. Es muß wohl ein Anblick für Götter sein, aber wahrhaftig, das Lachen ist mir bisher vergangen. Der Gaul hat mich gehörig in Schweiß gebracht, da er mich reitet, statt selbst geritten zu werden. Sehen Sie, in dem Laden, wo ich ihn kaufte, wollten sie ihn mir nachschicken, aber zu uns hinaus ist's weit, und ein Packträger, dem ich den Weg hätte zeigen können, – mein Gott, am Heiligabend ist's schwer, einen aufzutreiben. Da lud ich mir ihn selbst auf den Rücken, damit ich sicher wäre, daß er heute noch richtig ankommt. Die Peitsche, die dazu gehört, steckt in meiner Rocktasche neben einem Bilderbuch. Der Hansel muß doch auch wissen, daß Weihnachten ist und daß Onkel Wilibald mit dem Christkindchen seinetwegen gesprochen hat.

O, sagte das Mädchen eifrig, Tante Frosinchen will sich auch nicht drum anschauen lassen. Da schauen Sie, wie ich bepackt bin. In dieser Stranitze sind Lebkuchen, in dieser Aepfel und Nüsse und ein Kletzenbrod, und das Hauptstück, der warme Kittel, den ich ihm geschneidert hab', liegt zu Hause parat. Aber jetzt will ich Ihnen helfen, das Pferd tragen. Ich nehm' meine Packete in den linken Arm, dann hab' ich die rechte Hand frei, und wenn wir Beide anfassen –

Wo denken Sie hin, Frosinchen! erwiderte er kopfschüttelnd, wobei ihm der Hut vom linken auf das rechte Ohr rutschte. Wer sich freiwillig eine Last aufgeladen hat, muß keinem Andern damit beschwerlich fallen. Und Mutter Natur hat mich auch so gütig ausgestattet, daß der Gaul so bequem und sicher auf meinem erhabenen Rücken ruht, wie ein Ballen oder ein Wasserschlauch auf dem Schiff der Wüste. Sie wissen doch, Fräulein Frosinchen, daß man das Kamel so poetisch benamset hat?

Sie wurde ein wenig roth.

Nein, ich hab' das nicht gewußt, Herr Wilibald. Ich weiß ja überhaupt so wenig, dahinter müssen Sie längst gekommen sein. Ich habe keine so gute Erziehung gehabt wie Sie, der Sie ja ein halber Gelehrter sind. Aber wenn Sie durchaus nicht wollen, so lassen Sie uns wenigstens machen, daß wir nach Hause kommen. Man hat mich im Geschäft noch festhalten wollen, nachdem ich heute schon vier Hüte aufgesteckt hab'; es giebt halt so viel zu thun auf Weihnachten. Aber ich hab' gesagt, ich müss' eben heim zur Bescherung, wenn mir die Extrastunden auch noch so gut bezahlt würden. Sie glaubten, es würde mir beschert werden und ich könnt's nicht erwarten. 's war mir aber nur drum, daß der Hansel nicht schläfrig werden möcht'.

Sie schritt wieder voran die lange einsame Straße hinab, mit kleinen, flinken Füßen auf den morschen Schnee stapfend, während er, ruhig ausholend, mit ihr Schritt hielt, ein wenig hinter ihr, da es ihm Vergnügen machte, ihre zierliche Figur in dem eng anschließenden Jäckchen immer im Auge zu behalten. Sie war nur von mittlerer Größe, so daß sein hoher Cylinder ihr schwarzes Hütchen wohl noch um Handbreite überragte. Aber ihre Schlankheit und der kleine Kopf auf den rundlichen Schultern ließen sie viel größer erscheinen.

Wo kommen Sie denn her, Herr Wilibald? fragte sie nach einem kurzen Stillschweigen. Sie wollten ja zu dem Herrn Hofkapellmeister.

Bei dem war ich auch. Ich würde ja sonst kein Geld für den Roßtäuscher gehabt haben, der mir diese Schaukel-Rosinante aufgeschwatzt hat, theuer genug. Sie ist aber auch von edler Rasse, sehen Sie nur, mit natürlichem Pferdehaar und einem Sattelzeug erster Qualität. Auch reut mich das Geld nicht. Ich habe ja nur darum in der letzten Zeit täglich acht Stunden am Schreibtisch gesessen, um die Arbeit heute noch abliefern zu können. Es war kein Kinderspiel, sechsundfünfzig Bogen, und die Partitur, aus der ich die Stimmen abschrieb, so voll Correcturen und Krakelfüßen. Der Herr Hofkapellmeister machte auch große Augen. Schon fertig, Herr Wilibald? rief er. Sie sind ja ein Hexenmeister, und dabei Ihre unfehlbare Accuratesse, und jede Note wie gestochen. Ein lieber Mann, der Herr Hofkapellmeister. Schade nur, daß er ganz in die neueste Musik verrannt ist, für die ich mich so wenig begeistern kann. Er saß an seinem Flügel und sah gerade wieder eine neue Oper durch. Da ist wieder Arbeit für Sie, sagte er, natürlich nach den Feiertagen. – O, sagt' ich, Herr Hofkapellmeister, unsereins ästimirt die Feiertage nicht so besonders. Notenschreiben ist ja meine Leidenschaft. Da ich selbst nichts componiren kann, macht es mir wenigstens Vergnügen, zu sehen, was Andere zu Stande bringen, obwohl – da unterbrach er mich und lachte: Ich weiß schon, Herr Wilibald, Sie sind ein Reactionär, ein eingefleischter Bach-Anbeter. Nun, über den Geschmack ist nicht zu streiten, und Ihrer ist nicht der schlechteste. Aber sagen Sie einmal, wie sind Sie überhaupt zu Ihren schönen musikalischen Kenntnissen gekommen? Sie sagten mir einmal, daß Sie auf dem Dorf aufgewachsen seien. Aber Sie verstehen sich ja auf die Harmonie, daß mancher Conservatoriumsschüler Sie beneiden könnte. Mehr als einmal hab' ich Sie darauf ertappt, daß Sie einen Schreibfehler in einer Partitur stillschweigend verbessert haben.

Das schmeichelte mir natürlich von so einem Herrn. Und da mußt' ich ihm, wobei er mich zum Sitzen einlud, meine ganze Lebensgeschichte erzählen, wie ich als ein frischer rothbackiger Bub' bei meinem Vater, dem Schullehrer und Organisten im Ansbach'schen, in die musikalische Lehre ging und kein größeres Vergnügen kannte, als auch einmal verstohlen auf der Klaviatur unserer Orgel herumzufingern, wenn ich einen Schulkameraden fand, der für ein paar Aepfel, die ich ihm schenkte, mir ein Stündchen die Bälge trat; und wie ich dann von dem Apfelbaum im Pfarrgarten herunterfiel und als ein armseliges

Klümpchen Unglück aufgehoben wurde mit dem verstauchten Rückgrat, und der Dorfbader an mir herumdocterte, bis richtig aus dem »kleinen Verdruß« ein großer geworden war. Und damit war's auch mit dem Schulmeisterwerden, wovon ich geträumt hatte, vorbei, denn meine Stimme blieb verhunzt, ich hätte eine Stube voll wilder Dorfbuben nicht regieren können. Warum ich mich nicht vollends zum Musiker ausgebildet hätte? fragte der Herr Hofkapellmeister. Ja, das war sehr einfach, sagt' ich; wir waren unser sieben, da mußt' ich froh sein, ein bischen Remuneration zu kriegen für meinen Cantordienst, als mein Vater starb und der neue Lehrer nicht im Stande war, den Organisten zu machen. Als aber meine Geschwister fast alle aus der Welt gegangen waren und ich das Bauerngütchen von einem Mutterbruder erbte, der wegen meines Unglücks und meiner Musik einen Narren an mir gefressen hatte, – ich habe es Ihnen ja schon öfters geklagt, daß es da zu spät war, um noch ein regelrechtes Studium anzufangen. Ich wäre doch zeitlebens ein Pfuscher geblieben. Und dann erzählte ich ihm, wie ich mein Gütchen zu Gelde gemacht habe und in die Stadt übergesiedelt bin, um hier endlich viele und gute Musik wenigstens zu hören, und ein vier bis fünf Jahre lebte ich ja herrlich und in Freuden, bis mein kleines Vermögen draufgegangen war. Na, und Sie wissen, wie ich dann in unser Häuschen zog, zu dem Milchmann, dessen Frau damals noch lebte, und mich aufs Notenabschreiben verlegte, womit ich mich wenigstens ehrlich durchbrachte. Und jetzt, da ich die Beschäftigung beim Theater habe, die er mir so anständig honorire, sagt' ich, fehle mir auch nichts, um mit meinem Loose zufrieden zu sein, und ich hätte nur den Wunsch, daß man auch mit mir zufrieden bleiben möchte.

Herr Wilibald, sagte da der gute Herr, der beständig, während ich ihm vorschwatzte, in meinen Abschriften ge blättert hatte, Sie »fischen nach Komplimenten«, wie man zu sagen pflegt. Wer sollte mit solchen Arbeiten nicht zufrieden sein. Um Ihnen aber einen Beweis zu geben, wie hoch auch der Herr Generalintendant Ihren Fleiß und Ihre Kenntnisse schätzt, kann ich Ihnen eröffnen, daß Ihnen ein fixer Gehalt von 200 Mark ausgesetzt ist; natürlich werden Ihnen Ihre Abschriften außerdem nach wie vor besonders honorirt. Dies Fixum soll uns nur Ihre ausschließliche Thätigkeit für die Oper und die Musikschule sichern, denn Sie müssen sich verpflichten, keine anderen Aufträge, als die unseren, anzunehmen. Können Sie sich dazu verstehen, so wird

Ihnen die amtliche Ausfertigung Ihres Jahresgehalts allernächstens zugehen, und die Anstellung tritt schon mit dem ersten Januar in Kraft.

Das ist aber einmal schön! rief das Mädchen und blieb aufgeregt stehen. Da sind Sie ja aus aller Sorge, Herr Wilibald. Ein festes Gehalt! Darauf können Sie ja heirathen.

Herr Wilibald blieb stehen. Sein heiteres Gesicht wurde plötzlich sehr ernst, fast traurig.

Warum spotten Sie, Fräulein Eufrosine? sagte er. (Er pflegte sie immer mit ihrem vollen Namen zu nennen, wenn er einmal unzufrieden mit ihr war.) Sie wissen doch – Sie haben doch Augen im Kopf –

Ich verstehe nicht – stammelte das Mädchen und erröthete, während sie die Augen niederschlug und den Rand ihres Schleierchens über die Nasenspitze herabzuzupfen suchte. Warum sollten Sie nicht heirathen, jetzt, da Sie Ihr sicheres Auskommen haben?

Er sah sie scharf an, als ob er prüfen wollte, ob sie ihre ehrliche Meinung ausgesprochen habe. Dann hob er mit sichtbarer Anstrengung das Pferdchen von den Schultern und setzte es vor sich nieder auf den Schnee.

Warum ich nicht heirathe, Kind? Sehen Sie mich gefälligst an. Die Antwort steht mir doch deutlich genug auf den Rücken geschrieben.

Aber, Herr Wilibald – das –!

Ja das, Fräulein Frosinchen! Springt es Ihnen jetzt genugsam in die Augen? Man pflegt wohl zu sagen: Jeder hat sein Päckchen zu tragen. Wenn Keiner heirathen wollte, als wer kein Päckchen zu tragen hat, würde die Welt aussterben. Meines aber ist ein bischen groß gerathen, und der Pack sitzt an einer so sichtbaren Stelle, daß Jeder sich daran stoßen muß, besonders die Frauenzimmer, bei denen die Toilette, die einer gemacht hat, eine so große Rolle spielt. Ich habe mich längst drein ergeben, daß ich auf meinem Lebensweg den Rucksack immer mit mir schleppen und sogar damit zu Bett gehen muß. Ich weiß ja, daß ich damit nur die Erbsünde zu büßen habe.

Die Erbsünde?

Ganz wörtlich genommen. Denn wäre ich nicht auf den Apfelbaum geklettert, der leider nicht in meines Vaters Garten, sondern in einem fremden stand, so wäre ich nicht heruntergefallen. So bin ich aus meinem Paradiese vertrieben worden, wie Vater Adam, durch das Gelüst nach einer verbotenen Frucht. Es war eine Goldreinette, die am höchsten Zweig hing; ich sehe sie noch immer vor mir.

Aber Vater Adam war verheirathet, wagte das Mädchen halb schalkhaft, halb schüchtern einzuwerfen.

Nun lächelte der kleine Mann schon wieder.

Vater Adam hatte seine Eva schon vorher gefunden, und dann der »kleine Verdruß«, den ihm der verhängnißvolle Apfel eingetragen, saß ihm inwendig. An so was nehmen die guten Frauen keinen Anstoß. Ich aber – glauben Sie, Fräulein Frosinchen, daß ich nicht auch meinen Stolz habe? Ich wäre nicht damit zufrieden, daß sich ein Mädchen in mein Gehalt verliebte und bloß der Versorgung wegen, die nicht einmal die fetteste wäre, die krumme Fünf gerade sein ließe. Und wenn Eine geschmacklos genug wäre, mich so wie ich bin reizend zu finden – an deren gesundem Verstand und richtigen fünf Sinnen müßte ich zweifeln. Nein, liebe Nachbarin, ich muß schon so verbraucht werden und froh sein, wenn hin und wieder ein guter Mensch, wie Sie zum Beispiel, mir ein bischen Freundschaft erweist. Den Gedanken, das edle Geschlecht der Wilibalds fortzupflanzen, habe ich ein für allemal aufgegeben.

Sie standen jetzt schweigend neben einander und sahen Beide auf den Kopf des Schaukelpferdes, zwischen dessen gespitzten braunen Ohren ein artiger schwarzer Mähnenschopf in die Luft starrte. Die wenigen Vorübergehenden verwunderten sich über die sonderbare Gruppe. Ein paar kleine Buben schlichen sich heran und wagten endlich, den Hals des Pferdes zu streicheln.

Da lachte Herr Wilibald.

Lassen Sie uns weitergehen, sagte er, indem er sich seine Last wieder auf den Rücken lud. Wir erwecken sonst die Erbsünde des Neides in diesen jungen Gemüthern. Ja, wenn die Summe meines Gehalts eine Null mehr hätte! Ich habe mir's immer wunderschön gedacht, so am Weihnachtsabend, alle Taschen voll Geld, durch die Stadt zu schlendern, und wo ich ein paar große Kinderaugen in einen hellen Spielzeugladen starren sähe, die kleinen Leute bei der Hand zu fassen und hineinzuführen: Herz, was begehrst du? Mich wundert, daß die Rothschilds sich dies Vergnügen nicht regelmäßig gönnen. Unsereins kann sich's höchstens bei einer Obstbude oder einer Kuchenfrau erlauben, und auch das ist schon der Mühe werth. So ein Kindergesicht zu sehen, das plötzlich dunkelroth wird vor Ueberraschung, wenn die schönen Zwetschen oder Schaumrollen, nach denen ihm das Wasser im Munde zusammenlief, auf einmal ihm in die schmutzigen kleinen

Hände gelegt werden – es geht mir nichts drüber. Man kommt sich dabei ordentlich vor, als wäre man noch in der Märchenzeit, wo Zauberer und Feeen armen Kindern ihre heimlichsten Wünsche erfüllten.

Sie sind sehr kinderlieb, sagte das Mädchen nach einer kleinen Pause. Das bin ich, Fräulein Frosinchen. Denn ich erinnere mich sehr gut, was ich selbst als Kind für unerfüllte Wünsche hatte, und wieviel Schmerzen ich litt, von denen Niemand wußte. Es ist nicht wahr, daß die Jugend die glücklichste Zeit im Leben ist. Wenn ihre Aengste und Kümmernisse auch verhältnißmäßig klein und oft recht kindisch sind – auch der Verstand, mit dem man sich drüber weghilft, ist ja nur klein, und man hat noch nicht die Erfahrung gemacht, daß Alles vergeht, man hält Alles für ewig. Ein großer Mensch wird auch mit seinen großen Leiden viel besser fertig, und wenn er Courage hat, faßt er selbst den leibhaftigen Teufel bei den Hörnern und ringt mit ihm, bis er ihn unterkriegt. Aber so ein dummes, scheues Ding von sechs oder sieben Jahren, das oft nicht genug zu essen bekommt – das sieht überall Gespenster, und wenn Mutter Natur das kleine Volk nicht auch wieder leichtsinnig gemacht und ihm eine gute Heilhaut gegeben hätte – die wenigsten kämen lebendig aus den Kinderschuhen heraus.

Nein, sagte das Mädchen, ich hab's anders gehabt. Ich war immer lustig, so lang ich noch klein und bei der Mutter war. Erst wie ich größer geworden bin und für mich allein leben mußte –

Sie verstummte und schien fast erschrocken, daß ihr dieses Bekenntniß entschlüpft war. Er aber hatte kein Arg dabei.

Mag sein, fuhr er gleichmüthig fort, daß die Mädel noch gedankenloser aufwachsen, als die Buben, und sich daher ihre jungen Schmerzen und Sorgen nicht so zu Herzen nehmen. Auch lassen sie sich ja mit einem bunten Band oder einer Schnur Glaskorallen leicht über Alles trösten, gerade so wie die wilden Völker, die auch immer Kinder bleiben. Verzeihen Sie mir den ungalanten Vergleich, Fräulein Frosinchen; aber es ist etwas Wahres daran. Im Allgemeinen aber bleibe ich bei meiner Meinung: Kinder haben einen Tröster und Erlöser nöthiger, als erwachsene Menschen, und darum schon allein ist die christliche Lehre die beste, weil Christus der einzige von allen Religionsstiftern gewesen ist, der sich mit den Kindern eingelassen und zu Weihnachten ein großes Kinderfest eingeführt hat.

Er hatte sich außer Athem gesprochen und stand einen Augenblick still, die Last ein wenig lüftend, doch ohne sie abzusetzen. Nehmen Sie doch mein Tuch, sagte er, und trocknen mir ein wenig den Schweiß ab; ich bin so unbehülflich mit meiner Bescherung.

Sie that es eifrig und geschickt und stopfte ihm dann das Tuch zwischen seinen Nacken und die Last, die darauf drückte, und wie er nun weiter ging, nickte er ihr zum Dank freundlich zu. Sie wären eine hübsche Veronika gewesen, wenn Sie unserm Herrn Jesus auf seinem Kreuzwege begegnet wären. Sagen Sie, ist es Ihnen nie aufgefallen, daß in keiner der anderen Religionen von der Kindheit ihrer Stifter die Rede ist?

Wieder wurde sie roth. Ich weiß ja so wenig von den anderen Religionen, Herr Wilibald. Sie müssen mir's erklären.

Nun, von den Arabern und Türken haben Sie doch in der Schule gehört, sagte er. Der Mohammed kommt gleich als ein erwachsener junger Mann zum Vorschein und hat auch bald eine Frau. Und gar die griechischen Götter – man erfährt wohl von manchen, wo sie geboren worden sind, aber sie sind dann gleich fertige junge Götter, liegen in keiner Krippe, müssen nicht nach Aegypten flüchten und sich hernach in einer Synagoge von alten Schulmeistern examiniren lassen. Von dem, was junge Menschenkinder Lustiges und Leidiges erleben, wissen sie nichts, daher fällt es nachher auch keinem ein, die Kindlein zu sich kommen zu lassen. Wie's in Indien damit steht, weiß ich nicht, ich habe eben nicht Theologie studiert.

Und doch mein' ich, Sie könnten, wenn Sie nur wollten, besser predigen, als die meisten Pfarrer. Mich wundert nur, daß Sie trotzdem nicht in die Kirche gehen.

Ja, liebes Kind, erwiederte er mit einem Seufzer, das kommt eben daher, weil ich das Beste verloren habe, was einem in der Kindheit beschert ist, den Kinder glauben. In meinem kleinen Geburtsort hätte mich am Sonntag nichts zu Hause gehalten, ich mußte auf dem Orgelchor sitzen, und jedes Wort unseres guten Pastors sog ich so begierig ein, wie ein Wickelkind die Milch der Mutterbrust. Wie ich dann zu reiferen Jahren und zu Verstande kam, habe ich den Katechismus mit anderen Augen studirt und mir die Welt betrachtet, die so viel Räthsel aufgiebt, auf die er keine Antwort hat; nun, und weil auch die Herren auf der Kanzel einem das Wort des Räthsels schuldig bleiben, bin ich es müde geworden, da unten zu sitzen, während sie oben so sicher alle sieben Himmel durchfliegen. Auch spielt man mir gewöhnlich die Orgel zu schlecht. Der liebe Gott, der mir meine musikalischen Ohren gegeben hat, wird mir's nicht als Sünde anrechnen, wenn ich Sonntags mich in mein Kämmerlein einschließe und ein paar Bach'sche Fugen zu seiner Ehre auf meinem Klavier zusammenstümpere.

Nein, Fräulein Frosinchen, fuhr er fort, da sie plötzlich stehen blieb und ihn mit ihren schwermüthigen Augen betroffen ansah, Sie müssen darum nicht glauben, daß ich ein gottloser Mensch sei. Gerade weil ich finde, daß Alles, was wir Gott und göttliches Wesen nennen, über unsere enge Vernunft geht, weil es die Welt umfaßt und ewig ist, wir aber so schwache und kurzathmige Geister sind, wie die Funken, die in einem Herdfeuer aufspringen, gerade aus Respect vor dem Allerhöchsten und Ueberirdischen geht mir's gegen den Mann, wenn ich die guten Leute das Heilige sich zum Kindermärchen machen sehe und höre, wie sie mit ihrem Lallen die großen Geheimnisse auszu-deuten meinen. Wer aber brav ist, wie Sie, und ganz andächtig Gott einen guten Mann sein läßt, mit dem kann ich mich sehr wohl ver-ständigen. Uebrigens, wie sind wir nur darauf gekommen? Ich mag sonst so ungern über Religion sprechen, wie über die Musik. Unser innerer Sinn ist so verschieden gestimmt, wie unsere Ohren. Jeder hat den Gott, den er braucht und versteht, und Jeder hängt an den Meistern, die ihm die Seele bewegen. Nein, Sie dürfen mir kein so mißbilligendes Gesicht machen, liebe Nachbarin. Gerade heut, mein' ich, können sich die Menschen, so verschieden sie über all das denken, was vor fast zweitausend Jahren mit dem Kindlein von Bethlehem in die Welt gekommen ist, froh und verträglich die Hand reichen. Wer alle Mühseligen und Beladenen hat erquicken wollen und sich dafür kreuzigen ließ, daß er sein Herz an die Menschheit hingab, gegen den bleibt die Menschheit noch immer tief in der Schuld, wenn sie ihm noch so viel göttliche Ehren erweist.

Aber da sind wir ja ans Ziel gelangt. Ich gestehe, es ist mir eine Wohl-that, daß ich endlich das Dach unseres Häuschens sehe, so gern ich mit Ihnen geplaudert habe. Der Gaul hat meinen Nacken nachgerade schändlich durchgeritten.

*

Das kleine einstöckige Haus lag draußen vor dem Thor. Sie hatten aber erst noch ein gutes Stück an den schönen neugebauten Villen vorbeiwandern müssen, ehe sie in die dunkle Seitenstraße einbiegen konnten, wo Alles noch an die dörfliche Vorzeit dieser jetzt zur Stadt aufstrebenden Gegend erinnerte. Hier war's lustig zu wohnen im Sommer, wenn die Gärten im Flor standen und Schatten gaben. Zur Winterszeit lag der Schnee hier dicker und fester auf den Straßen und Dächern, und die wenigen Laternen waren trügliche Wegweiser für Solche, die nicht ganz ortskundig hier draußen zu thun hatten.

Unserem Paare aber erschien dies einsame Gebiet heimisch und traulich genug, und sie erkannten schon von weitem das Haus hinter dem schmalen Vorgärtchen, dessen Büsche und Beete unter einer hohen glatten Schneedecke verschwunden waren. Gleich bei seiner Uebersiedelung hatte Herr Wilibald sich dort eingemiethet. Denn die Nachbarschaft eines Handelsgärtners und die noch unbebaute Wiese ihm gegenüber bürgten ihm dafür, daß sein empfindliches Ohr nicht durch Klavierübungen und singende Backfische beunruhigt werden würde. Auch die Hausbesitzer sagten ihm zu. Das kleine Grundstück hatte seit vielen Jahren einer Milchfrau gehört, die von hier aus mit ihrem Wägelchen ihre Kunden in der Stadt versorgte. Nach dem Tode ihres ersten Mannes, dem sie eine einzige Tochter geboren, hatte sie ihr Herz an einen nicht gerade reputierlichen Menschen gehängt, einen völlig armen und übel beleumdeten ehemaligen Wilderer, der eine geraume Zeit, da er sich an einem Förster vergriffen, im Zuchthaus seine Jugendsünden abgebüßt hatte und als Knecht zur Besorgung des Hauses und Stalles von der barmherzigen Wittwe in Dienst genommen worden war. Er selbst war schon in den Vierzigen, aber ein rüstiger und stattlicher Geselle, der sich auch als Ehemann und Hausbesitzer nichts Aergeres mehr zu Schulden kommen ließ, als daß er hin und wieder einen Hasen schoß, der sich vom Felde herein allzu nah an sein Krautgärtchen heranwagte. Als dann die Frau mit Tode abgegangen war, führte ihm die Stieftochter das Hauswesen, während er das einträgliche Geschäft seiner Seligen fortsetzte, allerdings mit einer verdrossen herablassenden Miene, wie um anzudeuten, daß er dies verdienstliche, aber unmännliche Gewerbe unter seiner Würde hielt. Ein kurzes Jahr hindurch hauste er dann ganz allein in seinem Häuschen. Die Tochter hatte sich mit einem Handwerker verheirathet. Als aber dieser in seinem Geschäft durch einen Zufall verunglückte, zog die Frühverwittwete mit ihrem Knäbchen, jenem schon mehrerwähnten Hansel, wieder zu ihrem einsamen Stiefvater und lebte still und traurig neben ihm hin, bis auch sie, als ihr kleiner Sohn eben drei Jahre alt geworden war, einer damals umgehenden Volkskrankheit zum Opfer fiel.

Diesen letzten Abschnitt in dem Leben des Hausherrn hatte Herr Wilibald miterlebt und an den drei Personen, die unter einem Dach mit ihm wohnten, seiner menschenfreundlichen Natur nach einen warmen und hülfreichen Antheil genommen. Sein Mitgefühl für die junge Frau übertrug er dann auf das verwaiste Knäbchen, und wer ihn nach dem Begräbniß der Mutter unten in dem Zimmer traf, wo das Bett des Kleinen stand und der Großvater, bei seinen sechsundfünfzig Jahren schon stark ergraut, sich unbehülflich mit der Wartung des Kindes abmühte, hätte kaum bezweifelt, daß der kleine hochschultrige Mann mit der feinen, hellen Stimme, der mit dem Bübchen stundenlang plauderte, ihm sein Essen gab und es endlich zu Bett brachte, der rechte Vater sei.

Er selbst hatte zwei Zimmer des oberen Stockwerks inne, ein dreifenstriges, das die ganze Vorderseite des Hauses einnahm und in welchem sein Klavier, sein Arbeitstisch und ein mit verblichenem Kattun überzogenes Sopha stand, und daran anstoßend ein kleineres Gemach, worin er schlief. Diesem gegenüber, durch einen halbdunklen Flur getrennt, lag ein ebenso großes Gemach, an das eine kleine Küche stieß, beide damals leer und verschlossen, bis vor anderthalb Jahren sich eine Mietherin auch für dieses höchst dürftige Quartier einfand, unser wohlbekanntes Frosinchen. Der mürrische Hausherr, der seit dem Tode der Stieftochter immer menschenfeindlicher geworden war, sich dem Trunk ergeben und damit ein altes Brustleiden genährt hatte, wollte das hübsche junge Fräulein zuerst nicht in sein ehrbares Haus aufnehmen. Er gab ihr unzweideutig zu erkennen, daß er sie nicht für genugsam tugendhaft halte, um seiner Hausherrnreputation nicht zu schaden. Das blasse, sehr einfach gekleidete Mädchen hatte mit kaum zurückgehaltenen Thränen betheuert, sie habe durchaus keinen »Anhang«, sie arbeite in dem Putzgeschäft des Fräulein N. N., wo man sich nach ihrer Moralität erkundigen könne, und wenn jemals ein Herrenbesuch über ihre Schwelle komme, wolle sie sich's gefallen lassen, Knall und Fall aus dem Hause gejagt zu werden.

Das alles brachte sie in so demüthigem Tone vor und blickte dabei mit so lieblicher Freundlichkeit auf den kleinen Hansel, der ihr ein Händchen gegeben und ihre Hand nicht wieder loslassen wollte, daß der bärbeißige Milchmann sich schon halb besänftigt fühlte. Zum Ueberfluß kam Herr Wilibald während der Verhandlung dazu und wußte seinen Miethsherrn zu bewegen, mit dem guten Geschöpf, dem man eine harte Lebensschule im Gesicht ansah, wenigstens einen Versuch zu machen.

Noch am selben Abend bezog das Frosinchen das leere Zimmer im oberen Stock, und die Küche wurde ihr gleichfalls zur Verfügung gestellt. Doch benutzte sie dieselbe nicht, wie die Männer gedacht hatten, als Garderobenkammer, da sie außer dem dunkeln Fähnchen, das sie trug, überhaupt keine nennenswerthen Toilettengegenstände, bis auf ein wenig sehr saubere Wäsche, besaß, sondern gab den verwahrlosten verstaubten kleinen Herd seiner ursprünglichen Bestimmung zurück, indem sie Abends, nachdem sie von ihrer Arbeit in der Stadt zurückgekehrt war, sich ein äußerst dürftiges Mahl selbst bereitete, welches sie auf dem schmalen Küchentisch bei einem winzigen Lämpchen verzehrte. Mittags begnügte sie sich mit einem Brödchen und, je nach der Jahreszeit, etwas Obst, oder ein paar Wurstscheibchen, welche frugalen Vorräthe sie in einer Ledertasche bei sich trug.

Dabei hielt sie nicht nur gewissenhaft ihr Gelübde, keinen Männerfuß je über ihre Schwelle zu lassen, sondern es klopfte auch kein weiblicher Finger jemals an ihre Thür, da sie nach Freundinnenumgang nicht das geringste Verlangen zu tragen schien. Denn auch an Sonn- und Feiertagen, wenn sie in der Frühe ihren Kirchgang gemacht hatte, hielt sie sich einsam zu Hause, Niemand wußte, was sie dann anfing, um die langen Stunden hinzubringen. Es konnte nicht die Armuth sein, was sie zu diesem einsiedlerischen Einsitzen bewog. Sie war eine sehr geschickte, gut bezahlte Arbeiterin, und nach und nach schmückte sie auch ihr Stübchen mit allerlei bescheidenem Kram, frischen weißen Vorhängen, einer Tischdecke und einem billigen Oelfarbendruck, eine einsame Jungfrau in himmelblauem altdeutschem Gewande mitten in einer saftgrünen Wiese darstellend, den ihr ein herumziehender Bilder- händler aufgeschwatzt hatte. Von diesen Herrlichkeiten hatten jedoch selbst ihre Hausgenossen nur eine dunkle Ahnung. Der Milchmann, der an der Wassersucht litt, bemühte sich nie die steile Holztreppe hinauf, und Herr Wilibald konnte nur selten einmal einen Späherblick in das Zimmer seiner Nachbarin werfen, wenn sich ihre Thür zufällig in demselben Augenblick, wie die seinige, öffnete. Da er aber gute Augen hatte und überdies ein gutes Gemüth, das an dem geheimnißvollen Wesen und Weben dieses im Schatten blühenden jungen Geschöpfs einen immer wachsenden Antheil nahm, entging es ihm nicht, daß sein Gegenüber trotz der strengen Arbeit und dürftigen Mahlzeiten nach und nach eine frischere Farbe auf den Wangen bekam und sogar – freilich selten genug – ein Lächeln auf den Lippen, die sich unverkennbar zu röthen anfingen.

Dieses Wunder bewirkte kein Geringerer, als der kleine Hansel. Von der ersten Stunde an hatte er sein mutterloses Herz an die neue Hausgenossin gehängt, die freilich für die mancherlei Bedürfnisse eines so jungen Kindes ein feineres Verständniß hatte, als selbst der gütige Onkel Wilibald. Daß ihre Tagesarbeit Tante Frosinchen so lange in Anspruch nahm, trug nur dazu bei, die zärtliche Hingebung des kleinen Burschen an seine Freundin zu steigern, da er den ganzen Tag bis zum Feierabend auf sie zu warten hatte. Kaum aber betrat sie das Vorgärtchen, so rannte er ihr unaufhaltsam entgegen, und es verstand sich von selbst, daß sie ihn auf den Arm nahm, küßte und die Stiege hinauf trug. Da verlangte er nichts Besseres, als um sie herumzutrippeln, wenn sie ihre Lampe anzündete, sich in ein Hausjäckchen steckte und den Suppentopf auf dem Herde zurichtete. Beim Essen hockte er dann auf einem Schemel ihr gegenüber, ließ sich hin und wieder ein Bröckchen in den Mund stecken und plauderte mit ihr in seinem Kauderwelsch, von dem sie besser als Onkel Wilibald jede Silbe verstand.

Dieser, der trotz seiner Gutherzigkeit sich einer gewissen Eifersucht nicht erwehren konnte, hätte gern dann und wann in der Küche drüben sich zu Gast geladen. Aber die unverbrüchliche Hausregel wurde auch auf ihn angewandt. Die Thür blieb ihm versperrt, er konnte nur, wenn das Frosinchen den Kleinen zu Bett brachte, wie zufällig aus seinem Schlafzimmer tretend, ihr im Flur begegnen und dort mit kluger Behutsamkeit sie durch ein Gespräch zu fesseln suchen. Das gelang ihm auch in der Regel so gut, daß sie oft den Kleinen auf ein im Flur stehendes altes Tischchen setzte und sich daneben auf dem ausgemusterten Rohrstuhl niederließ, um die anziehenden Reden des von ihr scheu verehrten Hausgenossen behaglicher zu genießen.

Es kam wohl vor, daß Hansel, der noch durchaus nicht so bildungsbedürftig war, wie sie, darüber einschlief. Dann lehnte sie seinen kleinen Blondkopf an ihre Schulter, umfing ihn mit dem Arm und horchte nun um so andächtiger auf Alles, was Herr Wilibald ihr erzählte.

Es waren keine »Staats- und gelehrten Sachen«, von denen er sie unterhielt, auch nur selten Stadtgeschichten oder was sich in den Nachbarhäusern etwa ereignet hatte. Auch nach ihrem früheren Leben und ihren Verhältnissen fragte er nie mehr, nachdem sie ihm einmal mit einer fliegenden Röthe auf den Wangen gesagt hatte, sie habe kein Glück in der Welt gekannt und wolle nichts Anderes, als in aller Stille so fortleben. Er hatte aber eine eigene Art, die wir schon bei dem Geplauder der Beiden auf ihrem Weihnachtsgang belauscht haben, von zufälligen geringfügigen Anlässen sich in höhere Regionen zu erheben und sich über Gott und Welt in einem feierlich-schlichten Phantasiren zu ergehen, das oft genug für ihr Verständniß zu hoch war, aber eine beschwichtigende und erhebende Wirkung auf ihr beklommenes Gemüth ausübte, ähnlich wie sein Phantasiren auf dem Klavier, womit er sich nach angestrengter Arbeit zu erholen liebte. Daß sie dann hinter der Thüre saß, die sein großes Zimmer von ihrem Stübchen trennte, und begierig jeden Ton in sich sog, nur zuweilen aufseufzend, wenn die Töne sie mit schwermüthiger Wonne erfüllten, hatte sie ihm nie gestanden, und er selbst ahnte nicht, wie dankbar sie ihm für diese verstohlene Herzerquickung war, und wie ihr die einsamen Sonntage nur darum nicht lang wurden, weil auch er dann sich etwas mehr Muße gönnte und stundenlang seine Bach'schen Präludien und Beethoven'schen Sonaten spielte. Obwohl sie ein Kind des Volks und ohne alle musikalische Vorbildung war, hätte sie diese häuslichen Concerte nicht hingeben mögen für die rauschendste Militärmusik in einem hellbeleuchteten Sommergarten mit der flottesten jungen Gesellschaft.

*

Wo werden wir ihm denn aber aufbauen? sagte Herr Wilibald, während sie jetzt auf das dunkle Haus zugingen. Vorige Weihnachten bescherten wir ihm ja unten beim Großpapa. Sie entsinnen sich noch, Fräulein Frosinchen, wie ungemüthlich es war. Der Alte, der wieder halb umnebelt war, knurrte uns an, als ob wir zum Stehlen, nicht zum Bringen, bei ihm eingebrochen wären. Seit ihm die Beine angeschwollen sind und er sein Geschäft hat aufgeben müssen, kommt er sich vor, als müsse er noch einmal *sitzen*, und die alte Zuchthäuslerstimmung ist wieder in ihm aufgewacht. Damals war zum Glück noch die Kathi bei ihm, das gute dicke Trampelthier, das ja auch Hansel's Mutter zu Tode gepflegt und den Kleinen so treu versorgt hat. Seitdem er Die in einem seiner Wuthanfälle mißhandelt und weggejagt hat, hat's ja keine ordentliche Person mehr bei ihm ausgehalten. Denn das fahrige junge Ding, die Loni – nun, Sie kennen sie ja – zu ihren anderen Tugenden hat sie noch eine starke Neigung zu allem Süßen. Denken Sie, von dem Kuchen, den ich neulich dem Hansel mitbrachte, hat das arme Kerlchen kaum die Hälfte zu essen gekriegt – er hat mir's selbst geklagt –, und Ihre schönen Düten würden den zweiten Feiertag wohl nicht mehr erleben, wenn Sie sie unten ließen. Es wäre vielleicht das Beste, setzte er zögernd hinzu, wir zündeten das Bäumchen, das ich gestern besorgt, in Ihrem Zimmer an. Da hätten Sie die Bescherung immer im Auge.

Nein, nein, Herr Wilibald, erwiderte sie eifrig und erröthete, so daß er es selbst unterm Schleier und bei dem schwachen Laternenlicht der einsamen Straße sehen konnte. Bei mir ist's unmöglich. Sie wissen ja– Wegen der Hausordnung? Nun, die brauchte ich ja nicht zu verletzen. Sie ließen nur die Thüre offen, ich stellte mir einen Stuhl vor die Schwelle und betrachtete mir die Herrlichkeit ganz gemüthlich von außen, wie Moses vom Berg in das gelobte Land schaute. Oder wollen Sie lieber mir die Ehre geben? Am Heiligabend und in Hansel's Gesellschaft machen Sie wohl mal eine Ausnahme.

Sie bebachte sich einen Augenblick. Das Beste wird sein, sagte sie dann rasch, wir machen's im Flur; das Bäumchen wird auf den Tisch gestellt, das Andere legen wir drum herum, und über das Schaukelpferd hängen wir ein Tuch, daß es ihm erst gar nicht in die Augen fällt, bis er sich an den andern Sachen satt gefreut hat, dann giebt's noch erst die größte Ueberraschung. Meinen Sie nicht auch?

Sie haben Recht, sagte er. Das Richtige liegt auch diesmal genau in der Mitte. 's ist ein bischen klamm im Flur, aber der Hansel wird sich warm freuen und wir mit ihm, und wenn wir in beiden Zimmern brav heizen und die Thüren auflassen, bringen wir's wohl auch draußen bis auf zehn Grad. Erst müssen Sie natürlich soupiren. Ich putze indessen den Baum.

Ich koche heute nicht, versetzte sie. Ich habe schon in der Stadt zu Mittag gegessen, damit es für die Bescherung nicht zu spät würde. Es kann gleich angehen. Und da sind wir ja endlich.

Sie standen wirklich vor dem Häuschen, das mit seinen fünf schwarzen Fenstern sie unwirthlich genug anblickte. Mit einem Seufzer der Erlösung lud sich der kleine Mann, nachdem er sich mühsam durch die enge Gitterthür des Vorgärtchens gewunden, seine Last von den Schultern und trocknete sich die Stirn. Aber er machte noch nicht Miene, die Schwelle zu betreten.

Fräulein Frosinchen, sagte er, Sie haben mich vorige Weihnachten gescholten, daß ich mir die Freiheit nahm, Ihnen eine ganz unbedeutende Kleinigkeit zu verehren. Ich habe Ihnen versprechen müssen, Ihnen nie wieder was zu schenken. Sie wußten, daß ich mir mein Leben sauer verdienen mußte. Aber die Verhältnisse haben sich geändert, ich bin ein gemachter Mann, also ein Anderer, als der Ihnen jenes Versprechen gab. Daher halte ich mich für berechtigt, Ihnen heut zur Feier des Tages ein ganz lumpiges Präsent zu machen. Da – und er holte etwas sorgfältig Eingewickeltes unter dem Mantel hervor – nehmen Sie dies geringe Andenken ohne Widerrede von mir an, als ein Zeichen meiner großen Hochachtung vor Ihnen, und halten Sie sich nur ja nicht damit auf, mir danken zu wollen. Wenn ich anfangen wollte, Ihnen zu sagen, wie viel ich, seit Sie im Hause sind, Ihnen schuldig geworden bin – und wie Ihre immer gleiche Freundlichkeit – ein einsamer Kauz, wie ich bin und bleiben werde – Sie erlassen mir das Weitere – denn wirklich, es würde zu weit führen, wenn ich –

O Herr Wilibald, unterbrach ihn das Mädchen, das mit zitternder Hand das Packetchen hielt und in höchster Verwirrung vor sich nieder sah – nein, das ist zu viel, viel zu viel Güte, die ich gar nicht verdiene, und nun schäme ich mich erst recht! Denn was ich Ihnen zugedacht hatte, eine so ganz werthlose kleine Handarbeit – Sie sollten nur daraus sehen, daß ich kein undankbares Herz habe und Alles, was Sie für mich gethan haben – und wie Sie mich nicht zu gering achten, sich mit einer so einfältigen Person zu unterhalten über so viel schöne Gedanken – da nehmen Sie's, aber sehen Sie's erst an, wenn ich nicht dabei bin. Sie werden über meinen ungeschickten guten Willen doch nur die Achseln zucken.

Damit hatte sie ein kleines Päckchen in Seidenpapier aus der Tasche gezogen und drückte es ihm hastig in die Hand, indem sie zugleich auf die Hausthür zuschritt.

Liebes Frosinchen, sagte er, und seine Stimme klang leise und bewegt, Sie sind – Sie haben das beste Herz von der Welt. Das Achselzucken ist meine Sache nicht, auch wenn die meinen nicht schon von Natur hoch genug wären. Wissen Sie, daß Sie mir die erste Weihnachtsfreude gemacht haben, die ich seit dem Tode meines guten Vaters erlebt habe? Ich danke Ihnen tausendmal. Und jetzt, nachdem wir Beide uns hier unter freiem Himmel beschert haben, lassen Sie uns unserm Kleinen seinen Weihnachtsbaum anzünden.

Sie hatten sich die Hände gegeben und herzlich gedrückt. Dann öffnete Herr Wilibald die unverschlossene Hausthür und trat, das Pferdchen unterm Arm, auf den Zehen in den dunkeln Flur. Wir müssen uns ganz sacht vorbeischleichen, flüsterte er ihr zu. Er soll nichts von uns hören und sehen, bis der Aufbau fertig ist. Es rührt sich auch nichts in der Stube des Großpapas, der Alte scheint zu schlafen, und der Hansel ist am Ende auch eingenickt, da er sich langweilte, der arme Kerl. Von dem unnützen Ding, der Loni, natürlich keine Spur, die wird mit irgend einem Schatz in die Stadt entwischt sein, sich die Läden zu beschauen. Um so besser; so sind wir ungestört. Aber Sie müssen mir wirklich helfen, den Pegasus die Stufen hinauf zu beflügeln. Die Stiege ist zu schmal, um ihn in der Quere zu tragen.

Sie hatte schon Hand angelegt, und so schlichen sie, das Pferdchen zwischen sich in der Schwebe haltend, durch das kalte, dunkle Haus die steile Treppe hinauf und setzten es oben leise nieder. Da ließen sie es stehen, und Jedes ging in seine Wohnung, die Thür hinter sich zuziehend.

Sobald sie aber allein waren, zündeten sie eilig ihre Lämpchen an und schälten die Angebinde, die sie von einander empfangen, aus der Verpackung heraus. Herr Wilibald hielt ein ledernes Brieftäschchen in der Hand, in dessen Innenseite sich eine zierliche Stickerei aus Seiden- und Goldfäden befand, einen Kranz von Lorbeer- und Eichenblättern darstellend, der um eine goldene Lyra geschlungen war. Die schmalen Finger Frosinchens hatten manchen langen Sonntag zu thun gehabt, bis sie das kleine Kunstwerk zu Stande gebracht. Sie aber fand eine kleine Schachtel, in welcher auf rosafarbener Baumwolle eine zierliche Granatbrosche lag.

Hinter derselben war eine flache Glaskapsel angebracht, die ein Miniaturhaarlöckchen einschloß, und ein Zettel lag in der Schachtel mit der Aufschrift: Der treuen Pflegemama von ihrem kleinen Hansel zum Andenken.

Der hinterlistige Freund hatte dieses einfache Schmuck stück schon vor seiner Anstellung besorgt, also noch bevor er »ein gemachter Mann« geworden war, und hatte den Bruch seines Versprechens, ihr nichts zu schenken, damit beschönigen wollen, daß er es im Namen des Kleinen ihr in die Hände spielte. Denn es war ihm aufgefallen, daß sie nie auch nur den bescheidensten Goldzierath, wie ihn jede Magd sich gönnen darf, an ihrem Kleide oder an den feinen Handgelenken trug, und als er sie einmal darum befragt, hatte sie verlegen geantwortet, sie habe einmal all ihr bischen Schmuck verkaufen müssen und seitdem immer nöthigere Ausgaben gehabt. Jetzt aber war sie so freudig bestürzt über das Kleinod, das in seiner Einfachheit wirklich sehr hübsch war, daß sie ohne alle Nebengedanken sich wie ein Kind nur mit der Gabe beschäftigte und sogar den Geber einen Augenblick darüber vergaß. Geschwind trat sie vor ihren kleinen Spiegel, steckte sich die Nadel vor und lachte sich an, als sie sah, wie gut sie sie kleidete. Dann aber fiel ihr aufs Herz, daß sie sich noch gar nicht recht bedankt hatte, und sie öffnete ihre Thür, um den Nachbar ihre Freude sehen zu lassen. Da trat er zu gleicher Zeit aus seiner Kammer drüben, das Brieftäschchen in der Hand. Es ist zu schön! riefen sie wie aus Einem Munde, und mußten über das Zusammentreffen lachen, und näherten sich dann halb verlegen einander, um sich nochmals die Hand zu drücken, während Jedes vergebens sich auf eine ausführlichere Dankrede besann, die nicht zu Stande kam.

Wir sind aber schlechte Pflegeeltern! rief endlich der kleine Mann mit drolliger Heftigkeit. Schämen sollten wir uns, daß wir großen Kinder über den eigenen Weihnachtsfreuden unseren Kleinen vergessen, der unten frieren und hungern wird, wenn er nicht drüber eingeschlafen ist. Geschwind, kleine Mama, stellen Sie Ihre Lampe dort auf den Kasten, und ich trage den Baum heraus. Die Lichter hab' ich schon aufgesteckt. Nun müssen wir noch die Aepfel und Nüsse anhängen.

Das ging hurtig genug von Statten, da das Frosinchen nur solche Nüsse gekauft hatte, in denen bereits ein mit einer Schleife versehenes Hölzchen steckte. Während er die kleinen goldenen Kügelchen zwischen den Tannenzweigen befestigte, versah sie die Aepfel, die gleichfalls auf der einen Backe einen schönen Flecken von Goldschaum trugen, mit Fäden am Stengel und legte einen nach dem andern ihrem Gefährten hin, der die Decoration im Ganzen besorgte. Dabei wechselten sie nicht das leiseste Wort. Nur manchmal berührten sich in der Hast der Arbeit ihre Hände, und hin und wieder flog ein vertrauter Blick herüber und hinüber, voll heimlicher Vorfreude auf das kleine Fest, das sie bereiteten.

Nun stand der Baum in seiner vollen Glorie fertig da. Ueber den alten Tisch hatte sie ein weißes Tuch gebreitet, auf welches sie jetzt die Näschereien legte; zur Linken das Bilderbuch und die Peitsche, rechts auf den Rohrstuhl das Kleid, das sie gefertigt hatte. Auf der anderen Seite, dem Sessel gegenüber, mit Herrn Wilibald's Radmantel zugedeckt, stand das Hauptstück, das Schaukelpferd, das erst zuletzt enthüllt werden sollte.

So! sagte der kleine Mann mit unverhohlener Befriedigung. Nun macht sich's wunderschön, nun kann's losgehen. Während Sie jetzt den jungen Herrn heraufholen, werde ich die Lichter anzünden. Den Abend, denk' ich, beschließen wir mit einem feierlichen Thee, in welchen ich mir ausnahmsweise ein bischen Rhum gießen werde. Ich habe mir alles Nöthige von der Loni besorgen lassen. Sie werden sich nicht weigern, Frosinchen, auf diesem neutralen Boden heut Abend mein Gast zu sein und den Weihnachtspunsch zu kosten.

*

Sie nickte ihm lächelnd zu, und er sah ihr nach, wie sie mit gerötheten Wangen die Treppe hinunterhuschte. Auch als sie ihm schon entschwunden war, stand er noch regungslos auf demselben Fleck. Aber der fröhliche Ausdruck seines Gesichts war verschwunden, wie eine Bergkuppe plötzlich fahl und traurig erscheint, sobald der letzte Schimmer des Abendroths erloschen ist.

Ein schwerer Seufzer hob seine eingeengte Brust. Er fuhr sich mit der Hand über die Augen, als ob er ein lockendes, aber gefährliches Traumbild verscheuchen wollte. Dann ging er langsam in sein Zimmerchen, warf ein paar Schaufeln Kohlen in die Ofenglut und holte seinen Handleuchter, um die Lichter am Baum damit anzuzünden. Als er in den Flur zurückkehrte, war seine Haltung müde und gedrückt. Er stellte den Leuchter zwischen die süße Bescherung, als hätte er ganz vergessen, zu welchem Zweck er ihn brauchen wollte.

In tiefen Gedanken starrte er zwischen die dunkeln Zweige und brach hie und da mechanisch eine trockene Nadel ab. Dann zog er das Brieftäschchen wieder heraus, besah es von außen und innen mit großem Ernst, seufzte abermals und steckte den Schatz wieder ein.

Nein! sagte er vor sich hin. Nur keine Schwäche, keine Täuschung! Eine Thorheit wär's – und ein Verbrechen obenein! Freilich, sie zu überrumpeln, daß sie in ihrer Engelsgüte an nichts dächte, als was sie mir damit für ein Glück bereitete – eine Hexerei wär's nicht, aber ein Schurkenstreich. Was weiß sie denn von sich selbst, vom Leben, von den Männern! Sie ist nicht vergnügt, weil sie arm ist, und hat vielleicht einmal Einen nicht kriegen können, in den sie sich verliebt hatte. Oder 's ist das Heimweh nach ihrer Mutter. Wenn aber einmal Einer kommt, der ihr bestimmt ist und bei dem sie nicht brauchte eine krumme Fünf grade sein zu lassen, wie bei mir, und sie wäre festgebunden, – ich müßte mir ja die Haare ausraufen über meine Thorheit, daß ich einmal geglaubt, so Einer wie ich könnte es am Ende auch so gut haben, wie Andere, die nicht auf Apfelbäume gestiegen sind. – Nein! die Zähne zusammengebissen und ausgehalten! Es giebt noch ärmere Schacher unter uns Junggesellen!

Nachdem er diesen tapferen Monolog gehalten nicht bloß innerlich, sondern für feine Ohren ganz vernehmlich, da er in seiner Einsamkeit sich gewöhnt hatte, zuweilen mit sich selbst zu plaudern, – besann er sich auf seine nächste Pflicht, die Lichter anzuzünden, und griff eben nach dem Leuchter; da hörte er unten im dunkeln Hausgang seinen Namen rufen.

Es war Frosinchens Stimme, nur halblaut, aber mit einem Ton des Entsetzens, der ihm durch Mark und Bein ging.

Im Nu war er an der Treppe.

Was haben Sie, Kind? Was ist geschehen? rief er hinunter.

O bitte, Herr Wilibald, kommen Sie, ich bin zu Tod erschrocken – bringen Sie das Licht mit – O mein Gott!

Er stürzte die Stufen hinunter, der Luftzug wehte ihm die Kerze aus, unten im dunkeln Hausgang stand das Mädchen, wie todtenbleich sie war, konnte er nicht erkennen, aber ihre Hand, die sich wie Schutz suchend nach ihm ausstreckte, zitterte stark.

Um Gottes willen, was ist Ihnen begegnet? flüsterte er. Haben Sie ein Gespenst gesehen?

Statt aller Antwort zog sie ihn fort nach einer Thür, die halb offen stand. Aber sie trat nicht über die Schwelle. Da, da! hauchte sie und wies mit der Hand nach dem offenen Fenster, durch das von der Straßenlaterne ein schwacher Lichtschein fiel. Neben dem Fenster stand der Großvaterstuhl des Alten, in welchem, seit die geschwollenen Füße ihm das Herumschlurfen selbst im Hause zur Qual machten, der graue Sünder trinkend und stöhnend, fluchend und auf Gott und Menschen lästernd seinen Tag verbrachte. Er war schon lange nicht mehr in sein Bett gekommen, da im Liegen ihm das Athmen noch größere Noth machte. Auch jetzt saß er da, die Kniee mit einer groben Pferdedecke umwickelt, den Kopf aber, mit offenem Munde und halbgeschlossenen Augen, aus denen nur das Weiße vorschimmerte, gegen die Lehne des alten Großvaterstuhls zurückgesunken, die Hände mit ausgespreizten Fingern von sich gestreckt, auf den Armlehnen ruhend. Auf seinem Schooß aber, den kleinen lockigen Kopf an die eingesunkene Brust des Großvaters gedrückt, lag sein Enkelkind, in einem dünnen Nachtröckchen, aus dem die bloßen Beinchen hervorkamen, ein angebissenes Stück Brot in der kleinen Faust, schlafend, aber im Schlummer leise zitternd, da ihn die eisige Nachtluft überschauerte.

Nur einen Augenblick stand Herr Wilibald, vom Schrecken übermannt, regungslos vor der unheimlichen Gruppe. Dann beugte er sich über das schlafende Knäbchen, hob es sorglich von seinem kalten Sitz und drückte es gegen seine Brust.

Rasch eine Decke! raunte er dem Mädchen zu, die sich jetzt ebenfalls hereingewagt hatte und mit leisem Jammern hinter ihm stand. Er ist kalt wie ein Frosch. Noch eine halbe Stunde, und Gott weiß, ob ihm noch einmal die Augen aufgethaut wären.

Sie lief nach dem kleinen Bett, das im Winkel des kahlen, verwahrlosten Zimmers stand, und holte eilig die wollene Decke, unter der das Kind zu liegen pflegte. So, armer Schelm! sagte der kleine Mann, indem er die weiche Hülle um die erstarrten Gliederchen wickelte, nun wirst du besser schlafen. Das gottsträfliche Ding, die Loni! Um nur wegzukommen zu ihrem leichtfertigen Pläsir, hat sie das Bübchen vorzeitig zu Bette gebracht – da sehen Sie, sein Stück Brot hat er kaum angebissen – und wie es ganz finster wurde und der alte Mann zu röcheln anfing – denn es ist kein Zweifel, der Schlag hat ihn schon vor einer Stunde getroffen – da hat's der Kleine vor Angst nicht länger im

Bett ausgehalten, ist herausgekrochen und dem Großpapa auf den Schooß, daß der mit ihm plaudern sollte, und wie er keine Antwort bekam, hat er sich endlich frierend und hungernd in Schlaf geweint. Sehen Sie, wie ihm die blanken Tropfen noch an den Wimpern hängen, halb zu Eis erstarrt! Armes, verwaistes Menschenkind! Du sollst dich nie wieder so jämmerlich verlassen fühlen!

Er hielt den eingewickelten Knaben fest an sich ge drückt und küßte ihm die bläulich überhauchten Wangen. Das Kind regte sich ein wenig, hielt aber die Augen noch fest geschlossen.

O, Herr Wilibald, flüsterte das Mädchen, ist der alte Mann denn wirklich todt?

Soviel ich mich darauf verstehe, wird er aus der Flasche dort auf dem Fenstersims nie mehr einen Tropfen trinken. Aber Sie erinnern mich mit Recht, liebes Kind. Es wäre zwar für Niemand ein Glück und für ihn selbst das größte Unglück, wenn er noch einmal aufwachte und noch eine Henkersfrist zu überstehen hätte. Indessen muß ich doch einen Arzt holen. Wir bekämen sonst Geschichten mit der Polizei. Da, nehmen Sie unser Kind und tragen es hinauf und bringen es droben zu Bett. In meinem Vorderzimmer ist geheizt; ich dachte Ihnen heut Abend etwas vorzuspielen, »Vom Himmel hoch, da komm' ich her«, und andere schöne Weihnachtslieder. Damit ist's nun nichts. Aber die Stube ist warm, und auf dem Sopha drinnen kann der Hansel schlafen, wir stellen ein paar Stühle vor. Armer Schelm! Nun ist er heut um seine Bescherung gekommen. Denn wenn er auch noch zu jung ist, um die Feierlichkeit des Todes zu verstehen, und von dem Großpapa nicht viel Zärtlichkeit erlebt hat, – in einem Haus, wo eben ein Mensch den letzten Seufzer ausgehaucht hat, kann man doch keinen Weihnachtsbaum anzünden und Schaukelpferde in Galopp setzen. Wenn der Alte begraben ist, holen wir's nach. Sollte das Kind aufwachen, so können Sie ihm erst eine Tasse Thee geben und dann einen Apfel und einen Pfefferkuchen, damit er wenigstens weiß, daß auch für ihn Heiligabend ist. Aber erst zu Bett, geschwinde! Soll ich Ihnen helfen?

Aber Herr Wilibald! Wie oft hab' ich ihn die Treppe hinaufgetragen! Sehen Sie, er bekommt schon wieder ein bischen Farbe. Soll ich ihn aber nicht lieber gleich in mein Bett legen?

Sie werden die Güte haben, Fräulein Eufrosine, pünktlich nach meinen Anordnungen zu verfahren. Ihre Schwelle, wissen Sie wohl, darf ich nicht betreten, wenn auch unser neuer Hausherr, den Sie da im Arm halten, Ihnen darum nicht kündigen würde, wie sein Vorgänger und Vorfahr, wenn Sie jetzt Herrenbesuche empfingen. Ich muß aber durchaus in der Lage sein, im Wachen und Schlafen nach ihm zu sehen, und will mich in dieser Pflicht nicht genieren lassen, wenn ich Ihnen auch für eine freundliche Unterstützung dabei dankbar sein werde. Jetzt vor allen Dingen aber da hör' ich die ungetreue Dienerin sich ins Haus einschleichen, die soll nun nach dem Doctor springen, während ich unten Wache halte und Sie oben für die Nachtruhe des jungen Herrn sorgen. Sputen Sie sich, liebes Frosinchen! Sie finden alles zum Thee Nöthige auf meinem Tische.

Damit trieb er das Mädchen hinaus und ging der Magd entgegen, der ihr böses Gewissen gerathen hatte, sich, so heimlich sie konnte, in ihre Kammer zu flüchten.

*

Nach einer halben Stunde stieg Herr Wilibald die Hühnerstiege, wie er sie nannte, wieder hinauf und trat, auf den Zehen gehend, um das Kind nicht zu wecken, in sein Stübchen, jenes, das Frosinchens Zimmer gegenüberlag, und in welchem man sich zwischen dem Bett, dem Kleiderschrank und Schreibtisch kaum herumdrehen konnte. Er fand die junge Nachbarin, die noch immer blaß aussah und einen Schimmer von Feuchte um die Augen hatte, an seinem Arbeitstische, der heute abgeräumt war, mit dem Theemachen beschäftigt. Er schläft noch immer? fragte er. – Sie nickte bejahend. – Um so besser! Unten ist auch Alles still. Der Doctor hat einen Gehirn- oder Herzschlag constatiert. An beiden Hauptsitzen des Lebens war's bei dem Alten nicht mehr richtig. Wir haben ihn dann auf sein Bette getragen, da es nicht wohl angeht, ihn so rechtwinklig in die Grube fahren zu lassen, und bis morgen, wo die Seelnonne bestellt wird, ist nun nichts mehr zu thun. Aber lassen Sie mich jetzt meinen Jungen sehen. Es ist doch Licht drinnen?

Sie nickte wieder und folgte ihm in das dreifenstrige Vorderzimmer, wo das Pianino stand und die besseren Möbel, die noch aus der reichlichen ersten Zeit des Inwohners herstammten. Zwei schmale Büchergestelle standen an den Fensterpfeilern, ein Schränkchen mit Notenheften neben dem Instrument. Auch hingen an den Wänden einige nicht schlechte Lithographieen, Porträts großer Musiker der klassischen Zeit, die der »Bach-Anbeter« auf einer Versteigerung erstanden hatte und sehr in Ehren hielt. Ihre Rahmen und das Pianino waren im Winter gewöhnlich bestaubt, da der Raum schwer zu heizen war und Herr Wilibald sich daher fast nur in seinem Schlafstübchen aufhielt. Heute aber hatte Frosinchen, nachdem sie den Knaben auf dem Sopha gebettet, gleich ein wenig nach dem Rechten gesehen, und Alles nahm sich im Handumdrehen hübscher und sauberer aus. Die Lampe war hinter das Kopfende des Schlafenden gestellt, doch war deutlich zu sehen, daß das runde Gesichtchen wieder in gesunder Röthe athmete.

Sie standen Beide eine Weile still hinter der Verschanzung der beiden Stühle und horchten auf den leichten Athem des Schlummernden. Dann ergriff Herr Wilibald die Lampe und beleuchtete vorsichtig von der Seite den Kopf des Kindes.

Sehen Sie, Frosinchen, flüsterte er, er hat auch nicht einen Zug vom Großpapa, sondern sieht seiner guten Mutter gleich. Er wird sich nie an einem Förster vergreifen, und wenn er, was ich nicht hoffe, sich zum Geschäft des Milchmanns berufen fühlen sollte, wird er doch nie so sündhaft viel Wasser in die Milch schütten, wie sein nunmehr in Gott ruhender Ahne leider zu thun pflegte. Ich werde Freude an ihm erleben und nicht so einsam aus dieser Welt gehen, wie ich mir immer mein Schicksal vorgestellt hatte.

Glauben Sie, Herr Wilibald, daß man Ihnen den Hansel lassen wird? Es soll noch ein Onkel oder Großonkel von ihm leben.

Der wird froh sein, wenn Jemand die Güte haben will, ihm diese Sorge abzunehmen. Sobald der Alte beerdigt ist, werde ich die nöthigen Schritte thun, den Knaben rechtskräftig zu adoptieren. Sie scheinen irgend welche Zweifel zu haben, Fräulein Eufrosine, daß ich recht und gut daran thue. Sagen Sie nur frisch von der Leber weg, was Sie dabei Bedenkliches finden.

Er stellte die Lampe weg, beugte sich dann zu dem Knaben hinab und küßte ihn leise auf die Stirn. Dann legte er die Hände auf den Rücken und ging sacht im Zimmer auf und ab, als ob er eine längere Rede des Mädchens erwartete.

Sie stand aber ganz still neben dem Sopha und betrachtete das Kind. Und erst nach einer ganzen Weile sagte sie, kaum hörbar: Er wird einen guten Vater an Ihnen haben. Aber er hat doch keine Mutter.

Herr Wilibald blieb stehen.

Keine Mutter? sagte er mit unsicherer Stimme. Was meinen Sie damit? Die Loni freilich, auch wenn ich sie behalten wollte nach dem, wie sie sich heute aufgeführt hat, – mütterliche Qualitäten besitzt sie nur im allergeringsten Maße. Aber Sie, Fräulein Frosinchen, haben Sie nicht bisher bei dem kleinen Burschen ein bischen Mutterstelle vertreten, und könnten Sie Ihre Hand von ihm abziehen, jetzt, da er's noch viel nöthiger brauchte?

Wieder schwieg sie eine Weile. Dann beugte sie sich auf den kleinen Kopf herab und streichelte ihm sanft das Haar. O ich –! stammelte sie – ich kann ja nicht im Hause bleiben!

Warum nicht, Fräulein Frosinchen?

Ich – es würde doch – nein wirklich, es würde nicht gehen. Und Sie werden nun gewiß heirathen, schon um nicht allein für den Hansel sorgen zu müssen. Da hätten Sie keinen Platz im Hause, wenn ich bliebe.

Sie bückte sich jetzt noch tiefer auf das Bett und steckte die Decke fester, die dem Knaben von der Brust gefallen war. Da hörte sie Herrn Wilibald dicht hinter sich sprechen:

Sind Sie bei Trost, Kind? Kommen Sie! Sehen Sie mir einmal ins Gesicht und sagen Sie mir, ob das Ihr Ernst ist. Aber nein, wir wecken den Kleinen auf mit unserm Schwatzen. Gehen wir ins andere Zimmer. Sie müssen mir eine Tasse Thee geben. Ich bin ganz verlechzt. Solch ein Unsinn! Und Sie sind sonst ein so kluges Mädchen.

Er ging auf den Zehen in sein Schlafstübchen, und sie schlich mit gesenktem Kopf hinter ihm drein. Aber während sie sich mit dem Thee zu schaffen machte, trieb ihn ein rastloser Geist hin und her, in den Flur hinaus, wo im Dunkeln die Lebkuchen und der Tannen baum dufteten, an die Stiege, wieder ins Zimmer zurück, immer die Hände auf dem Rücken, und auch die Tasse, die ihm seine stille Nachbarin einge- schenkt, berührte er nicht. Obwohl der kleine alte Ofen ausgebrannt war und die Thür nach dem Flur offen stand, glühte ihm das Gesicht, und ein paarmal fuhr er sich mit dem Tuch über die Stirn.

Sie war auf einen Stuhl neben dem Theetischchen gesunken und starrte vor sich hin.

Frosinchen, sagte er jetzt und blieb vor ihr stehen, ich habe Ihnen erklärt, daß und weßhalb ich nicht heirathen will. Können Sie im Ernst glauben, was ein Mädchen nicht für meine schönen Augen thun möchte, würde sie jetzt lieber thun, da ich gleich einen vierjährigen

Sohn in die Ehe mitbrächte? Aber ich wiederhole Ihnen: Eine, der es überhaupt nur ums Heirathen zu thun wäre – so wenig ich dazu berechtigt bin, mir auf meine persönlichen Vorzüge etwas einzubilden – eine Solche zu nehmen, wäre ich zu anspruchsvoll. Wenn es nicht die Beste wäre – mit der Ersten Besten nähme ich nicht vorlieb.

Warum soll es nicht die Beste sein? kam nun ganz schüchtern von ihren Lippen. Ein Mann, wie Sie, der so gescheit ist und so viel Bildung hat und so ein gütiges Herz – jedes Mädchen müßte ja stolz sein –

Sie scheinen Ihr Geschlecht nicht zu kennen, Frosinchen. Der windigste Patron, wenn er seine geraden Glieder hat und ein recht keckes Lachen unterm Schnurrbart, oder gar in zweierlei Tuch steckt, ein nichtsnutziger Schwerenöther, der nichts weiß und kann, als Weibern den Kopf verdrehen, lassen Sie den sich neben mich stellen, und das beste Mädchen greift blindlings nach ihm und macht mir einen spöttischen oder mitleidigen Knix. Sehen Sie, Kind, Sie selbst, die Sie eine der Allerbesten sind und meine gute Freundin, sagen Sie ehrlich, wenn man Ihnen zumuthete, einen Krüppel, dem die Gassenbuben nachlaufen, zum Mann zu nehmen, würden Sie das nicht für eine Beleidigung halten?

Sie schauerte in sich zusammen und senkte das runde Kinn tiefer auf die Brust. O ich! hauchte sie wieder, von mir kann ja überhaupt nicht die Rede sein.

Warum kann von Ihnen nicht die Rede sein, Frosinchen? Weil Sie ein stolzes Mädchen sind, das sich lieber hart durchs Leben schlagen will, als um Gottes willen einem Krüppel Ihre Hand geben, den Sie zwar achten, aber nicht lieben können, nur um, was man so nennt, versorgt zu sein? Ich nehme Ihnen das wahrhaftig nicht übel, vielmehr, ich schätze Sie nur höher deßwegen. Aber sehen Sie nun wohl, genau so wie Ihnen, geht es all Denen, die ich mir allenfalls zur Frau wünschen könnte. Und wenn Sie daher nur fortfahren wollen, mir ein wenig gut zu sein und den Kleinen lieb zu behalten, – daß böse Zungen darüber schwatzen könnten, darf uns nicht kümmern, und ich, ich verspreche Ihnen feierlich: nie wieder werde ich Ihnen so verfängliche Fragen stellen. Ich werde es still für mich behalten, daß ich Sie – daß Sie mich unendlich glücklich machen durch Ihre Liebenswürdigkeit, und werde immer besser lernen, unsinnige Wünsche zu ersticken, und wenn Sie nur so lange es noch mit mir aushalten, bis wir unsern Jungen aus dem Gröbsten heraus haben, daß wir ihn in die Schule schicken können, und es findet sich dann Einer, der Ihnen gefällt und Ihrer werth ist – ich ich versichere Sie, ich werde mich aufrichtig zu freuen suchen und – aber entschuldigen Sie – ich glaube, der Hansel rührt sich drinnen – ich muß nur einmal –

Er hatte sich mit großer Mühe bezwungen, daß ihm die Stimme bei den letzten Worten nicht versagte, und verließ jetzt eilig das Zimmer. Als er nach einer ziemlich langen Zeit wieder hereintrat, war der Stuhl beim Theetisch leer, auch im Flur kein Frosinchen zu entdecken und die Thür drüben, die den ganzen Abend offen geblieben war, verschlossen.

*

Das Holzwerk in dem alten Häuschen war aber nicht so dicht gefugt, daß nicht durch die Kammerthür drüben ein schmaler Lichtstreifen in den Flur gedrungen wäre, an welchem Herr Wilibald erkannte, das geflüchtete Mädchen habe gar nicht daran gedacht, zu Bett zu gehen, sondern diesen aufregenden, für eine fröhliche Weihnacht so wenig geeigneten Gesprächen sich nur entziehen wollen. Nach dem ersten unmuthigen Gefühl ergab er sich auch darein und fand ihr Betragen heute wie immer sehr schicklich. Was konnte dabei herauskommen, daß sie nach diesen seltsamen Bekenntnissen noch zusammen aufblieben, zumal der Hansel keine Miene machte, aufzuwachen? Mit stiller Resignation betrachtete er den verfrühten Aufbau, sah dann wieder nach dem Lichtstreifen an der Thür, hinter der kein Laut zu hören war, seufzte aus seiner engen, einsamen Brust heraus und begab sich dann auf den Zehen in sein Zimmer zurück, das ihm noch eben durch die hausmütterliche Gegenwart seiner Nachbarin so traulich geworden war und jetzt wieder unwohnlich und nüchtern erschien. Auch der Thee war kalt geworden. Er trank aber doch die Tasse langsam aus, starrte ein Weilchen durch die trübe angelaufenen Scheiben in die todtenstille Winternacht hinaus und schlich sich endlich in das Vorderzimmer. Hier, neben dem ruhig schlafenden Kinde, überfiel ihn das Bewußtsein seiner Hoffnungslosigkeit mit solcher Macht, daß selbst die Nähe des ihm vom Himmel bescherten lieblichen kleinen Gefährten ihn nicht beschwichtigen konnte. Seine Seele lechzte nach Musik. Er öffnete leise das Instrument, setzte sich davor und begann, ganz sacht die Tasten berührend, jenes

Weihnachtslied zu spielen, mit dem er so viel lauter und fröhlicher den heiligen Abend zu verherrlichen gedacht hatte.

Als er die schöne alte Melodie ein paarmal durchgespielt hatte und sich zufällig umsah, erblickte er das Knäbchen, das aufgewacht war und auf seinem Lager aufgerichtet mit großen Augen zu ihm hinhorchte. Geschwind war er bei ihm, setzte sich auf einen der Stühle vor dem Sopha und umfing den kleinen Leib mit seinen Armen. Das Kind glaubte offenbar noch zu träumen, da es sich auf einem ungewohnten Lager fand, nicht im Zimmer des Großvaters, sondern Wärme und Helle ringsum, und nachdem es vollends zu sich gekommen war und sich hatte sagen lassen, es werde nun immer hier oben bei Onkel Wilibald bleiben, der Großpapa sei fortgegangen und komme nicht wieder, fragte es mit sichtbarer Verstimmung, ob denn Tante Frosinchen nicht komme, die ihm ein Christkind versprochen habe. – Sie sei schon zu Bett gegangen, da sie geglaubt, der Hansel werde heut nicht mehr aufwachen, und das Christkind habe das auch geglaubt, aber noch etwas für den Hansel zurückgelassen, damit er vorläufig was zu naschen hätte. – Darauf holte der Pflegevater einen Pfefferkuchen und einen rothbackigen Apfel – der Lichtstreifen drüben war noch immer nicht erloschen – und setzte sich wieder zu dem Knaben, auf seine Fragen antwortend und sich immer daran freuend, wie glücklich die jungen Augen leuchteten, während er seinen Schmaus hielt und sich von den Herrlichkeiten, die seiner warteten, erzählen ließ. Herr Wilibald gönnte sich's eigentlich nicht, dies allein mit anzusehen. Aber er konnte sich nicht überwinden, drüben an die Thür zu klopfen, die sich ihm so eigensinnig verschlossen hatte. Auch schüttelte er den Kopf, als Hansel aufstehen und zu Tante Frosinchen hinüber wollte, redete ihm zu, ein braver Junge zu sein und ruhig weiter zu schlafen, und als die Augen wieder kleiner wurden und der Lockenkopf sacht auf das Kissen zurücksank, fuhr er ihm noch einmal liebkosend über die Stirn, ergriff die Lampe und verließ damit das Zimmer.

Sein erster Blick fiel auf etwas Weißes, das nahe an der Schwelle lag: ein beschriebenes Blatt Papier, wohl von seinem Schreibtisch dorthin verzettelt. Als er es aber, ordentlich wie er war, aufhob und betrachtete, – nein, das war nicht seine Schrift – kleine Buchstaben einer etwas ungeübten Hand, vier ganze Seiten, unterschrieben: Eufrosine. Die Lampe zitterte ihm in der Hand, er stellte sie hastig auf den Tisch und setzte sich auf den Stuhl, von dem die Briefschreiberin so verstört aufgesprungen war. Sie mußte diese Epistel eben erst verfaßt und durch die Spalte, die auch an seiner Thür nicht fehlte, ihm ins Zimmer geschoben haben. Aber was hatte sie ihm zu schreiben, das sie ihm nicht zu sagen sich getraute?

Nun las er mit Herzklopfen das Folgende:

»Hochgeehrter Herr Wilibald!

Verzeihen Sie, daß ich Sie noch so spät schriftlich belästige, ich kann aber nicht bis morgen warten und könnte es Ihnen auch dann nicht mündlich sagen, ich würde kein Wort herausbringen, wenn Sie mich dabei ansähen. Ach Gott, es wird mir so schwer! Ich dachte, Sie würden es nie zu erfahren brauchen, denn wenn Sie es wissen, werden Sie nicht mehr so gut von mir denken, wie bisher, und wenn es auch unverdient war, ich war so glücklich, wenn Sie mich manchmal Ihre kleine Freundin nannten, aber es war doch unrecht von mir, daß ich Ihre Güte und Freundlichkeit annahm, die ich nicht werth bin, und nun gar, was Sie mir soeben gesagt haben, ach, hochgeehrter Herr Wilibald, es hat mich so tief beschämt, denn so etwas ist mir nie im Traum eingefallen, ich habe Sie immer so hoch verehrt, ich wunderte mich, wie Sie nur überhaupt mit einer so geringen, ungebildeten Person sich unterhalten mochten, auch wenn Sie sie für viel besser hielten, als sie ist. Daß Sie nun aber gar daran denken konnten, was Sie mir sagten und was ich noch immer gar nicht glauben kann, – nein, Herr Wilibald, es hat mich zu tief beschämt, wenn ich auch weiß, daß es mehr Ihr Mitleid war mit einem einsamen Mädchen, als Sie wissen, was ich meine, – und weil der Hansel doch eine mütterliche Pflege braucht, wenn er sich auch keinen bessern Vater wünschen könnte – aber nein, es ist ganz unmöglich, Herr Wilibald, und nicht, wie Sie glauben, weil man Sie nicht lieben könnte, das würde ja eine viel Bessere, Schönere und Gescheitere als ich thun müssen, wenn sie Sie kennte, wie ich, denn Sie sind ja der Allerbeste und Gütigste und haben so hohe Gedanken und sind doch so wenig stolz, und mir ist immer, wenn ich mit Ihnen zusammen bin, als wäre ich selbst ein besserer Mensch, und fühlte mich immer so glücklich, daß ich kein anderes Glück mir vorstellen könnte, als es möchte immer so bleiben und ich dürfte Ihnen zeigen, wie selig ich war, wenn Sie mir nur einmal die Hand gaben und mich freundlich anschauten. Ach Gott, das wird nun nie wieder so sein. Aber vorher muß es mir vom Herzen. Denn ich will lieber, daß Sie schlecht von mir denken, das heißt, so wie ich es verdiene, als daß Sie traurig werden, weil Sie glauben, ich wüßte das Glück, das Sie mir vorgehalten, nicht zu schätzen und Sie könnten überhaupt ein Mädchen nicht glücklich machen.

Ach, Herr Wilibald, wie soll ich aber anfangen? Sie wissen ja, wie traurig ich war die erste Zeit, als ich hier im Hause wohnte, und daß Sie im Scherz sagten, ich müßte dafür sorgen, daß ich meinem Namen keine Schande machte, denn eigentlich sollte ich ja Frohsinnchen heißen. Das hätte nur zu mir gepaßt, solange ich noch ein ganz junges Schulkind war und meine gute Frau Pathe noch lebte, die reiche Frau Baronin, bei der meine Mutter Kammerfrau gewesen war, bis sie meinen Vater, den Spänglermeister heirathete, und wie ich auf die Welt kam, hielt mich die Frau Baronin über die Taufe, und ich bekam ihren Namen und ein schönes Pathengeschenk, und auch hernach sorgte sie immer für mich, daß ich hübsche Kleidchen bekam, und als ich gefirmelt wurde, schenkte sie mir die Uhr, die ich noch habe, und sagte, sie würde auch später etwas für mich thun, und dann mußte sie plötzlich sterben und nicht lange hernach auch mein guter Vater. Und weil es der Mutter nun hart ging und sie hatte noch meine drei Geschwister durchzubringen, da bin ich in Dienst gegangen, kaum fünfzehn Jahre alt, als Kindermädchen, und kam in ein vornehmes Haus, und lernte allerlei, und die gnädige Frau war mit mir zufrieden, und ich wurde eine Bonne, und hatte einen leichten Dienst. Und wenn der gnädige Herr so brav gewesen wäre wie die gnädige Frau, wäre ich vielleicht noch da, aber sie wurde eifersüchtig, und ich mußte aus dem Haus, und dann kam ich hierher in die Stadt und trat in das Geschäft, aber ich hatte schwere Zeit und schlechten Verdienst und sonst noch – – Sie glaubten, als Sie mich kennen lernten, ich hätte nur den Kummer um meine Mutter, die damals so lange krank war, und der ich nichts thun konnte, als ihr meinen halben Wochenlohn schicken. Nein, Herr Wilibald, es war etwas viel Schlimmeres. Meine liebe Mutter hat der liebe Gott wieder gesund werden lassen, mir aber kann selbst der Allmächtige nicht helfen, denn was geschehen ist, kann auch der liebe Gott nicht ungeschehen machen. Und so muß es denn heraus: ich habe vor drei Jahren ein Verhältniß gehabt, ich war ein dummes junges Ding damals, bildete mir was darauf ein, daß die Leute mich hübsch fanden, besonders Eduard, der noch dazu ein Maler war und es doch verstehen mußte, und er blieb ja auch auf der Straße stehen, als ich mal an ihm vorbeiging, und dann ging er mir nach und redete mich an, ob ich ihm nicht zu einem Bilde sitzen wollte, er müßte die Mutter Gottes malen und hätte kein Gesicht gefunden, das ihm besser dazu paßte, und so gottlose Reden mehr. Und ich war stolz und einfältig und glaubte ihm Alles und kam in sein Atelier, und weil er selbst ein schöner Mensch war und sehr anständig schien und zuerst mich wie eine Prinzessin behandelte, war ich auch ganz sicher, bis ich endlich selbst bis über die Ohren in ihn verliebt war und alle guten Vorsätze und die Ermahnungen meiner armen Mutter vergaß und –

Nun wissen Sie's, Herr Wilibald, und so bitterlich ich jetzt weinen muß, weil mir zu Muth ist, als hätt' ich mein eigenes Todesurtheil unterschrieben, es ist mir jetzt doch leichter ums Herz, denn ich habe zu sehr gelitten, weil ich Sie die anderthalb Jahre immer betrogen habe und Sie hielten mich für ein tugendhaftes Mädchen. Ich habe freilich, nachdem er mich verlassen hatte, die Sünde abzubüßen versucht und mir nicht das Kleinste mehr zu Schulden kommen lassen, und wie ich ihm späterhin zufällig wieder begegnet bin, habe ich, obwohl er wieder mit mir anbinden wollte, kein Wort zu ihm gesprochen, sondern von ihm weggeschaut, wie von einem häßlichen Thier, denn damals kannte ich Sie schon, und so schön er war, mir kam er abscheulich vor, und alle Liebe in mir war ausgelöscht, daß ich nicht einmal begriff, wie ich ihn überhaupt hatte lieb haben können. Aber das hilft alles nichts, den Flecken auf meiner Ehre und auf meinem Gewissen wäscht die Reue und alle Thränen, die ich drum geweint habe, nicht weg; ich kann nie die ehrliche Frau eines Ehrenmannes werden, und wenn ein viel weniger respectierlicher Mann um mich anhalten würde als Sie, ich müßte ihm doch die Wahrheit gestehen, und dann würde er mich stehen lassen, und mit Recht.

Und nun erflehe ich nur die eine Gnade von Ihnen, hochgeehrter Herr Wilibald, daß Sie mir jedes Wort, was ich da geschrieben habe, glauben möchten, und wenn es auch mit Ihrem Wohlwollen vorbei sein muß, daß Sie mich für kein ganz verlorenes Wesen halten, sondern mir zutrauen, ich würde, so lang ich noch lebe, nicht vergessen, daß ich Sie einmal kennen gelernt habe und immer mich so betragen werde, daß Sie es sehen und gutheißen könnten. Einmal, bald nach meinem Unglück, war ich drauf und dran, ins Wasser zu gehen. Ich that es aber nicht, weil ich meiner Mutter den Schmerz nicht anthun und meine Hülfe ihr nicht entziehen durfte. Von jetzt an werde ich zu leben versuchen, um es zu verdienen, daß Sie, hochgeehrter Herr Wilibald, mich ein mal Ihre Freundin genannt haben. Ihnen aber wünsche ich das allerbeste Glück im Leben, wie nur Sie es verdienen und gewiß finden werden, und verbleibe in tiefster Trauer und Ergebenheit auf ewig Ihre

Eufrosine.«

*

Es war todtenstill in dem kleinen Hause. Die Magd unten hatte sich, obwohl sie sich selbst angeboten hatte, bei der Leiche zu wachen, in ihre Kammer geschlichen und war bald eingeschlafen. Aus dem Vorderzimmer, wo der Hansel lag, und gegenüber aus Frosinchens Wohnung drang nicht der leiseste Ton, und nur zuweilen klirrte ein Fensterflügel in Herrn Wilibald's Schlafzimmer, wenn der Thauwind, der immer zudringlicher ums Haus strich, an dem losen Kreuzstock rüttelte.

Aber der kleine Mann drinnen am Tische dachte nicht an Schlafen. Zweimal hatte er den Brief von Anfang bis zu Ende aufmerksam wieder durchgelesen, dann faltete er ihn sorgfältig zusammen und steckte ihn in die neue Brieftasche, die er lange tiefsinnig betrachtete. Es war ihm wieder sehr heiß geworden, und er fühlte eine seltsame Schwere in den Gliedern. Mühsam stand er auf, öffnete einen Flügel des Fensters und lehnte sich weit hinaus. Der Mond war ganz von den hastig ziehenden Wolken verschlungen worden, aber die weiten Schneeflächen leuchteten feierlich zu ihm herauf. Aus einem der Häuser drüben, wo man auch ein Fenster geöffnet hatte, drang ein zweistimmiger Gesang, ein schlichtes Weihnachtslied, auf einem Klavier begleitet. Das that dem einsamen Lauscher unsäglich wohl. Friede auf Erden den Menschen, die eines guten Willens sind! sagte er laut vor sich hin. Dann fing ein Hund an zu bellen, das störte ihm seine schöne Andacht. Er wäre gern hinausgegangen, um nach dem Thier zu sehen, das wohl vor Frost und Hunger heulte. Hatte er aber nicht eine nähere Liebespflicht zu erfüllen, wenn er sich zu den Menschen rechnen wollte, die guten Willens sind? Langsam trat er vom Fenster zurück und zog dann aus seinem Tischkasten einen kleinen Rasier-spiegel – einen größeren an der Wand hatte er nie geduldet – und beschaute sich darin. Ist es möglich! sagte er dabei und schüttelte immer noch zweifelhaft den Kopf. Nun warum sollte es nicht möglich sein? Es geschehen noch Wunder auf dieser Erde, und in der Weihnacht sollte nicht auch an mir einmal eins geschehen?

Er legte das Spiegelchen wieder in das Schubfach und schritt wohl zwanzigmal das Zimmer auf und ab. Dann blieb er stehen, reckte den Kopf so gut es ging in die Höhe und sagte: Was du thun willst, Wilibald, thue bald. Ganz leise öffnete er seine Thüre, und richtig, der Lichtstreifen drüben aus der Kammer seiner Nachbarin blinzelte ihn noch immer an. Da trat er festen Fußes in den Flur hinaus und pochte drüben an.

Ein Geräusch erscholl drinnen, wie wenn Jemand jählings in die Höhe führe. Doch erst auf das zweite Klopfen antwortete die wohlbekannte Stimme kaum hörbar: Herein! Da sah er, eintretend, das Mädchen hoch aufgerichtet am Kopfende ihres schmalen Bettes stehen, wo die Müdigkeit sie einen Augenblick übermannt zu haben schien. Denn sie starrte entgeistert, wie aus einem Traum aufgeschreckt, ihm entgegen, die Hände halb flehend, halb abwehrend vor die Brust erhoben, die heftig arbeitete. Um Gottes willen! sagte sie.

Verzeihen Sie, daß ich noch bei nachtschlafender Zeit hier eindringe, sagte er, aber wirklich, ich könnte keine Ruhe finden, und Sie, wie ich sehe – was haben Sie mir für einen herzlich guten Brief geschrieben! Ich muß Ihnen gleich heute noch dafür danken ein solches Weihnachtsgeschenk nein, es macht mich so glücklich – glauben Sie mir nur –

Er trat näher und wollte ihre Hände fassen. Aber sie drückte sich wie entsetzt in hülfloser Angst gegen das Bett und flüsterte: O, Herr Wilibald, können Sie mich so quälen – Sie waren immer so gut zu mir, und doch –

Ja, Kind, sagte er, ich war dir gut vom ersten Tage an, und seitdem ist es immer klarer und wärmer in mir geworden, und dein Brief hat es mir nun vollends verbrieft und besiegelt, daß ich dich bis an mein Lebensende lieber haben werde, als alle Menschen. Nein, sieh mich nicht so erschrocken an, gieb mir deine Hände, ich muß das Blut in ihnen fühlen, damit ich glaube, du seiest kein holder Spuk, wie er mir manchmal im Traum erschienen, sondern ein geliebtes Menschenbild in Fleisch und Bein. Es ist freilich nicht ganz richtig mit dir. Denn was du da geschrieben hast, daß auch du mich so lieb hast, das beweis't keinen guten Geschmack. Aber am Ende, wenn du einmal einen so verdrehten Kopf hast und wirklich *ich* ihn dir verdreht habe – mein eigner Feind müßt' ich sein, wenn ich nicht in Gottes Namen an dies unverhoffte große Loos glauben wollte. Liebes, einziges Kind, ich danke dir tausendmal, und wenn dir's einmal leid werden sollte, kannst du wenigstens nicht sagen, daß ich dich mit heimlicher Tücke betrogen hätte, meinen größten Fehler trage ich ja sichtbar genug zur Schau, und wenn du dich nicht daran stoßen willst –

Nun hatte er endlich ihre beiden Hände ergriffen und wollte sie an sich ziehen. Aber noch immer starrte sie mit angstvollen Augen ihm ins Gesicht. Haben Sie denn – nicht auch – das *Andere* in meinem Brief gelesen? flüsterte sie, während eine dunkle Glut ihr in die Wangen schoß.

Das Andere? Gewiß habe ich den ganzen Brief gelesen, mehr als einmal. Aber gerade, was du das Andere nennst, das hat mich aus all meinen Bedenken erlös't. Daß du mir das gebeichtet hast, was du so gut hättest verschweigen können, das hat mich vollends überzeugt, was für einen Schatz ich an dir gefunden habe. Wer der Wahrheit so tapfer die Ehre giebt, weil sie ihm sonst das Herz abdrücken würde, würde es der übers Herz bringen, mir ein Gefühl zu heucheln, das nicht in ihm lebte, bloß um einen elenden äußeren Vortheil zu erlangen? O Frosinchen, wie beklage ich dich, daß du in frühen Jahren so Trauriges erlebt hast! Aber es müßte heut nicht der Tag sein, wo der edelste und mildeste Menschenfreund zur Welt gekommen ist, wenn ich jene alte Schuld dir anrechnen wollte, statt sie deiner unerfahrenen Jugend zu Gute zu halten. Du sagst, du könnest die Erinnerung daran nie verwinden. Aber geht es mir nicht ebenso? Muß ich die Erinnerung an die Jugendsünde, daß ich auf den Apfelbaum des Nachbars gestiegen bin, nicht gleichfalls lebenslang mit mir herumtragen, und noch dazu so mit Händen zu greifen?

O, Herr Wilibald, sagte sie in grenzenloser Verwirrung – das – wie können Sie das nur vergleichen – so was Kindisches und meine Sünde und Schande – nein, nein, Sie sagen das nur, damit ich mich nicht schämen soll, weil Sie so barmherzig sind – aber ich glaub's nicht – Sie *können* nicht – nie und nimmer –

Was soll ich nicht können, Frosinchen? Gut von dir denken, obwohl du ein schwaches Weib gewesen bist? Und heut am Heiligabend sollte ich das nicht übers Herz bringen, dich lieb zu haben, weil auch dich die verbotene Frucht gelockt hat, wie unsere Mutter Eva, und dein reines Empfinden einen unheilbaren Knick bekommen hat, wie mein Rückgrat? Was aber die Welt von uns denken und sagen mag, darf uns nicht kümmern. Ihr werden wir nöthigenfalls antworten, was der heute geborene milde Richter den Pharisäern sagte, als sie ihm eine Sünderin vorführten, die sich weit schwerer, gegen ein noch heiligeres Gebot vergangen hatte: Wer unter euch ohne Sünde ist, der werfe den ersten Stein auf sie! Schon um dieses Wortes willen muß man es den Menschen zu Gute halten, daß sie ihn vergöttert haben. Nicht wahr, meine geliebte Braut?

Da stürzten ihr die Thränen aus den Augen. Sie umfing den still vor ihr Stehenden mit beiden Armen und drückte ihre Lippen auf seinen wie verklärt lächelnden Mund. Als sie aber nach dem ersten Taumel des Findens und Festhaltens wieder zu Athem kamen, ergriff sie seine Hand und sagte mit einem reizenden Erröthen:

Kommen Sie! Wir müssen unserm Sohn noch gute Nacht sagen. Ich gelobe es Ihnen, ich will ihm eine gute, gute Mutter sein.

Ich weiß es, erwiderte er, ihre Hand leise streichelnd, aber auch eine strenge, hoff' ich, – so oft er sich beikommen läßt, auf fremde Apfelbäume zu steigen.

Die Dryas.

(1890)

Vom Thurm der Frauenkirche hatte es eben erst Fünf geschlagen. Aber ein Schneesturm tobte durch die Gassen der Stadt und löschte den letzten bleichen Tagesschimmer so völlig aus, als wäre die Nacht schon hereingebrochen. Auch brannten schon seit einer Stunde in dem Atelier des jungen Malers *Ralph* die drei Gasflammen, die ihm zu einer eiligen Arbeit hatten leuchten müssen. Es galt, an einer großen Landschaft die letzten Striche zu thun, um sie »Punkt Heiligabend«, wie der Besteller sich ausgedrückt hatte, seiner Frau ins Weihnachtszimmer hängen zu können. Er war Vormittags selbst gekommen, um den Meister an sein Wort zu mahnen, hatte die ansehnliche Summe, die ausgemacht war, in blanken Doppelkronen auf den Tisch gezählt und Nachmittags zwei handfeste Packträger geschickt, das Werk wie es gehe und stehe von der Staffelei zu holen. Die Leute hatten sich noch eine Weile gedulden müssen; immer noch konnte die letzte Hand sich nicht genug thun. Endlich hatte der Künstler, von seiner eigenen Erschöpfung bezwungen, da er seit dem ersten Tagesschein nicht von der Staffelei gewichen war, das Bild den Boten ausgeliefert und war dann wohl eine halbe Stunde auf dem Stuhl vor dem leeren Gestelle sitzen geblieben, mit geschlossenen Augen in sich hineinstarrend. Es war ihm jedesmal eine peinliche Empfindung, eine seiner Arbeiten in fremde Hände geben zu müssen. Wenn er seinem Werk dann am dritten Ort in schlechtem Licht, unter gemüthlosem Luxus von seelenlosen Augen begafft, wiederbegegnete, beschlich ihn eine peinliche Reue und Scham, als hätte er ein eigenes Kind in die Sclaverei verkauft und müßte mitansehen, wie es mißhandelt würde.

Nun vollends dieses Bild, an das er sechs Wochen lang all seine Liebe gewendet hatte. Die Skizze dazu, nach der Natur gemalt und unter anderen Entwürfen an die Wand geheftet, hatte dem reichen Kunstfreund in die Augen gestochen, und als Ralph äußerte, er könne sich nicht von diesem Stücke trennen, hatte Jener nicht nachgelassen und einen so hohen Preis geboten, daß der Maler in einem Augenblick der Schwäche auf den Antrag eingegangen war, ein großes Bild danach zu malen. Hundertmal hatte er seine Nachgiebigkeit, seinen Geiz verwünscht. Was für Erinnerungen an dieser Waldscenerie hingen, warum jeder Blick auf die sanft ansteigende grüne Halde, von hohen Fichten abgeschlossen, auf das schlanke Stämmchen vorn neben dem Wildbach und die kleine Bank im Schatten darunter ihm das Herz in süßen und bitteren Gefühlen aufwallen machte, hatte er dem Besteller freilich nicht verrathen. Und doch war es ihm wie eine Entweihung, daß er dieses Fleckchen Erde, wo ihm so wohl und weh geworden war, wie nie in seinem Leben, den gleichgültigen Blicken wildfremder Menschen preisgeben sollte.

Es war nun geschehen. Er gelobte sich im Stillen, keinen Fuß je in das Haus des Mannes zu setzen, dem er für schnödes Geld ein Stück seiner Seele verhandelt hatte. Und hätte ihn noch die Noth dazu getrieben! Aber so jung er war, sein Ruf hatte sich schon dergestalt verbreitet, daß ihm jede Leinwand zu jedem Preise, den er machen wollte, frisch von der Staffelei weggekauft wurde.

Ein heftiger Windstoß, der an dem großen Fenster rüttelte, riß ihn endlich aus seinem Brüten. Er stand mühsam, wie aus einem schweren Schlaf sich ermunternd, auf, trug die Staffelei in einen dunklen Winkel seines Studio und begann überhaupt ein wenig aufzuräumen. Es war ja Heiligabend, er erwartete seinen einzigen vertrauten Freund, um unter vier Augen mit ihm sich über die Stunden hinwegzuhelfen, die schwersten des ganzen Jahrs für einsam Lebende, zumal in der Jugend. Dennoch hatte er verschiedene Einladungen in töchtergesegnete

Familien höflich abgelehnt und sich ebenso wenig entschließen können, an den lustigen Veranstaltungen Theil zu nehmen, welche die jüngeren Künstler in ihrer Kneipe vorbereitet hatten. Er wußte, daß sich unter den Fröhlichen und Ausgelassenen die Schwermuth nur drückender ihm auf die Seele legen würde.

Denn freilich, im Sommer hatte es so ausgesehen, als ob er diesen heiligen Abend froher als je feiern würde. Daß er das verscherzt hatte – wenn auch ohne seine Schuld, wie er meinte, – das mußte ihm jede andere Festfreude vergällen.

Er war es aber sehr zufrieden, daß auch sein langer Freund, den sie wegen seiner ungeschlachten Glieder *Enak* nannten, die gleiche Abneigung gegen eine lärmende Weihnachtsfeier empfand und versprochen hatte, auf ein Glas Punsch und einen stillen Schwatz bei ihm vorzusprechen. Dem guten Menschen, der übrigens auch ein guter Maler war und eine besondere Virtuosität in Jagdstücken nach Snyder's Vorbild besaß, sollte es heute Abend so heimlich und behaglich werden, wie ein paar einsame Menschen sich's irgend zu bereiten vermöchten.

Im eisernen Ofen summten und glühten noch die Kohlen, und das hohe Gemach war trotz des wüthenden Decembersturmes leidlich durchwärmt. Ralph aber entfachte noch zum Ueberfluß ein Feuerchen im Kamin, den er neben dem Ofen eigens hatte anbringen lassen, da er nichts lieber that, als in Zwielichtstunden in das helle Feuer schauen und dem Flug der springenden Funken folgen. Er schob das breite Ruhebett, über das ein persischer Teppich geschlagen war, in die Nähe der Feuerstätte, breitete das Bärenfell davor aus und trug ein Tischchen herbei, auf dem etwas kalte Küche und alles zum Punsch Erforderliche einladend beisammen stand. Daneben stellte er den großen Schaukel-stuhl, in welchem Enak seine gewaltige Figur lang auszu-strecken liebte, und nachdem er einen zufriedenen Blick über diese Zurüstung geworfen, wandte er sich dem Fenster zu, wo in den Winkel gepflanzt die dritte Hauptperson des heutigen Heiligabendfestes stand: ein herrlich gewachsenes, frischgrünes Fichtenbäumchen, das mit seinem obersten, kerzengerade aufstrebenden Wipfelzweig bis genau an die Decke des hohen Raumes reichte.

Schon gestern, als er nach der hastigen Arbeit durch die Stadt geschlendert war, um sich ein wenig zu erfrischen, war ihm auf einem der Plätze, wo Weihnachtsbäumchen feil geboten wurden, der stolze

Wuchs dieses jungen Stämmchens aufgefallen, das seine ansehnlichsten Genossen um etliche Haupteslängen überragte. Er hatte dann die Nacht davon geträumt und war in grauer Morgenfrühe wieder hingegangen, besorgt, Andere möchten ihm zuvorgekommen sein. Damit habe es keine Gefahr, versicherte ihm der Händler. So hohe Bäume würden nur selten begehrt, und er wisse selbst nicht, warum er diesen mitgenommen; er habe es ihm aber gleichsam angethan, weil er so schön gewachsen sei und die Zweige so regelmäßig um den Stamm herumstän den. Aber weil er ihn sonst doch schwerlich loswerden würde, gebe er ihn dem Herrn Kunstmaler billig und fordere für das Prachtstück nur so und so viel.

Ralph hatte trotz des unverschämten Preises nicht daran gedacht, zu handeln. Auch ihm schien das Bäumchen es angethan zu haben. Und freilich, so ungefähr hob auch jenes, das die kleine Bank an dem Waldbach überschattete, sein kräftiges Haupt – oder war es nur der Trug seines schwermüthigen Herzens, daß ihn heute so Vieles an die schöne verschwundene Sommerszeit erinnern mußte?

Er hatte den Transport des Fichtchens die drei steilen Treppen zu seinem Atelier hinauf selbst geleitet und darüber gewacht, daß keiner der weit ausladenden Zweige geknickt wurde. Ueber Tag, in jenem Winkel am Fenster, hatte sein Weihnachtsbaum ihm dann Modell gestanden, und die Arbeit nach der lebensgroßen Natur war dem Bilde noch sichtbar zu Gute gekommen.

Nun trat der Maler zu dem stillen Gefährten seines Fleißes und sog mit vollen Zügen den kräftigen Harzgeruch und die Waldfrische ein, die aus dem Labyrinth des Nadeldickichts ihm entgegenströmte. Nachdenklich vertiefte sich sein Blick in das geheimnißvolle Innere des Astwerks, und seine Hand strich liebkosend an einem der Zweige entlang, ohne auch nur eine der kleinen derben glatten Nadeln abzustreifen. Du bist schön, sagte er vor sich hin, und hast so jung dein bischen Leben hingeben müssen, armer Geselle! Dir wäre jetzt wohler draußen in deinem Wald, trotz der Schneelasten, die du tragen müßtest, als hier in der dumpfen Ofenluft. Aber auch Anderen geht es nicht besser, denen es noch schärfer in Mark und Bein fährt, wenn sie losgerissen werden, wo sie Wurzel geschlagen zu haben glaubten. Komm, wir Beide wollen den Kopf nicht hängen lassen, sondern uns putzen und gute Miene zum bösen Spiel machen!

Wenn er vom Putzen sprach, so hatte er durchaus nicht im Sinn, den schönen dunklen Baum mit allerlei Zierwerk, vergoldeten Nüssen, Gold- und Silberketten zu behängen. Sein Künstlerauge hatte, seitdem er die Knabenschuhe ausgetreten, diesen kindlichen Schmuck der Weihnachtsbäumchen abscheulich gefunden, als eine Entstellung der edlen natürlichen Gestalt, in welcher die Kinder des Waldes aufwachsen. Aber der Glanz des heiligen Abends sollte denn doch auch in dieser Künstlerwerkstatt von dem Baume ausstrahlen. Aus einem hohen geschnitzten Schrank nahm der Maler einen wohl zwei Fuß im Umkreis sich ausbreitenden Stern, dessen gläserne Strahlen in bunten Farben leuchteten. Hinter dem Kern, einer kreisrunden Kapsel aus Rubinglas, war ein Lämpchen angebracht, das theilte sein Licht den farbigen Strahlen mit, die alle davon wie in einem sanften Feuer zu entbrennen schienen. Behutsam stieg der Maler auf einem Leiterchen bis zur Gipfelhöhe des Baumes hinan und befestigte dort das magische Leucht werk, das schon bei manchem Künstlerweihnachtsfest eine Rolle gespielt hatte. Auch heute goß es seinen Schimmer so freundlich herab, daß die oberen Zweige wie in Korallen oder Smaragden verwandelt schienen und Ralph sich eine Weile oben auf der Leiter an dem märchenhaften Anblick weiden mußte, ehe er wieder herunterstieg. Er löschte dann sogleich die Gasflammen; nun war eine reizende Dämmerung ringsum, – die Glut im Kamin schien nach dem Stern hinaufzuwinken und die Strahlen droben das verwandte Element in der Tiefe zu grüßen. Nur eine dreiarmige römische Messinglampe trug der Maler noch auf das Credenztischchen; er wollte sie aber erst anzünden, wenn der Gast sich eingestellt hätte.

*

Es war nun so heimlich in dem hohen, halbdunklen Gemach, von den Wänden blickten die schönen Studien aus dem ernsten Norden und dem lachenden Süden den jungen Meister, der sie auf die Leinwand gebannt, so vertraulich an: die helle Brandung an den Nordseeklippen, die stille blaue Flut an dem hochgethürmten Strande von Amalfi, die leuchtenden Seeen der Lombardei und die Buchenwälder und dunklen Marschengelände Holsteins. Seine Augen aber kehrten immer wieder zu der kleinen Skizze von jener grünen Halde am Wildbach zurück und blieben an den Zweigen der jungen Fichte hangen, die das Bänkchen unten im hohen Grase beschatteten.

Draußen wurde das Unwetter immer ärger; der Sturm trieb den Schnee in große Massen geballt gegen die klirrenden Scheiben und fuhr sausend durch den Schlot herab, daß die Flammen hoch aufprasselten. Den Maler überlief ein fröstelnder Schauer. Er ging, die Hände in die Taschen vergraben, eine Weile mit halbzugedrückten Augen im Kreise herum, schwer athmend, mit brennender Stirn und klopfenden Schläfen, bis die Ermüdung ihn still zu stehen zwang. Da nahm er aus dem Geigenkasten, der neben seiner Palette lag, das alte schwärzliche Instrument heraus, das in seiner Familie schon vom Urgroßvater herab sich vererbt hatte, und that ein paar Bogenstriche. Aber das kräftige Beschwichtigungsmittel versagte heute; auch war die gute Freundin bedenklich verstimmt. Mechanisch machte er sich daran, die reine Stimmung wieder herzustellen; als es ihm aber gelungen war, legte er die Geige auf seine Pinsel und wandte sich mit einem tiefen Seufzer ab, dem Kamine zu. Da stand er und starrte lange in das Geflacker und schürte den Brand und warf sich dann auf das Ruhebett und seufzte wieder. In diesem Augenblick fühlte er sich so unselig und verlassen, als könne es auf der weiten Welt keinen Menschen geben, der einen trostloseren heiligen Abend erlebte.

Auf dem Kaminsims lagen neben allerlei kleinen antiken Figürchen in Bronce etliche Skizzenbücher aufgeschichtet. Das oberste haschte seine Hand, von selbst schlug das Blatt sich auf, das er unzähligemal betrachtet hatte: der Umriß eines schönen Mädchenkopfes halb vom Rücken gesehen, das Profil mit einem reizenden Lächeln zurückge-wendet, das Haar in einen starken Knoten hoch aufgebunden, so daß ein kleiner Kranz krauser Löckchen über dem Nacken sichtbar wurde. Ein Zug von Muthwillen und junger Schelmerei belebte Mund und Augen des lieblichen Gesichts, und die Unterlippe schien von einem schalkhaften Trotz geschwellt, daß man sich zugleich angezogen und gewarnt fühlte, mit dieser gefährlichen Person sich in kein Herzens-abenteuer einzulassen, da sie selbst von ihrem Herzen noch nicht das Mindeste zu wissen schien.

Nur einen raschen Blick warf der Maler auf das Blatt, fast als habe er sich nur versichern wollen, ob das Gesicht noch immer den gleichen unbarmherzig lustigen Ausdruck habe. Dann ließ er das Buch aus der Hand gleiten und lehnte sich auf dem Divan zurück. Die strenge Arbeit des Tages machte sich fühlbar, auch konnte er den Freund noch vor

einer Stunde kaum erwarten. So schloß er die Augen und versank in
einen dumpfen Halbschlummer.

*

Nicht lange aber konnte er so geruht haben, da rüttelte ihn ein tobender
Windstoß auf, der mit solcher Macht gegen das Haus fuhr, daß es in
seinen Grundvesten erzitterte und in allen Fugen erkrachte. Der junge
Maler öffnete schlaftrunken die Augen, aber was er sah, war dazu
angethan, ihn sofort zu hellem Wachen zu ermuntern.

Das Ungestüm der Windsbraut hatte die mittlere große Scheibe seines
Atelierfensters aufgerissen und trieb den Schnee in einer dichten
weißen Wolke mitten in das Gemach. Da aber, wo auf dem Teppich
die schweren Flocken nach und nach zu einem kleinen Hügel an-
schwollen, blieb es nicht lange regungs- und gestaltlos. In dem Schnee-
häuflein wurde es lebendig, ein wunderliches Zucken und Schwellen
begann, und plötzlich hob sich aus der schimmernden feuchten Masse
eine luftige Gestalt, die aus der Nebelhülle sich herauswand und nun
frei auf winzigen Füßchen sich zu bewegen begann.

Der Maler, den der Wunderanblick völlig zur Bildsäule erstarrt zu
haben schien, folgte mit weitgeöffneten Augen jeder Regung des
sonderbaren Wesens. Es schien ihm die Größe eines etwa zehnjährigen
Mädchens zu haben, zugleich schlanker und schmächtiger und doch
mit den voll ausgereiften Formen eines jungen Weibes. Die aber
blickten nur hin und wieder bei einer hastigeren Bewegung aus dem
Schleier hervor, den das wallende aschgraue Haar, das bis zu den
Knieen reichte, rings um die zarte Gestalt flattern ließ. Das Gesicht
konnte er nicht gleich erkennen. Denn ohne auf ihn zu achten, schritt
oder schwebte vielmehr der zierliche Spuk auf das Bäumchen am
Fenster zu und stand dort eine Weile still, zu dem Stern hinauf-
schauend, während kleine weiße Hände aus dem Lockenmantel
hervortauchten und eifrig die glatten Nadeln der unteren Zweige zu
streicheln begannen.

So gespenstig das Alles sich ausnahm, so fühlte der heimliche Zeuge
der wunderlichen Scene doch nicht das geringste Grauen, nur ein
gewisses Befremden darüber, daß es ihm mit keiner Gewalt möglich
war, sich von seinem Sitz zu erheben, oder nur einen Laut von den
Lippen zu bringen. Er meinte, nie etwas Anmuthigeres gesehen zu
haben, als die kleine weiße Gestalt, die dort das Bäumchen liebkos'te,

und das Verlangen regte sich in ihm, wenigstens mit ein paar flüchtigen Strichen die Erscheinung in seinem Büchlein festzuhalten. Da wandte die kleine Fremde sich plötzlich nach ihm um und kam mit gelassenen Schritten, immer den Boden kaum berührend, auf ihn zu.

Nun sah er auch ihr Gesicht. So viel er bei dem Zwielicht und dem Feuerschein aus dem Kamin unterscheiden konnte, waren die weichen, kinderhaften Züge von einem leidvollen Ausdruck beseelt, der dem schmalen Gesichtchen, noch dazu in der wunderlichen Umrahmung der grauen Haare, etwas anziehend Frauenhaftes gab. Der kleine blutlose Mund schien nie gelächelt zu haben, aber auch nie durch einen bösen Hauch von Haß oder Tücke entstellt worden zu sein.

Das Wunderbarste aber waren die großen ruhigen Augen von smaragdenem Glanz, mit langen Wimpern umsäumt, die niemals auf und nieder gingen. Und doch blickten diese grünen Sterne nicht starr und seelenlos. Wie eine innere Flamme zuckte es zuweilen in ihnen auf, die dann wieder zusammensank, so daß der grüne Schein plötzlich zu erblassen schien.

Sie war nun ganz nah an den jungen Maler herangeglitten, da schienen die Flammen im Kamin ihre Aufmerksamkeit abzulenken. Leise wandte sie sich nach der Glut, kauerte davor nieder, den grauen Haarschleier dicht um ihre Schultern und den jungen Busen gezogen, und schüttelte dann ein paarmal wie in tiefer Betrübniß das kleine Haupt. Dann erhob sie sich wieder und trat dicht vor den Regungslosen hin.

Eine leise Kühle wehte ihn an, zugleich ein feiner Duft wie von frisch abgerissenen Fichtenzweigen. Er wollte etwas sagen, aber noch immer war er wie verzaubert.

Ein Weilchen stand sie vor ihm. Dann sagte sie mit einer zarten Frauenstimme, die ungemein lieblich klang:

Schläfst du, Ralph?

Jetzt erst fiel der Bann von ihm. Aber aufzustehen vermochte er noch immer nicht.

Ich schlafe nicht, sagte er. Siehst du nicht, daß ich die Augen offen habe und Alles sehen kann, was du thust? Aber woher weißt du meinen Namen? Und wer bist du? Und warum bist du zu mir gekommen?

Deinen Namen hab' ich ja draußen im Walde gehört, erwiederte sie, ohne eine Miene zu verändern. Entsinnst du dich nicht mehr? Es war ein schöner Tag, die Sonne schien, und der Kuckuck rief, und die

Mücken spielten über meinem Bach. Damals schon gefiel dir mein Baum. Hast du ihn nicht darum zu dir genommen, weil dir's leid that, wie er abgehauen draußen unter den häßlichen Menschen stehen mußte und Alle gingen an ihm vorbei? Warum fragst du nun, wer ich bin und warum ich zu dir gekommen bin?

Er sah sie mit erstaunten Augen an. Dein Baum? fragte er. Aber wer bist du denn, und was hast du mit jenem Baum zu schaffen?

Ich bin ja seine Dryas, sagte sie, einen traurig zärtlichen Blick nach dem Fichtenbäumchen werfend.

Seine Dryas? wiederholte er mit ungläubigem Lächeln. Kind! du willst mir ein Märchen aufbinden.

Ihre großen grünen Augen funkelten. Wir sind immer wahr, sagte sie. Aber ihr habt grobe Sinne, ihr Menschen von heute. Meine Mutter, als sie noch neben mir stand – vor drei Wintern haben die grausamen Männer ihren Stamm gefällt – oft hat sie mir erzählt, was sie von ihrer Mutter gehört hatte, und die von der ihren, und so fort! einst sei eine Zeit gewesen, da habe man auch uns in Ehren ge halten, uns und all unsere Verwandten, die im Wald, in Felshöhlen, Bächen und Weihern leben, und damals seien wir auch frommen Menschen sichtbar geworden. Der Hirt habe uns gesehen, wenn wir am heißen Mittag aus dem Wipfel unseres Baumes hervorgeschlüpft seien, oder uns zu der Quellnymphe geneigt hätten, ein Stündchen zu verplaudern und unser heißes Gesicht zu kühlen. Und in hellen Nächten, wenn die schöne Mondgöttin durch den Hain gefahren, hätten wir uns ganz hinausgewagt aus unserem Gezweig und Reigen getanzt auf der Waldwiese, daß der Jäger am Morgen noch die Spuren gesehen, wo unser langes Haar im thauigen Grase nachgeschleift war, während wir uns neigten und beugten. Es sei aber schon lange her, daß fremde Götter ins Land gekommen und die alten vertrieben hätten. Die seien traurig geflüchtet und wohnten nun – Niemand wisse, in welchem dunklen Versteck. Wir Kleinen aber, die wir an unseren Ort gebannt seien und ihnen nicht hätten folgen können, würden seitdem Menschenaugen nimmer sichtbar, und nur selten sei es einem Begnadigten, einem Künstler oder Poeten vergönnt, etwa eine Dryas leibhaftig zu schauen oder die schönen Nymphen, die in den Waldbächen hausen. Und so kannst auch du mich mit Augen sehen und hören, was ich sage. Ist es dir nicht lieb? Gefalle ich dir nicht?

Sie schmiegte sich an sein Knie und hob die schlanken, blassen Aermchen zu seinem Nacken auf, als ob sie sich an ihn hängen wolle. Er empfand aber nur ein kühles Wehen, wie wenn ein Nebelstreif seine Brust umwallte.

Wie solltest du mir nicht gefallen? stammelte er, da es ihm nicht ganz geheuer war, sie sich so nah zu fühlen. Aber wenn das Alles wahr ist, wie kommt es, daß du meine Sprache sprichst, und warum bist du überhaupt hier hereingekommen?

O, sagte sie, das ist doch einfach. Ich stand ja draußen nah am Wege, und auf der Bank unter mir ließen sich täglich wandernde Menschen nieder, Alte und Junge, Männer und Frauen, und führten oft lange Gespräche. Da habe ich die Ohren gespitzt und bald verstanden, was sie sagten; denn wir Waldgeister sind klüger als ihr. Wie es gemeint war, wußte ich nicht immer, denn sie redeten oft von Dingen, die ich nie gesehen. Manches aber erklärte mir die Mutter, manches auch die Quellnymphe, die weiter hinaus ins Land reisen konnte, und in der Mühle unten, wenn die Bauern und Jäger dort sich trafen, vieles erfuhr, wie's in den Dörfern und großen Städten zugeht. Da hörte ich auch, warum allemal um Winters Mitte die Holzleute mit ihren blanken Aexten zu uns kommen und meine jungen Geschwister an der Wurzel umhauen, damit sie dem neuen Gott geopfert werden. Schon darum haßte ich ihn, wenn er auch nicht all die anderen verjagt hätte. Denn du mußt wissen, Ralph: unser Leben ist an das unseres Baumes gebunden. Nur wenn wir uns durch Zufall gerade zu der Zeit, wo das Eisen unsern Stamm verwundet, von ihm entfernt haben, flackert in uns noch ein Weilchen die Lebensflamme, bis der Stamm und die Zweige verdorrt oder – und sie warf einen düsteren Blick nach dem Kamin – von dem gefräßigen Feuer verzehrt sind.

Nun schlafen wir Jungen meist in der kalten Zeit, und so trifft uns die Axt erbarmungslos, ohne daß wir noch einen Seufzer dem schönen Leben nachschicken. Ich aber – ich weiß nicht, wie es kam, – vor drei Tagen wachte ich auf aus einem hellen Frühlingstraum und wunderte mich, daß es schon an der Zeit sein sollte zu neuem Blühen und stieg leise zum Wipfel hinauf, zu sehen, ob die Quellnymphe ihre starre Decke schon abgeschüttelt habe und die Wiese grün werde. Da war's noch tiefer Winter ringsum, kein Vogelruf erscholl, aber nahe bei mir die Axtschläge der bösen Männer, die meine kleinen Brüder und Schwestern fällten. Bisher hatten sie mich immer verschont, vielleicht

weil ich dem Bänkchen und den Leuten, die darauf rasteten, Schatten
gab. An jenem Morgen aber hörte ich Einen sagen: Warum soll die
Große da stehen bleiben? Die Wiese wird doch nächstens wieder zu
Ackerland gemacht, der Thalmüller hat sie gekauft, der nutzt den
Boden anders aus. – So kamen sie zu mir, und mein Glück war's, daß
ich schon das Haus geräumt hatte. War's denn aber wirklich ein Glück?
Wär's nicht besser gewesen, ich hätte zu leben aufgehört, als sie meinen
lieben Baum von der Wurzel trennten? Ich fühlte doch jeden Axthieb
wie einen Schlag auf mein Haupt, und wie von Sinnen vor Schmerz
flog ich dem Schlitten nach, auf dem sie meinen Baum in die Stadt
schleiften. Da saß ich in seinen Zweigen, und Niemand konnte mich
sehen, und ich kam fast nicht zur Besinnung vor all dem Neuen und
Wunderlichen, was sich da um mich her bewegte. Nur immer weher
und trauriger wurde mir zu Muthe, und ich wünschte nur eins, daß es
bald ganz zu Ende gehen möchte. Das einzig Hübsche, was ich sah,
waren die vielen Kindergesichter mit den rothen Backen und blanken
Augen, die zu mir hinaufstaunten, und ich wünschte nur in ein Haus zu
kommen, wo recht viel lustiges Kindervolk um mich herum tanzte, und
wenn ich dort endlich in Feuer aufginge – ich meine, mein Baum –
wollte ich mich nicht beklagen.

Statt dessen aber bist du gekommen, und ich kannte dich gleich wieder,
weil du einmal so lange auf meinem Bänkchen gesessen hattest, und
nicht allein; und hernach bist du noch zweimal wiedergekommen.
Weißt du es noch? Und wie du mein Bäumchen kauftest, flog ich dir
ganz vergnügt nach. Aber in das dunkle, dumpfe Haus, die enge Treppe
hinauf dir zu folgen, konnt' ich mich nicht überwinden. Da umflatterte
ich die hohen Fenster, bis ich das deine fand und sah, wie mein Baum
von dir dorthin gestellt wurde, und hing draußen an den Scheiben,
sehnsüchtig, denn ich wäre gern zu ihm und zu dir hineingekommen.
Und endlich riß der Sturm das Fenster auf, und da bin ich nun!

*

Sie schwiegen darauf eine Weile, denn die lange Rede schien sie
erschöpft zu haben, und ihm schwirrte Alles, was er gehört, so
wunderlich durch den Sinn, daß er Mühe hatte, sich's zurechtzulegen.
Er betrachtete sie, wie sie vor ihm auf dem Bärenfell kauerte, die lange
aschfarbene Mähne, die wie die Bartflechten alter Tannen herabhing,
mit ihren silberweißen Händchen strählend, wie ein spielendes Kind.

Denn sie dachte nicht daran, sich vor ihm zu verhüllen, und sein Malerauge konnte sich an den feinen Linien weiden, mit denen der jugendliche Leib aus dem spinnewebenen Schleier hervorschimmerte. Wie es nur möglich ist, daß du in dem schmalen Stämmchen wohnen kannst! sagte er, vor sich hin sprechend.

Ich weiß es selbst nicht, erwiderte sie und sah nach dem Fichtchen hin. Aber es geht ganz leicht. Wir werden wie ein dünner Rauch und schlüpfen zwischen den Jahresringen durch ins Innere. Wenn wir aber an die Luft hinaufsteigen, schwillt unsere Gestalt sofort zu der Fülle an, wie du mich siehst. Es ist aber viel hübscher, wenn die Wohnung uns so dicht und warm umschließt, als wie ihr Menschen in den weiten, leeren Räumen haus't.

Willst du meine Wohnung dir ein wenig ansehen? fragte er und stand auf. Er öffnete die Thür zu dem Nebenzimmer, wo sein Bette stand, sie aber warf nur einen gleichgültigen Blick hinein. Sie wußte offenbar nicht, was sie aus all dem Geräth und den Möbeln, die da herum-standen, machen sollte. Dagegen schienen die Skizzen an den Wänden des Ateliers sie zu fesseln, aber sie hörte Alles, was er darüber sagte, mit einem dumpfen Staunen an. Was ist das, was du das Meer nennst? fragte sie. Und Pinien und Cypressen, von denen hab' ich nie gehört. – Er sah, daß es vergebene Mühe sein würde, ihr so viel Fremdartiges zu erklären. Komm hieher! sagte er. Erkennst du das? – Es war die Skizze der Berghalde mit ihrem eigenen Baum und dem Bänkchen davor, und sie erkannte es nach einigem Sinnen. Aber es ist todt! sagte sie. Es rauscht nicht und duftet nicht. Wie ist das Abbild da an die Wand gekommen? Wenn ich mich im Bache spiegelte, sah ich Alles viel schöner, obwohl die Wellen es kraus und wirr machten. Nein, hier möchte ich nicht wohnen. Es ist wärmer hier als draußen, aber es macht die Brust beklommen, und ist nicht, wie wenn das Sonnenlicht durch meine Zweige rieselte.

Dann sah sie die Geige liegen und fuhr mit den Händen darüber hin. Was ist das? fragte sie. Er nahm das Instrument auf und begann leise darauf zu spielen. Da wurde sie erst sehr ernst, aber nach und nach verklärte sich ihr Gesicht, ihre Augen leuchteten, und sie horchte wie verzückt. Mehr, mehr! hauchte sie. Es ist, wie wenn der Winter vergeht und das Eis schmilzt, und nun wachen alle Vögel auf, und der Bach fängt wieder an zu rauschen, und oben in den hohen Wipfeln unserer Alten säuselt und saus't es – oh, wie süß!

Und ihre Aermchen über dem kleinen Haupt zusammenschlingend, begann sie mitten im Zimmer auf dem Teppich zu tanzen, in dem Schnee, der durch das aufgerissene Fenster hereingedrungen war, zartverschlungene Figuren mit den Spitzen ihrer schlanken Füße zeichnend, dazwischen sich wie ein flatterndes Wölkchen aufschwingend und in der Luft herumwirbelnd und dann wieder herabschwebend, von der grauen Mähne umflogen, ähnlich einer Möve, die auf dem weißen Wellenschaum schwebt, sich hin und wieder aufschwingt und in die Flut zurücksinkt. Während er all seine Kunst aufbot in den lieblichsten Tanzmelodieen, hingen seine Augen entzückt an der reizenden Gestalt, und er hätte bis an den lichten Morgen so fortspielen und ihrem Herumgaukeln zuschauen mögen. Da sprang plötzlich eine Saite, und wie er einen Augenblick innehielt, sah er die Tänzerin in die Kniee sinken und ihn mit flehenden Augen anblicken.

Was hast du? rief er erschrocken und eilte zu ihr hin.

Es ist nichts, hauchte sie. Mir ward so wunderlich, es fuhr mir wie ein Blitz durch alle Glieder. Aber spiele nicht mehr. Mir ist, als könnte ich nicht ruhig sterben, wenn ich solche Musik höre, als fühlte ich zum ersten Male, wie süß das Leben ist, und wie bitter der ewige Schlaf.

*

Sie erhob sich langsam und glitt nach dem Kamin. Er sah, wie sie davor niederhockte und in die Glut starrte, die jetzt bis auf wenige zuckende Flämmchen zusammengesunken war. Dann schüttelte sie sich und wandte sich nach dem Divan, wo sie sich lang ausgestreckt zum Schlafen anzuschicken schien. Doch dauerte es nur wenige Augenblicke, so schnellte sie wieder in die Höhe. Ihr Blick war auf das Skizzenbuch gefallen, das er vorhin weggeworfen hatte; das Blatt mit dem Mädchenkopf war noch aufgeschlagen, sie senkte ihre Augen dicht darauf und rief mit einer munteren Stimme, wie er sie in der ganzen Zeit nicht von ihr gehört hatte:

Da ist sie ja! Warum hast du sie mir nicht längst gezeigt? Und warum ist sie nicht selber hier?

Wer? fragte er verwirrt. Wer sollte hier sein?

Sie antwortete nicht. Sie strich nur mit der Hand über die Zeichnung, als ob sie den schönen Mädchenkopf liebkosen wolle. Dann schüttelte sie die Haare von der Stirn zurück und sah den Maler mit einem mißbilligenden Blicke an.

Du warst nicht gut zu ihr. Weißt du's nicht mehr? Und es war doch ein so schöner Tag. Ich hatte den heißen Mittag verschlafen. Als die Luft sich verkühlte, stieg ich in meinen Wipfel und sah mich um und freute mich an den hellgrünen jungen Sprossen, die an all meinen Zweigen vorgedrungen waren. Auch die Nymphe kam aus dem Bach hervor; mit halbem Leibe tauchte sie aus dem Wasser und nickte mir zu, und wir plauderten in unserer Sprache miteinander.

Wovon? fragte er.

Von unsern Geheimnissen. Die würdest du nicht verstehen. Bald aber horchten wir auf die Menschenstimmen, die droben im Walde unter den alten Bäumen laut wurden. Wir sahen einen fröhlichen Schwarm gelagert, sie hatten Tücher auf das Moos gebreitet, blanke Geräthe standen darauf, wir konnten deutlich sehen, wie sie aßen und tranken, und hernach sangen sie. Auch eine Musik erklang, ungefähr wie dein Spiel auf dem kleinen braunen Holz.

Ich war's, der spielte! warf er dazwischen und senkte seine Stirn mit einem düsteren Ausdruck.

Freilich warst du's, fuhr sie fort. Und damals sah ich dich auch zum ersten Male, du aber konntest mich nicht sehen, weil heller Tag war, und du warst auch zu fern von mir. Und Kinder sah ich, die droben auf dem Hang Ball spielten und jauchzten, und die Alten lagerten im Schatten und schauten ihnen zu. Einige liefen über den Rasen und Andere ihnen nach, sie zu haschen, und es gab viel Gelächter, und ich mußte heimlich seufzen, da ich eure Lust sah und selber einsam war. Denn die Nachbarin war wieder in ihre Wellen hinabgetaucht.

Und auf einmal sah ich ein schönes Mädchen, das kein Kind mehr war, sich unter die Kleinen mischen und zwei an den Händen nehmen und mit ihnen tanzen. Du aber warst an den Saum des Waldes getreten und blicktest immer auf die Schöne, und wie sie dann ein Tanzliedchen zu singen anfing, nahmst du dein braunes Spielgeräth und begleitetest ihre Stimme, daß alle Kinder zu lärmen aufhörten und ganz still herankamen, um auch zuzuhören. Das Mädchen aber verstummte plötzlich, drehte sich im Kreise, daß ihr Röckchen flog, und rief dir etwas zu, was ich nicht verstand. Ich sah aber, wie sie auf einmal zu laufen anfing, und du ihr nach, und erst huschte sie oben zwischen den Stämmen durch und lachte, da du ihr nicht nachkommen konntest, und als sie's so eine Weile getrieben hatte, während die Kinder lachten, daß du sie nicht fangen konntest, tauchte sie jetzt aus dem Waldschatten hervor und saus'te den grünen Abhang herunter, gerade auf mich zu, und warf sich athemlos auf das Bänkchen unter mir, das liebe Gesicht ganz roth von der hastigen Jagd, und dabei blitzten ihr die schwarzen Augen vor Lebensfreude und Schelmerei. Du aber – du wirst wohl noch wissen, wie du dann athemlos nachgestürmt kamst und dich neben sie setztest, und was du ihr ins Ohr sagtest, mit heimlicher Stimme, obwohl Niemand als ich in der Nähe war, dich zu belauschen, und meine Zweige euch auch gegen die Blicke der Anderen beschirmten. Oder hast du's vergessen, du böser, wunderlicher Mensch?

Er war auf einen Sessel gesunken und bedeckte das Gesicht mit den Händen.

Schone mich! stammelte er. Warum mahnst du mich an die süßeste und traurigste Stunde meines Lebens?

Ich habe seitdem oft daran denken müssen, sagte sie, das Köpfchen ernsthaft wiegend.

Ich wußte schon so Manches von euch Menschen; vierzehn Jahre lang hatte ich hören können, was man auf dem Bänkchen plauderte. Aber so zärtliche Worte hatte ich nie gehört, wie du sie dem schönen Mädchen ins Ohr rauntest. Ich sah auch, wie ihr das Lachen verging und wie schwer sie athmete, daß sie kaum ein Wörtchen zu erwiedern vermochte. Du aber schienst auch keine lange Rede erwartet zu haben, du stießest einen Freudenruf aus und wolltest das Liebchen stürmisch in deine Arme schließen. Aber sie wehrte dir und sagte: Laß mich! Wir sind hier nicht allein. Was würden die Eltern denken und die Andern, wenn sie uns sähen! Ist dir's nicht genug, daß ich dir gesagt habe, ich wolle dein sein? – Da runzeltest du die Stirn. Ist es denn auch kein Traum? riefst du. Hat mich nicht der Mittagszauber zum Besten, und wenn es Abend wird, erlischt all mein Glück, und ich bin so arm wie zuvor? Wie soll ich glauben, daß du mich wirklich liebst, wenn du mir nicht einmal den ersten Kuß gönnen willst, und auch sonst habe ich kein sichtbares Zeichen, das meine Zweifel beschwichtigt! – Da lächelte sie schalkhaft und sagte: Du Ungläubiger! Wart', ich will dich trösten! – und aus einer kleinen Tasche, die sie am Gürtel trug, zog sie ein Scheerchen hervor und sagte: Ich werde dir eine der jungen Sprossen von diesem Bäumchen abschneiden, die sollen dir dafür bürgen, daß ich eine immergrüne Liebe zu dir trage. – Du aber ergriffst ihre Hand und sagtest: Was soll mir der kleine stachliche Zweig! Wenn du es ernstlich meinst, was ich immer noch nicht glauben kann, da ich dich immer lachen sah, während ich selbst so betrübt und hoffnungslos dich anschaute – so gieb mir ein Pfand, das mir eine bessere Bürgschaft leistet: laß mich eines der krausen Löckchen abschneiden, hier hinten an deinem Nacken, die nur einmal anzurühren ich mich so toll gesehnt habe. Wenn ich so ein Stück von dir selbst besitze, werde ich nicht mehr zweifeln, daß du dich ganz mir schenken willst.

Sagtest du nicht so, du Wunderlicher? Und sahst das liebe Kind mit glühenden Augen dabei an, als wolltest du sie zu Asche versengen, wenn sie dir nicht den Willen thäte? Sie aber fürchtete sich nicht. Sie schüttelte mit einem leisen Lächeln den Kopf und sagte: Wenn du das Fichtenzweiglein nicht willst, bekommst du nichts. Eines von meinen Löckchen darf ich dir nicht eher geben, als bis meine Eltern mich dir verlobt haben. Es sind genau gezählt ihrer sieben. Die Mutter zählt sie jeden Abend nach, und wehe mir, wenn eines fehlte! Also sei lieb und vernünftig! Und gedulde dich fein!

Du aber warst gar nicht zur Vernunft und Geduld aufgelegt. Wenn du mir dies Kleine verweigerst, in der ersten Stunde, da du mir dein Herz ergeben hast, wie soll ich glauben, daß du es redlich meinst, daß du überhaupt ein Herz besitzest! – O, rief sie und lachte, zu einer richtigen guten Frau gehört nicht bloß ein Herz, sondern auch ein bischen Verstand, und der meine warnt mich, dir nicht gleich zu viel nachzugeben. Du mußt wissen: in diesen Nackenlöckchen steckt meine ganze Stärke und Selbständigkeit. Wenn ich eines davon verliere, muß ich deine Sclavin werden, und dazu habe ich keine Lust, wenigstens für jetzt noch nicht. Hernach, wenn wir Mann und Frau sind, kannst du sie mir alle abschneiden, und wenn sie mir nicht wieder wachsen, mußt du freilich mein Herr sein, setzte sie schalkhaft hinzu. Für heute aber begnüge dich mit dem Zweiglein, das grün ist wie die Hoffnung.

Damit stand sie auf und schnitt wirklich eine der frischen Sprossen ab und reichte sie dir. Du aber sahst sie mit einem wilden Blick fast feindselig an, nahmst das Zweiglein und zerrissest es. Ich sehe, was ich dir werth bin, riefst du. Es war ein Wahnsinn, zu denken, du trügst ein Herz in der Brust, und dies Herz könne mir gehören. Zu einem Spiel bin ich dir gut genug, aber im Ernst willst du mir nicht das kleinste Opfer einer eigensinnigen Laune bringen. – Da sah die Liebliche dich mit großen traurigen Augen an. Das kann dein Ernst nicht sein, Ralph!

sagte sie gelassen. – Mein bitterster Ernst! riefst du dagegen und standst nun ebenfalls auf. Und es ist besser, es entscheidet sich gleich zwischen uns, als daß du dein übermüthiges Spiel ferner mit mir treibst, wie bisher. – Ich spiele nicht! antwortete sie, und ihre Stimme zitterte. Auch wäre mir der Einsatz zu hoch. Wenn du mir nicht vertrauen kannst, so ist es besser, wir bleiben Beide frei. – Du weißt, womit du mich ewig binden kannst, sagtest du da. – Dann war's eine ganze Weile still zwischen euch, und ihr standet mit abgewendeten Gesichtern. Ich sah, wie es feucht unter ihren langen schwarzen Wimpern vorquoll, aber sie blieb fest. Sie steckte die kleine blanke Scheere wieder in die Tasche, fuhr sich mit der Hand über die Stirn und sagte: Wir wollen zu den Andern gehen. Sie werden unruhig sein, wo wir geblieben sind. Dann schritt sie langsam die Halde hinauf, ohne sich nach dir umzusehen. Du aber sankst auf das Bänkchen, und ich glaube, die Hände, die du vor das Gesicht drücktest, sollten der Sonne droben verbergen, daß du großer Mensch in Thränen ausbrachst, wie ein krankes Kind.

*

Er hatte sie reden lassen, ohne einen Laut von sich zu geben. Nur zuweilen fuhr ein schmerzliches Zucken durch seine Brust, und er drückte die geschlossenen Lider fester zu, als ob er einer unbequemen Erleuchtung, die sich ihm aufdrang, wehren wolle. Eine ganze Weile war es so still in dem weiten Raum, daß man das leise Geräusch der zu Asche sinkenden Kohlen im Kamin vernehmen konnte. Da fühlte er auf einmal ein kühles Wehen an seinen Schläfen, wie wenn ein Lüftchen drüber hinführe, und als er die Augen aufschlug, sah er seinen geheimnißvollen Gast auf seinen Knieen sitzen, mit dem rechten Händchen sein Gesicht streichelnd, während das linke ihm über die feuchte Wimper fuhr. Er fühlte aber keinen Druck eines körperlichen Wesens auf seinem Schooß, nur wieder der seltsame Harzduft umspielte ihn. Was träumst du nun, du armer Narr! hörte er sie flüstern. Damals im Walde war ich höchlich erstaunt, wie thöricht du es getrieben. Denn du mußt wissen, so jung ich dir erscheine, ich bin kein Kind mehr, das noch nichts vom Lieben wüßte. Nur verstehen wir im freien Walde es anders, als ihr Menschen in den steinernen Häusern. Wenn wir unsere Reife erlangt haben und in der Mondnacht mit den Andern unseren Reigen tanzen, finden wir uns zusammen mit Denen, die uns benachbart sind, und vermählen uns, wie es uns beliebt. Wir sind nicht so thöricht, von Herrschen und Dienen zu plaudern und ein Pfand zu fordern für unsere Treue, uns das junge Leben zu verbittern mit eigensinnigen Grillen. Auch ich hatte schon einen schönen Geliebten und Gemahl, er stand nur wenig Schritte aufwärts am Bache neben mir, und ich hätte ihm, wenn er so thöricht gewesen wäre, es zu verlangen, all meine grünen Sprossen geopfert. Vorm Jahr hat man ihn gefällt, seitdem bin ich einsam geblieben. Aber eben, weil ich weiß, was man da leidet, habe ich nicht begriffen, wie ihr jungen Menschenkinder, die ihr euch so viel klüger dünkt als unsereins, euch so plagen und narren mögt. Denn, wie ich sehe, noch immer bist du nicht zur Vernunft gekommen, und diesen Abend, der in allen Häusern fröhlich gefeiert wird, verbringst du allein, und hätte ich dich nicht besucht, wer weiß, du hättest dich erst spät in den Schlaf geweint. Wenn ich schadenfroh wäre, hätte ich geschwiegen, zur Rache dafür, daß mein Leben dahin ist, da ihr meinen Baum umgehauen habt. Aber wir Waldgeister sind gut und mitleidig. Und darum dauerst du mich, und ich möchte dich glücklich sehen.

Glücklich! rief er. O Dryas, ich kann es nie wieder werden. So gut du es meinst, du verstehst das nicht, was mich all meiner Hoffnungen beraubt. Sie ist kalt wie ein Stein geblieben, all die langen Monate, sie hat mir nicht das kleinste Zeichen gegeben, daß es ihr leid thue um mich. Ich habe nur eine Hoffnung: daß ich sie mit der Zeit vergessen lerne!

Sie wiegte nachdenklich das Köpfchen und legte die kleine Hand über die Augen, wie um ungestört nachzusinnen. Nach einer stummen Pause sagte sie: Du warst blind damals. Ich aber hatte die Augen offen. Ich sah, daß eine schöne, stille Flamme in ihrem Herzen loderte, du aber streutest Asche darauf durch deinen unsinnigen Trotz. Nur ein Hauch von deinen Lippen, und die Glut schlägt ihr wieder hell aus den Augen. Willst du sagen, du liebtest sie, und bist so ungroßmüthig? Und bestehst auf deinem herrischen Willen, daß du sie von dir zurückschreckst, statt sie mit holder Milde vertraulich zu machen? Schäme dich, du großer thörichter Mensch, und mache wieder gut, was du verdorben hast. Heut' ist eben die rechte Zeit. Ich flog an einem hohen Hause vorbei, da stand ein Greis mitten unter vielen Menschen und sprach zu ihnen von Engeln, die in dieser Nacht eine Friedensbotschaft vom Himmel gebracht hätten. Willst du nun taub dagegen bleiben und nicht auch Frieden schließen? Nein, verliere keine Zeit, geh zu dem schönen Lieb und zause sie an ihren Löckchen, und freue dich, daß sie alle sieben so kraus um den schlanken Nacken stehen. Und bring ihr einen Gruß von der Dryas, die ihr wünscht, daß sie ihres Glückes sich länger freuen möge, als es mir beschieden war. Auf, du Träumer! Wenn du wieder kehrst, wirst du mich nicht mehr finden. Ich kehre in meinen Baum zurück und will dort einschlafen, um nie mehr zu erwachen.

Sie neigte ihr weißes Gesichtchen gegen ihn, und er empfand den kühlen Hauch ihrer Lippen an den seinen. Dann glitt sie von seinen Knieen herab und wandte sich nach dem Baum. Er hatte sich erhoben und blickte ihr nach, und wie er sie zwischen den Aesten hinaufklimmen sah und das reizende Spiel der weißen Glieder zwischen dem Gezweig bemerkte, kam ihm plötzlich die Lust, die schwindende Erscheinung festzuhalten.

Er nahm das Skizzenbuch zur Hand, setzte sich auf den Divan und bat sie, ihm nur ein kurzes Weilchen still zu halten. Sofort blieb sie ruhig im Astwerk hängen, auf einen der breitesten Zweige hingelagert, den einen Arm um den Stamm geschlungen, den anderen über ihr schlankes Haupt gelegt. Sie schien einzuschlummern in dieser Lage; zuweilen kam ein Laut wie ein tiefer Seufzer von ihren Lippen, und nur die Augen blieben weit geöffnet und schienen dem jungen Freunde liebreich zuzuwinken.

Der aber sputete sich, die reizenden Linien nachzuzeichnen, und die Sorge, sie möchte ihm entschwinden, drängte sein Verlangen zurück, gleich auf der Stelle fortzueilen und zu beweisen, daß er darauf brenne, Frieden auf Gnad' und Ungnade zu schließen. So zeichnete er immer hastiger, der Schweiß trat ihm vor die Stirn; er hielt den Athem an, als könne jeder Hauch das Bild verschwinden machen; nun begann er schon, die Zweige um ihre lieblich hingegossene Gestalt hinzustricheln, der Stern zackte sich über ihrem Kopf in großen, hellen Strahlen, noch eine kleine Geduld, und auch der Stamm, an den sie lehnte, war im Umriß vollendet – da erschollen drei kräftige Schläge an die Thür des Ateliers, der Zeichner fuhr in die Höhe, das Buch glitt ihm von den Knieen, und wie er nach dem Fichtenbäumchen hinübersah, war der weiße Spuk aus den dunklen Zweigen drüben verschwunden.

*

Die Thüre ging auf, ohne daß das Herein! abgewartet wurde. An der Schwelle stand eine hohe Gestalt in langem Kapuzenmantel, über und über beschneit, und stampfte den Schnee von den derben Stiefeln. Teufel auch, ist's hier ungemüthlich! rief eine tiefe Baßstimme. Ich glaube gar, die Höhle ist leer, oder das Murmelthier schläft seinen Winterschlaf!

Du bist's, Enak? klang jetzt die Stimme des Malers vom Divan her. Ich habe dich schon lange erwartet.

Es sieht nicht gerade danach aus, erwiderte der Ankömmling und trat vollends herein, den triefenden Hut auf einen Schemel werfend und den Mantel lüftend. Wenigstens hast du dich nicht sehr angestrengt mit den Vorbereitungen zu meinem festlichen Empfang. Eine sibirische Temperatur und die schönste ägyptische Finsternis, und da schneit es noch dazu ganz frech zum Fenster herein. Erlaube, daß ich die Luftscheibe schließe und dann vor allem die Beleuchtung verbessere. Denn bei dem zweifelhaften Glimmen des Weihnachtssterns da oben hätten weder die Hirten auf dem Felde noch die heiligen drei Könige den Weg zur Krippe finden können. Oder möchtest du noch weiter in den heiligen Abend hineinschnarchen?

Er war zu dem Gaslüster getreten, der von der hohen Decke des Ateliers herabhing, und im Nu leuchteten sämmtliche Flammen auf und warfen ihren Schein über die Gestalt des jungen Malers, der sich jetzt schwerfällig von dem Ruhebett erhob.

Guten Abend, Enak! sagte er und streckte dem Freunde die Hand entgegen. Du bist sehr im Irrthum, wenn du meinst, daß ich geschlafen hätte. Ich habe vielmehr Besuch gehabt, sehr angenehmen, – Damenbesuch!

Nun, dann begreif' ich, lachte Enak mit seinem dröhnenden Baß, daß du's hier warm genug gefunden hast, und daß dir auch die Beleuchtung genügte. Am Ende habe ich gestört, und das verschämte Fräulein hat sich wie ein aufgescheuchtes Hühnchen ins Nebenzimmer geflüchtet, als ich anklopfte. Ruf sie nur wieder herein, ich bin kein Spielverderber, und übrigens weißt du, daß ich immer den Kopf geschüttelt habe, wie du dein junges Leben vertrauert hast, seit du mit deiner Toni auseinander gekommen bist. Teufel auch! du hättest froh sein sollen, daß du noch bei Zeiten den Kopf aus der Schlinge ziehen konntest. Wenn's Ernst geworden wäre mit dieser Liebschaft – wie ich das Mädel kenne, wärst du furchtbar unter den Pantoffel gekommen. Aber wenn es die Vorsehung gnädig mit dir gemacht und dir deine Freiheit erhalten hat, mußt du darum das ewig Weibliche ein für alle Mal dir vom Leibe halten? Komm! Laß uns Feuer im Ofen und im Kamin machen und einen süßen und feurigen Punsch brauen, und wenn es dann hier gemächlich zu werden anfängt, laden wir deinen verstohlenen Damenbesuch ein, an unserm frugalen Tische vorlieb zu nehmen, und ich werde mich so unwiderstehlich liebenswürdig betragen, daß ich sie dir abspenstig mache, eh' sie das zweite Glas ausgetrunken hat. Wer ist's denn? Kenn' ich sie? Etwa die kleine, blonde Hexe mit den Taubenaugen, die neulich bei dir war, um zu fragen, ob du kein Kopfmodell brauchen könntest?

Während der Freund diese lange Rede in seinem humoristisch brummigen Ton von sich gab, war Ralph wie ein Träumender im Zimmer herumgegangen, in alle Winkel spähend, als suche er etwas schmerzlich Vermißtes; zuletzt war er an dem Bäumchen neben dem Fenster stehen geblieben und hatte seinen Blick in das Dunkel der grünen Zweige gesenkt.

Nun wandte er sich zu dem langen Gefährten um, der bemüht war, in dem erloschenen Ofen die Kohlen wieder in Brand zu bringen.

Wer bei mir gewesen ist, sagte er langsam, erzähle ich dir nachher. Ich habe jetzt – du wirst mich entschuldigen – aber ich muß vor Allem einen eiligen Gang machen. Spätestens in einer halben Stunde bin ich zurück. Indessen magst du dafür sorgen, daß es hier warm wird, und wenn du mittlerweile unsern Schlaftrunk präpariren willst – da auf dem Tische findest du alles Nöthige. Also auf Wiedersehen, mein Alter! rief er, indem er sich in großer Eile, als fürchte er zurückgehalten zu werden, den Mantel umhing und den Hut aufstülpte. Frage mich jetzt nicht! Hernach – wenn ich hoffentlich ein leichteres Herz mitbringe – sollst du Alles erfahren.

Der Freund sah in höchstem Erstaunen von seinem Geschäft, das er knieend verrichtete, auf. Aber ehe er noch den Mund zu einer Frage öffnen konnte, war Ralph schon aus der Thür, und der Zurückgebliebene hörte brummend und kopfschüttelnd, wie er die steile Treppe in weiten Sätzen hinunterstürmte.

*

Die halbe Stunde war aber noch kaum vergangen, da hörte Enak dieselben beflügelten Schritte die Treppe wieder heraufsausen; die Tür ward aufgerissen, und der Träumer, der vor Kurzem hier herumgewankt war, trat mit strahlenden Augen und elastischem Gang ins Zimmer.

Da bin ich wieder! rief er. Nein, nicht ich, sondern ein neuer Mensch, ein glücklicher, selig wie ein junger Gott! Ahnst du, wo ich war, mein Alter? Bei ihr, bei dem geliebten einzigen Mädchen, gegen das ich mich so sträflich vergangen habe. Die Dryas hatte Recht: es war eine kindische Thorheit, an ihrem Herzen zu zweifeln. Wie ich in ihrer Wohnung ankam, – mein Herz klopfte so laut, ich meinte, sie müßten es drinnen hören, ohne daß ich klingelte. Aber dann öffnete mir das Dienstmädchen, ich drückte ihr einen Thaler in die Hand, daß sie schweigen möchte, wer da sei, und nur das Fräulein herausrufen. Und nun stand ich in dem Flur, wo nur ein schwaches Lämpchen brannte, und hörte im Wohnzimmer drinnen die Stimmen von Toni's jungen Geschwistern und dachte, wie auch ich jetzt unter ihnen Weihnachten feiern könnte, wenn ich nicht ein so verzweifelter Starrkopf gewesen wäre. Und jetzt ging eine Seitenthür auf, und ich sah meine Liebste eintreten – nein, ich sah sie kaum, denn ohne daß ich wußte, wie es geschah, hielt ich sie in den Armen und drückte sie an mich, und wir hatten uns auf den Mund geküßt, so lang und fest, wie ich es im schönsten Traum nie erlebt hatte. Als wir aber ein wenig zur Besinnung kamen, stammelte ich von der langen trefflichen Rede, die ich mir unterwegs ausgedacht, nichts weiter als: Toni, ich war ein großer Narr! Kannst du mir vergeben? Und sie drückte mir ihr kühles zitterndes Händchen auf den Mund und flüsterte: Und ich erst, Ralph, was für eine Närrin war ich! – und gleich darauf hörte ich ihr süßes schalkhaftes Lachen, und sie sagte: So wäre ja Alles in der Ordnung, da der Narr und die Närrin in einander vernarrt sind! – Dann sprachen wir noch ein paar Augenblicke vernünftiger miteinander, und wir waren Beide einverstanden, daß ich nicht jetzt in ihren heiligen Abend hineinschneien, sondern morgen früh ganz ehrbar bei ihren Eltern um sie anhalten sollte. Die Hauptsache ist doch, sagte sie, daß wir uns jetzt einander selbst beschert haben fürs ganze Leben. – Und nun wollte ich fort, damit wir nicht überrascht würden, aber: Warte noch einen Augenblick! raunte sie mir zu und ließ mich im Vorplatz stehen. Nicht drei Minuten, so huschte sie wieder herein und gab mir ein verschlossenes Briefcouvert. – Was hast du mir noch zu schreiben gehabt, Schatz? fragt' ich. – Nur ein ganz kleines Liebesbriefchen. Aber lies es erst, wenn du zu Hause bist, sagte sie, und drückte mich noch einmal an sich und drängte mich dann hinaus. Wie ich den Weg zurückgefunden, weiß ich wahrhaftig nicht. Hier aber ist der Brief.

Er zog das kleine Couvert aus der Tasche und öffnete es beim Schein der römischen Messinglampe. Ein zusammengelegtes Papier war darin enthalten, unbeschrieben. Als er es aber auseinanderfaltete, kam eine kleine braune Haarlocke zum Vorschein.

Das herrliche Kind! rief er. Siehst du nun, Enak, wie Unrecht du ihr gethan hast? Sie denkt nicht daran, ihre Macht über mich zu mißbrauchen. Sie liefert mir selbst den Zauber aus, in welchem sie ihre Stärke verborgen glaubt.

Und er drückte das seidene Pfand demüthiger Liebe an seine Lippen.

Armer Junge! brummte der Freund. Du wirst deinem Schicksal nicht entgehen. Meinst du, ein Frauenzimmer verzichte je auf ihre Herrschaft über uns Mannsbilder? Aber ich merke, daß all meine Weisheit heut' an dir verschwendet wäre. Laß uns lieber darauf trinken, daß dir die Augen nie aufgehen, daß du aus dem Traum, den du heute träumst, nie unsanft geweckt werden möchtest.

Er schenkte beide Gläser voll. Auf das Wohl deiner Braut, rief er, wenn's denn einmal nicht anders sein soll!

Und auf das der Dryas, der ich sie verdanke, setzte Ralph andächtig hinzu, indem er das Glas auf einen Zug leerte.

Was ist's mit der Dryas? fragte der Andere. Du hast schon vorher den Namen genannt.

Das ist eine lange seltsame Geschichte, sagte der glückliche Bräutigam, indem er sich auf den Divan setzte. Aber da ich versprochen habe, dir von meinem Damenbesuch zu berichten –

Und er erzählte, was ihm begegnet war.

Als er geendet hatte, sagte der Andere ruhig:

Das hast du geträumt, mein Sohn, und ich könnte dich darum beneiden. Man träumt nicht immer so artige Sachen.

Geträumt! Aber wenn ich dir sage, daß ich es nur ihr verdanke, zur Vernunft gekommen zu sein und meiner Liebsten das erste gute Wort gegeben zu haben! Und übrigens, ich kann dir's ja beweisen, daß es keine Einbildung war, daß sie mich wirklich leibhaftig besucht hat, Gott weiß freilich, wie es damit zugegangen ist. Da liegt ja noch das

Buch, in das ich meine Skizze von ihr gemacht habe, wie sie sich oben zwischen den Zweigen ihres Baumes so malerisch hingestreckt hatte. Deinen eigenen Augen wirst du doch glauben müssen.

Er hob das Skizzenbuch auf und blätterte darin herum. Er wußte ganz genau, auf die linke Seite, Toni's Porträt gegenüber, hatte er seinen lieblichen Gast abconterfeit. Aber wie er jetzt die Seite aufschlug, sah ihn nur das Gesicht seiner jungen Braut schalkhaft über die Schulter an; – die Seite gegenüber war leer!

<u>Titelliste Taschenbuch-Literatur-Klassiker</u>

Bd. 1 *Abenteuer und Fahrten des Huckleberry Finn*, Mark Twain, Bd. 2 *Andersens Märchen*, Hans Christian Andersen, Bd. 3 *Anton Reiser*, Karl Philipp Moritz, Bd. 4 *Aus dem Leben eines Taugenichts*, Joseph Freiherr v. Eichendorff, Bd. 5 *Bahnwärter Thiel*, Gerhard Hauptmann, Bd. 6 *Bambi Eine Lebensgeschichte aus dem Walde*, Felix Salten, Bd. 7 *Bauern, Bonzen und Bomben*, Hans Fallada, Bd. 8 *Bel Ami*, Guy de Maupassant, Bd. 9 *Bergkristall*, Adalbert Stifter, Bd. 10 *Candide oder der Optimismus*, Voltaire, Bd. 11 *Caspar Hauser oder Die Trägheit des Herzens*, Jakob Wassermann, Bd. 12 *Dantons Tod*, Georg Büchner, Bd. 13 *Das Bildnis des Dorian Grey*, Oscar Wilde, Bd. 14 *Das Dschungelbuch*, Rudyard Kipling, Bd. 15 *Das Fräulein von Scuderi*, ETA Hoffmann, Bd. 16 *Das Gemeindekind*, Marie v. Ebner-Eschenbach, Bd. 17 *Das Heptameron*, *Margarete v. Navarra*, Bd. 18 *Märchenbriefbuch der heiligen Nächte*, Max Dauphtendey, Bd. 19 *Das Marmorbild*, Joseph v. Eichendorff, Bd. 20 *Das Schloss*, Franz Kafka, Bd. 21 *Das Urteil*, Franz Kafka, Bd. 22 *David Copperfield*, Charles Dickens, Bd. 23 *Der abenteuerliche Simplizissimus*, Grimmelshausen, Bd. 24 *Der arme Spielmann*, Franz Grillparzer, Bd. 25 *Der eingebildete Kranke*, Moliere, Bd. 26 *Der ewige Spießer*, Ödön v. Horváth, Bd. 27 *Der Fürst*, Nocolò Machiavelli, Bd. 28 *Der Glöckner von Notre Dame*, Victor Hugo, Bd. 29 *Der goldene Esel, Apuleius, Bd. 30 Der goldene Topf*, ETA Hoffmann, Bd. 31 *Der Graf von Monte Christo*, Alexandre Dumas, Bd. 32 *Der grüne Heinrich*, Gottfried Keller, Bd. 33 *Der kleine Häwelmann und andere Märchen*, Theodor Storm, Bd. 34 *Der kleine Lord*, Frances Hodgson Burnett, Bd. 35 *Der letzte Mohikaner*, James Fenimore Cooper, Bd. 36 *Der Prozess*, Franz Kafka, Bd. 37 *Der Sandmann*, ETA Hoffmann, Bd. 38 *Der Schimmelreiter*, Theodor Storm, Bd. 39 *Der Schuss von der Kanzel*, Conrad Ferdinand Meyer, Bd. 40 *Der Seewolf*, Jack London, Bd. 41 *Der seltsame Fall des Dr. Jekyll und Mr. Hyde*, Robert Louis Stevenson, Bd. 42 *Der Stechlin*, Theodor Fontane, Bd. 43 *Der Sturmheidhof (Sturmhöhe)*, Emily Brontë, Bd. 44 *Der Tor und der Tod*, Hugo v. Hofmannsthal, Bd. 45 *Der Weg ins Freie*, Arthur Schnitzler, Bd. 46 *Der zerbrochene Krug*, Heinrich v. Kleist, Bd. 47 *Deutsches Märchenbuch*, Ludwig Bechstein, Bd. 48 *Deutschland. Ein Wintermärchen*, Heinrich Heine, Bd. 49 *Die Abenteuer der sieben Schwaben*, Ludwig Aurbacher, Bd. 50 *Die Burg von Otranto*, Horace Walpole, Bd. 51 *Die drei Musketiere*, Alexandre Dumas, Bd. 52 *Die Elixiere des Teufels*, ETA Hoffmann, Bd. 53 *Die Geschichte meines Lebens*, Georg Ebers, Bd. 54 *Die Insel Felsenburg*, Johann Gottfried Schnabel, Bd. 55 *Die Judenbuche*, Annette v. Droste-Hülshoff, Bd 56. *Die Kameliendame*, Alexandre Dumas, Bd. 57 *Die Kartause von Parma*, Stendhal, Bd. 58 *Die Kreutzersonate*, Lew Tolstoi, Bd. 59 *Die Leiden des jungen Werther*, Johann Wolfgang v. Goethe, Bd. 60 *Die Leute von Seldvyla I*, Gottfried Keller, Bd. 61 *Die Leute von Seldvyla II*, Gottfried Keller, Bd. 62 *Die Marquise*, George Sand, Bd. 63 *Die Marquise von O.*, Heinrich v. Kleist, Bd. 64 *Die Memoiren der Fanny Hill*, John Cleland, Bd. 65 *Die Ratten*, Gerhard Hauptmann, Bd. 66 *Die Räuber*, Friedrich v. Schiller, Bd. 67 *Die Regentrude*, Theodor Storm, Bd. 68 *Die Reisen des Baron zu Münchhausen*, Bd. 69 *Die Schatzinsel*, Robert Louis Stevenson, Bd. 70 *Die Verlobten*, Allessandro Manzoni, Bd. 71 *Die Verwandlung*, Franz Kafka, Bd. 72 *Die Verwirrungen des Zöglings Törleß*, Robert Musil, Bd. 73 *Die Waffen nieder*, Berta von Suttner, Bd. 74 *Die Wahlverwandtschaften*, Johann Wolfgang v. Goethe, Bd. 75 *Don Carlos*, Friedrich v. Schiller, Bd. 76 *Eduards Traum*, Wilhelm Busch, Bd. 77 *Effi Briest*, Theodor Fontane, Bd. 78 *Egmont*, Johann Wolfgang v. Goethe, Bd. 79 *Ein Held unserer Zeit*, Michail Lermontoff, Bd. 80 *Einsichten und Ausblicke*, Gerhard Hauptmann, Bd. 81 *Emilia Galotti*, Gottold Ephraim Lessing, Bd. 82 *Erinnerungen aus galanter Zeit*, Giacomo Casanova, Bd. 83 *Erzählungen*, Wilhelm Busch, Bd. 84 *Es waren zwei Königskinder*, Theodor Storm, Bd. 85 *Essays*, Michel de Montaigne, Bd. 86 *Franz Sternbalds Wanderungen*, Ludwig Tieck, Bd. 87 *Fräulein Else*, Arthur Schnitzler, Bd. 88 *Frühlings Erwachen*, Frank Wedekind, Bd. 89 Gedanken, Blaise Pascal,

Bd. 90 *Gefährliche Liebschaften*, Pierre-Ambroise-François Choderlos de Laclos, Bd. 91 *Gegen den Strich*, Joris-Karl Huysmany, Bd. 92 *Geschichte des Fräuleins von Sternheim*, Sophie v. La Roche, Bd. 93 *Geschichte vom braven Kasperl und dem Annerl*, Clemens Brentano, Bd. 94 *Geschichten aus dem Wienerwald*, Ödön v. Horváth, Bd. 95 *Glanz und Elend der Kurtisanen*, Honore de Balzac, Bd. 96 *Glück und Unglück der berühmten Moll Flanders*, Daniel Defoe, Bd. 97 *Götz von Berlichingen*, Johann Wolfgang v. Goethe, Bd. *98 Gullivers Reisen*, Jonathan Swift, Bd. *99 Heidis Lehr und Wanderjahre*, Johann Spyri, Bd. 100 *Heinrich von Ofterdingen*, Novalis, Bd. 101 *Hiob Roman eines einfachen Mannes*, Joseph Roth, Bd. *102 Immensee*, Theodor Storm, Bd. 103 *Iphigenie auf Tauris*, Johann Wolfgang v. Goethe, Bd. 104 *Italienische Märchen*, Clemens Brentano, Bd. 105 *Ivannhoe*, Walter Scott, Bd. 106 *Jahrmarkt der Eitelkeiten*, William Makepaece Thackeray, Bd. 107 *Jane Eyre*, Charlotte Brontë, Bd. 108 *Jugend ohne Gott*, Ödön v. Horvath, Bd. 109 *Jürg Jenatsch*, Conrad Ferdinand Meyer, Bd. 110 *Kabale und Liebe*, Friedrich v. Schiller, Bd. 111 *Kasimir und Karoline*, Ödön v. Horvath, Bd. 112 *Kinder- und Hausmärchen*, Gebrüder Grimm, Bd. 113 *Kleiner Mann, was nun*, Hans Fallada, Bd. 114 *König Alkohol*, Jack London, Bd. 115 *Krambambuli*, Marie Ebner-Eschenbach, Bd. 116 *Lausbubengeschichten*, Ludwig Thoma, Bd. 117 *Lavinia - Pauline - Kora*, George Sand, Bd. 118 *Leben und Lüge*, Detlev von Liliencron, Bd. 119 *Lebensansichten des Katers Murr*, ETA Hoffmann, Bd. 120 *Lenz. Der hessische Landbote*, Georg Büchner, Bd. 121 *Lieutenant Gustl*, Arthur Schnitzler, Bd. 122 *Lord Jim*, Joseph Conrad, Bd. 123 *Luise*, Johann Heinrich Voß, Bd. 124 *Madame Bovary*, Gustave Flaubert, Bd. 125 *Märchen*, Wilhelm Hauff, Bd. 126 *Maria Stuart*, Friedrich v. Schiller, Bd. 127 *Max Havelaar*, Multatuli, Bd. 128 *Meister Floh*, ETA Hoffmann, Bd. 129 *Michael Kohlhaas*, Heinrich v. Kleist, Bd. 130 *Minna von Barnhelm*, Gotthold Ephraim Lessing, Bd. 131 *Moby Dick*, Hermann Melville, Bd. 132 *Nathan, der Weise*, Gotthold Ephraim Lessing, Bd. 133-1 und 133-2 *Nils Holgersson wunderbare Reise*, Selma Lagerlöf, Bd. 134 *Niels Lyne*, Jens Peter Jacobsen, Bd. 135 *Nußknacker und Mausekönig*, ETA Hoffmann, Bd. 136 *Oliver Twist*, Charles Dickens, Bd. 137 *Onkel Toms Hütte*, Herriett Beecher Stowe, Bd. 138 *Peter Schlemihls wundersame Geschichte*, Adalbert v. Chamisso, Bd. 139 *Peterchens Mondfahrt*, Gerdt v. Bassewitz, Bd. 140 *Pinocchio*, Carlo Collodi, Bd. 141 *Reinecke Fuchs*, Johann Wolfgang v. Goethe, Bd. 142 *Rheinmärchen*, Clemens Brentano, Bd. 143 *Rinaldo Rinaldini*, Christian August Vulpius, Bd. 144 *Robinson Crusoe*; Daniel Defoe, Bd. 145 *Romeo und Julia*, William Shakespeare Bd. 146 *Schach von Wuthenow*, Theodor Fontane, Bd. 147 *Schachnovelle*, Stefan Zweig, Bd. 148 *Schatzkästlein des rheinischen Hausfreundes*, Johann Peter Hebel, Bd. 149 *Schelmuffskys Reisebeschreibung*, Christian Reuter, Bd. 150 *Schloss Gripsholm*, Kurt Tucholsky, Bd. 151 *Siebenkäs*, Jean Paul, Bd. 152 *Sternstunden der Menschheit*, Stefan Zweig, Bd. 153 *Tao te king*, Laotse, Bd. 154 *Till Eulenspiegel*, Hermann Bote, Bd. 155 *Tolldreiste Geschichten*, Honorè de Balzac, Bd. 156 *Tom Jones, Geschichte eines Findelkindes*, Henry Fielding, Bd. 157 *Tom Sawyers Abenteuer und Streiche*, Mark Twain, Bd. 158 *Troquato Tasso*, Johann Wolfgang v. Goethe, Bd. 159 *Traumnovelle*, Arthur Schnitzler, Bd. 160 *Trost der Philosophie*, Boethius, Bd. 161 *Über den Umgang mit Menschen*, Adolph Freiherr v. Knigge, Bd. 162 *Uli der Knecht*, Jeremias Gotthelf, Bd. 163 *Uli der Pächter*, Jeremias Gotthelf, Bd. 164 *Ungeduld des Herzens*, Stefan Zweig, Bd. 165 *Ut oler Welt*, Wilhelm Busch, Bd. 166 *Vater Goriot*, Honorè de Balzac, Bd. *167 Väter und Söhne*, Ivan Sergejeviç Turgenev, Bd. 168 *Verlorene Illusionen*, Honorè de Balzac, Bd. 169 *Von der Freiheit eines Christenmenschen*, Martin Luther – Bd. 170 *Von der Ursache, dem Prinzip und dem Einen*, Bruno Giordano, Bd. 171 *Vor Sonnenuntergang*, Gerhard Hauptmann, Bd. 172 *Walden oder Leben in den Wäldern*, Henry D. Thoreau, Bd. 173 *Wilhelm Meisters Lehrjahre*, Johann Wolfgang v. Goethe, Bd. 174 *Wilhelm Meisters Wanderjahre*, Johann Wolfgang v. Goethe, Bd. 175 *Wilhelm Tell*, Friedrich v. Schiller